WENN DIE HÖLLE ZUFRIERT

MICHAEL PATE

WENN DIE HÖLLE ZUFRIERT

von

Michael Pate

1

DIE SCHICKSALSNACHT

E in menschlicher Körper ist ein außergewöhnliches Phänomen. Was ein Körper alles leistet, wie sehr er belastbar ist, und was für ein autarkes Uhrwerk in ihm zugange ist, das kann ich nur bewundern. Wenn wir uns erkälten, vergiften oder bloß in den Finger schneiden, geht eine mikroskopische Armee sofort an die Arbeit und verteidigt mit allen Mitteln die Festung. Kein Soldat kommt zu spät oder meckert über Unterbezahlung. Alles schweigt und ackert, bis der Job erledigt ist. Wenn unser Körper Hunger oder Durst hat, kommuniziert er sogar mit uns, sodass wir entsprechend handeln können. Unser Körper ist unser heiliger Tempel, und ein wahres Wunder. Es schadet nicht, sich das zwischendurch vor Augen zu führen. Behandeln wir unseren Tempel vielleicht manchmal wie eine Bahnhofstoilette?

Ein ähnliches Phänomen ist unser Planet. Alles hat seine Ordnung, alles hat seinen Sinn. Und da komme ich zu meiner Frage: Wenn die Erde als ein Körper zu verstehen wäre, was sind dann wir Menschen? Ein Organ? Eine Gruppe von Körperzellen? Irgendeine mikroskopische Armee, die einen wichtigen Zweck für diesen Körper erfüllt?

Oder etwa ein Parasit? Ein Virus?

Wenn eine Flutwelle oder ein Erdbeben eine ganze Stadt auslöscht, was wäre das, wenn man die Erde als Körper betrachtet? Betreibt die Erde in dem Moment eine Art Selbstverstümmelung?

Oder ist es eher eine Säuberung?

Wiederum ist unsere Spezies inzwischen zum Meister der Selbstvernichtung geworden. Wir vernichten uns gegenseitig, und somit vernichten wir uns selbst. Vielleicht sind wir nichts weiter als eine vorübergehende Grippe.

Es war ein historisch kalter Winter in den Rocky Mountains, als es geschah. Dieses eine Ereignis, das mein Leben für immer verändern sollte.

Seit Jahren schon spielt das Wetter verrückt, auch heute noch. Es schlägt zu den merkwürdigsten Jahreszeiten von einem Extrem ins andere. Viele begründen diese meteorologische Anarchie mit der globalen Erwärmung.

Mehrere Jahre lang hatte ich einen klaren Standpunkt, den

so mancher als reine Schadenfreude bezeichnen würde. Bei jeder Naturkatastrophe, die in den Schlagzeilen auftauchte, jubelte ein Teil von mir, dass wieder einmal zwischendurch eine Reaktion des Planeten auf unser Dasein kommen würde. Nur war ich selber zuvor noch nie betroffen gewesen.

Ich hatte vor einigen Stunden im Büro mit meiner Freundin telefoniert, die mir davon berichtet hatte, dass mehrere Kubikmeter Schnee von unserem Schrägdach abgerutscht waren und den Hauseingang blockierten.

Ich riet ihr, mit dem Kleinen zu Hause zu bleiben und Kinderfilme zu schauen. Aber unser Internet war ausgefallen.

Ansonsten war es ein ganz normaler Dienstagabend auf der Arbeit. Die Kälte waren wir gewohnt, der Schneesturm nervte einfach nur. Dass es bald mehr Tote als einen geben würde, war uns nicht einmal im Ansatz bewusst. Bei uns auf der Arbeit herrschte dicke Luft, dazu kamen Zeitdruck und mal wieder zwischenmenschliches Geknister. Und das nicht im positiven Sinne.

Es knisterte in der Luft.

„Kannst du nicht einmal an deine Mitmenschen denken?", fragte ein schlecht gelaunter Chuck und holte seine Jacke aus dem Spind im kleinen Zwei-Mann-Büro, in dem wir zu dritt standen und gerade unsere Lagebesprechung zu Ende gebracht hatten.

„Was soll das jetzt wieder?", entgegnete ich.

„Ich hatte dich ganz klar gebeten. Schreibst du dir das nicht auf? Oder ist dir etwas nur wichtig, wenn es dich selbst betrifft?"

„Chuck, ich habe es vergessen."

„Weil's dir nicht wichtig war."

„Das behauptest du."

„Nein, das weiß ich. Und nur weil es Kaffeesahne war, heißt es nicht, dass es nicht immer noch eine Dienstanweisung von einem deiner Vorgesetzten war."

Wieder einmal hatte mich der dicke, cholerische, koffeinsüchtige Wärter mit dem Walross-Schnurrbart zum Laufburschen degradiert. Ich hasste ihn aus vollem Herzen und wünschte mir, er würde eines Tages an seinem eigenen Gewicht ersticken. Die Vorstellung allein gab mir die innere Ruhe, die ich benötigte, um nicht wieder einmal in meinem Leben über die Stränge zu schlagen und ihm seine hässliche, aufgedunsene Fresse zu polieren.

Und Mundgeruch hatte er zu allem Überfluss auch, wie immer. An jenem Abend nach Schokolade.

„Nun komm mal runter, du Mädchen. Wie du selber sagst, Chuck, es ist nur Kaffeesahne", mischte sich Maynard ein, der am Schreibtisch den Zeitplan verinnerlichte und sich die Schläfen massierte. Maynard war glücklicherweise hier der Chef im Ring und zusätzlich auch mein Onkel.

„Ja, ist gut", nörgelte Chuck, „ich schlage mich gern die halbe Nacht mit schwarzer Plörre herum."

„Andy wird dich dafür jetzt aushalten müssen, und das macht er doch gerne", sprach Maynard für mich.

Mir war wieder einmal schlecht, aber ich sprach nicht darüber. Am liebsten hätte ich beiden Kollegen vor die Füße gekotzt.

„Nicht wahr, Andy?"

„Ja, Sir."

„Hör auf, mich ‚Sir' zu nennen, Junge."

„Ja, Sir."

„Dein Neffe ist ganz schön dummdreist", sagte Chuck.

„Das liegt in der Familie", antwortete ich.

„So, auf geht's, ihr Loser. Wir haben gerade ganz andere Sorgen als irgendwelche Getränke."

Maynard zog seine Jacke an, nahm eine schwarze Thermobox aus Styropor mit, wie die vom Lieferservice. Er drückte sie Chuck in die Hand, zückte seinen Schlüsselbund und schloss die quietschende Gittertür auf.

„Hammersmith wartet auf uns. Ich denke, wir sind in etwa zehn Minuten wieder da."

„Hast du schon rausgeguckt? Wohl eher 20."

„Dann eben 20. Andy, regelmäßige Berichte, mit Uhrzeit. Du kennst das Spiel."

Ich nickte unterfordert.

Beide Männer verließen das Büro und gingen durch den beklemmenden, verwinkelten Korridor Richtung Personalausgang. Ich folgte, mit einem Fäustchen in der Tasche und einem höflichen Pokerface.

Diese Übelkeit machte mich fertig. Und es war nicht das erste Mal, dass mir in einer Hinrichtungsnacht schlecht wurde. Da steht man unter viel Stress.

„Maynard."

„Ja?"

„Kann ich irgendwie helfen? Gibt es irgendwas, was vielleicht zu tun ist?", fragte ich. Womöglich etwas sarkastisch.

„Kaffeesahne holen", murmelte Chuck.

„Na ja, da ihr ja rübergeht, macht es Sinn, dass ihr das selbst erledigt, oder?"

„Der kleine Hosenscheißer hat recht."

„Gestreut hast du?", fragte Maynard.

„Eher versucht. Es war zwecklos."

„Müll ist raus?"

„Ja."

„Drüben schon Stühle aufgestellt? Fenster geputzt?"

„Ist auch erledigt."

„Gut. Dann einfach jetzt die Stellung halten. Der Neger hat doch zu fressen und geht nirgendwohin, oder?"

Ich stockte.

„Oder?!"

„Livingston, der ‚Gefangene' hat zu essen... und ist nach wie vor gefangen, ja."

Maynard merkte, dass seine rassistische Äußerung bei mir angeeckt war. Aber nicht aus den offensichtlichen Gründen, die ihr vielleicht gerade annehmt.

Maynard bohrte nach, während er auf die stählerne Tür zuging und den richtigen Schlüssel heraussuchte.

„Na, was wird das, willst du mir wieder einen Vortrag halten, was für ein rassistisches Arschloch ich bin?"

„Na ja. Ich glaube, es wird kaum was bringen."

„Dummdreist, sagte ich doch", murmelte der korpulente Chuck kopfschüttelnd.

„Nur damit du das weißt, mein Junge, sage ich es dir deutlich. Ganz besonders heute kannst du mich damit am Arsch lecken. Und ganz besonders heute freue ich mich sehr darauf, diesen einen... moralisch und menschlich bankrotten ‚Afroamerikaner' an seinen Absender zurückzuschicken. Ist das klar genug rübergekommen? Und jetzt geh heulen, wenn du musst."

Stanley Livingston, der Mann, den wir in dieser Nacht ins

6

Jenseits befördern sollten, hatte etwas unvorstellbar Bestialisches getan. Insofern war ich also einverstanden damit, ihn nachhaltig von der Gesellschaft fernzuhalten. Das war nicht das Problem für mich.

Und ganz ehrlich gesagt war mein Problem auch nicht, dass sich Maynard mal wieder von seiner rechtspopulistischen Seite gezeigt hatte. Das war ich gewohnt.

Mein Problem war allgemeiner, wie ich bereits angedeutet habe. Ich fand Menschen generell scheiße. Die Menschheit an sich war mir ein Dorn im Auge, eine barbarische Spezies, die insgesamt vernichtet gehörte. So stieß es mir übel auf, dass ein glatzköpfiger Redneck, der täglich Abgase in die Atmosphäre schickte und Fleisch aus Massentierhaltung konsumierte, sich das Recht herausgenommen hatte, sich über einen andersfarbigen Artgenossen zu stellen. Wenn man generell Menschen hasst, dann stellt euch einmal vor, was man für selbstgefällige Menschen empfindet.

Aber mein Onkel war zugleich mein Chef, so musste ich meine Grenzen kennen. Und womöglich wusste er nicht, was er tat. Also schön einatmen, ausatmen, 21, 22...

„Ich heule nach Feierabend. Kommt heil wieder."

„Gut. Sorg einfach dafür, dass hier alles so bleibt, wie es ist, und damit bist du aktuell Mitarbeiter der Stunde."

„Große Karriere", spottete Chuck.

Ich stellte mir vor, mit meinem Stinkefinger Chucks Augen einzeln auszustechen.

„Ich werde euch nicht enttäuschen."

Der Gefängnisdirektor, Mr. Hammersmith, hatte Maynard, Chuck und die zwei Kollegen, die bereits an der stählernen Ausgangstür warteten, zu einem Krisengespräch zitiert. Bei uns lief nämlich an diesem Abend aufgrund des extremen Wetters alles anders als sonst, und es musste Ordnung her. Verloren wir als Vollzugsbeamte unsere Fassade der Ordnung, war auf uns die Jagdsaison eröffnet.

Durch den Schlitz in einer Stahltür im Gang war ein Nachrichtensprecher im Fernsehen zu hören, immer wieder unterbrochen durch Störgeräusche. Er berichtete vom Sturmtief und vom daraus resultierenden Ausnahmezustand in der gesamten Stadt. Die Straßen wurden mühsam freigebaggert und sahen nunmehr aus wie tiefe weiße Schluchten, viele Häuser waren zugeschneit. Der Sturm war bereits seit Tagen zugange, aber nun kam er so richtig in Wallung. Die Behörden rieten inzwischen den Einwohnern dazu, ihre Lebensmittelreserven aufzustocken und nur in extremen Notfällen ihre Häuser zu verlassen.

Die Männer zogen sich ihre Fellkapuzen über den Kopf, denn gleich würde es ungemütlich werden.

Als Maynard die quietschende Tür nach außen aufdrückte, blies der laute, pfeifende Wind fette Schneeflocken ins Gebäude hinein, wie Konfetti auf einer Silvesterfeier. Die kalte Luft frischte immerhin den muffigen Geruch in unserem kleinen Parterre-Containergebäude auf, an den ich mich bereits gewöhnt hatte.

Ich drehte mich schnell weg von der klirrenden Kälte und lief durch den beklemmenden Gang zum vergitterten Zwei-Mann-Büro zurück, und musste dabei einmal kurz würgen.

Mein Sudoku-Heft wartete. Ich war schon immer ein Mensch, der Zahlen liebte. Und ich musste mich von meinem flauen Magen ablenken sowie von der generellen Einöde des unbeschäftigten Herumsitzens. Reinste Folter.

Ich hörte Maynard noch draußen im Sturm zu den anderen Wärtern rufen: „Los, beeilt euch! Scheiße, ist das kalt!"

„Das wird heute nie was", rief Chuck durch den Sturm.

„Immer optimistisch bleiben, heute kommt nur Presse", antwortete Maynard mit lauter Stimme, um gegen das starke Sausen anzukommen. „Ich glaube, die sind sogar schon da."

„Verdammt, ist das kalt!"

„Lauft schon mal vor, ich schließe ab."

„Fuck, ich kann kaum sehen!"

„Jetzt geh endlich zu!"

uf dem Weg zum „Bürokäfig" atmete ich einmal durch und begann in mein kleines, altmodisches Protokolldiktiergerät zu sprechen.

Klick.

„Dienstag, 31. Januar 2034, 19:00 Uhr. Stab ist zur Dienstbesprechung im Direktorenbüro bezüglich der wetterbedingten Komplikationen, die letzte Mahlzeit ist pünktlich serviert. Fesselteam und Emergency Medical Technician Team sind bereits am Nachmittag eingetroffen, und nach gegenwärtigem Stand–noch zu 20:00 Uhr bestellt. Wir werden in Kürze mehr wissen."

Ich blieb stehen...

Irgendetwas fühlte sich nicht mehr richtig an...

Der Wind wurde draußen lauter, und ich spürte leichte

Vibrationen in den Füßen. Die kalten Neonlichter an der niedrigen Decke begannen zu flackern.

Ich hörte Maynard draußen fluchen. Er schien gegen einen starken Wind anzukämpfen, den ich deutlich hören konnte.

„Du blödes Mistding! Geh zu! Andy! Ich glaube, ich brauche dich hier mal!"

Ich rollte die Augen und drehte mich um...

Der Fernseher, den man im Korridor zwar nicht sehen, aber noch recht gut hören konnte, wurde immer öfter durch ein Rauschen unterbrochen...

Draußen in der Ferne baute sich ein unheimliches Getöse auf...

Ein merkwürdiger Schatten schien sich über alles zu ziehen...

Alles fing an, immer unkontrollierter zu beben...

Einige Lichtröhren zersprangen...

Es wurde um mich herum lauter und lauter...

Ich ließ vor Schreck das Diktiergerät fallen...

Dann...

Boom!

Ein ohrenbetäubender Knall, plötzliche Dunkelheit und ein apokalyptisches Erdbeben.

Ich fiel zu Boden und konnte sehen, wie sich die Blechwände wölbten und krümmten.

Alles vibrierte brachial und unkontrolliert.

Es fühlte sich so an, als würde ich auf einem Gleis liegen,

während ein Zug über mir vorbeiraste. Ich war mir sicher, dass mein Leben in wenigen Sekunden vorbei sein würde. Das Getöse ließ nicht nach, so hielt ich mir die Hände über den Kopf und wartete auf den sicheren Tod. Was auch immer da draußen passierte.

Ich erinnere mich vage an den 11. September 2001, wie ich damals mit sieben Jahren vorm Fernseher saß und das Entsetzen der Erwachsenen nicht ganz begriff. Obwohl die Welt inzwischen noch weiter entgleist zu sein scheint, gab es nach wie vor glücklicherweise noch keinen Terroranschlag, der dem Angriff auf die Twin Towers des World Trade Center auch nur annähernd gleichkam. Als ich mitten in diesem merkwürdigen Erdbeben steckte, musste ich unwillkürlich an diesen schicksalhaften Tag denken und daran, wie es gewesen sein musste, sich inmitten eines einstürzenden Wolkenkratzers zu befinden.

Aber zum Glück stürzte das Blechgebäude, in dem ich mich befand, nicht ein.

Ihr habt sicher davon gehört, dass man kurz vorm Sterben sein Leben im Schnelldurchlauf vorbeisausen sehen würde. Das dachte ich mir zumindest immer wieder, als ich bei Hinrichtungen zusah. Nun kann ich das bestätigen. Ich sah einen ziemlich detaillierten Film. Meine Kindheit und Jugend. Die Highschool, die Army, dann die Polizeiakademie. Meine Karriere, meine Fehltritte. Dann diesen Lebensabschnitt, im Geschäft des staatlich gesponserten Tötens.

Vor allem sah ich meine Freundin und meinen Sohn. Dieses Bild blieb dann in meinem Kopf hängen, als wäre der Film plötzlich gestoppt worden.

Der berüchtigte Lichttunnel blieb aus. Die Himmelspforte ebenso. Alles war immer noch stockdunkel und barbarisch kalt.

Es wurde extrem still, bis auf das penetrante Piepen in meinen Ohren. Kein sausender Wind mehr, keine Stimmen vor der Tür, kein Fernseher mehr. Nichts. Jetzt hätte man eine Nadel fallen hören können.

„Was zum Henker..."

Vorsichtig setzte ich mich auf und sah mich um. Absolute Schwärze. Ich tastete um mich, atmete schwer. Was jetzt? Was zur Hölle war passiert?

Die Notlichter gingen an und tauchten das gesamte Innenleben des kleinen Hinrichtungsgebäudes in ein deprimierendes, schwaches Orange. Dieses Licht und die Gittertüren ließen den kleinen Korridor, in dem ich mich befand, wie den Keller eines SM-Etablissements aussehen. Eigentlich eine deutlich passendere Beleuchtung für diesen Ort als das klinische Neonlicht aus dem Alltag, das eher an eine Notaufnahme erinnert. Mit Lebenserhaltung hatte diese kleine Einrichtung nämlich nichts zu tun.

Ich atmete erleichtert auf, denn diese schwache Beleuchtung war meine Rettung aus der Dunkelheit.

Ich stand hastig auf und orientierte mich.

„Was ist hier los? Was..."

Mein Atem war sichtbar. Es fühlte sich so an, als wäre ich plötzlich in einen Kühlschrank gesteckt worden. Die Kälte nahm schlagartig zu.

Und der Schall in diesen Räumlichkeiten hatte sich verändert. Normalerweise hallte es leicht, nun klang alles stark gedämpft, als wäre das Gebäude in eine dicke Decke eingewickelt. Merkwürdig und beängstigend.

Wieder schoss mir die Frage durch den Kopf, was zur Hölle da draußen passiert war.

Ich stürmte in das kleine Zwei-Mann-Büro und ging zur Wandheizung, hielt meine Hand dagegen. Sie schien abzukühlen.

Ich drehte sie auf die höchste Stufe, aber dann hörte ich ein beunruhigendes Gepolter in den Rohren. Scheiße.

Ich kramte im Spind nach meiner Jacke. Auf der Stelle hüpfend, zog ich sie mir über die Uniform und hüllte meinen Kopf in die Fellkapuze, fegte dabei mein Sudoku-Heft sowie einige Unterlagen vom Schreibtisch.

Ich blies mir in die Fäuste und ging zum Schließfach, wo ein rotes Lämpchen leuchtete, was eine minimale Abwechslung zum allgegenwärtigen Orange darstellte. Das Teil hatte scheinbar eine autarke Stromversorgung.

Ich tippte die Kombination 2409 ins Keypad, woraufhin das Lämpchen auf Grün umsprang und das Schließfach sich öffnete. Ich suchte nach meinen Handschuhen, wurde aber nicht fündig.

Ich nahm mein Handy heraus, null Balken.

Ich versuchte dennoch meine Freundin Paula anzurufen. Aber ohne Erfolg. Dann versuchte ich das Verwaltungsbüro anzurufen, gleiches Ergebnis.

„Fuck!"

Ich öffnete den Nachrichtenverlauf mit Paula. Ihre letzte Nachricht an mich war von heute Morgen: „Warum bist du nur so kalt zu mir?"

Ich sprach ins Handy: „Paula, check mal bitte die Nachrichten, wenn du das hier hörst. Sag mir, was hier los ist. Ich glaube, wir sind hier irgendwie zugeschneit."

Ich schickte die Sprachnachricht ab, aber sie ging nicht durch, das Rädchen kreiselte unaufhörlich. Ich steckte mir mein Handy ein.

Im Schließfach fand ich meine Taschenlampe, meine Rettung. Beim Herumsitzen im Büro hatte sie mich immer an der Hüfte genervt, so war es gang und gäbe, sie wegzulegen. Ich schnappte sie mir und schaltete sie ein.

Ich nahm den Hörer des Bürotelefons hoch und lauschte, dieses hatte nicht einmal ein Freizeichen. Der Stress wirkte sich nicht besonders positiv auf meine Übelkeit aus, gegen die ich heimlich den ganzen Abend am Kämpfen gewesen war.

Mal wieder.

Es war an der Zeit, mir ein Bild von der Lage zu machen. Ich ging zurück in den Korridor und leuchtete durch die Gegend. Alles schien normal, bis auf dieses düstere deprimierende Licht.

Dann hörte ich ein leises, gedämpftes Stöhnen.

Ehe ich dem Geräusch folgen konnte, war es zu schnell wieder weg. Ich lauschte alarmiert.

„Hallo?"

Keine Antwort.

„Ist da jemand? Ist jemand verletzt?"

Stille.

Ich wanderte durch die bedrückende Dunkelheit Richtung Personalausgang, zur nördlichen Front des Gebäudes. Dabei suchte ich mit meinem Handy nach einem Netz.

Dann kam ich dort an, wo mich eine Stahltür hätte erwarten müssen...

Dort bot sich mir aber ein seltsames Bild, das mich irgendwie an einen Rodelberg erinnerte. Keine Tür mehr in Sicht, stattdessen ein enormer Schneehaufen, der in den Korridor geplatzt war, bis zur Decke hoch, vermischt mit Dreck, Tannenzweigen und sogar Trümmern.

Nun ahnte ich allmählich, was passiert sein musste.

Ich näherte mich dem Schnee, begann den „Rodelberg" hochzuklettern, soweit es in diesem beklemmenden Korridor ging. Ab und zu blieben meine Füße tief stecken. Die Kälte des Schnees griff sie an wie tausend Messerstiche.

Je höher ich kam, desto kleiner musste ich mich machen.

Ich begann oben zu graben, dann konnte ich einen kleinen Teil des Türrahmens freilegen.

Dahinter war der Schnee dicht und fest, es war eher eine Eiswand. Ich klopfte mit den Fingern dagegen, versuchte zu bohren und zu buddeln. Keine Chance.

Ich hielt das Handy hoch in die Ecke. Kein Netz.

Mein Puls begann zu rasen. Mein Magen brodelte und blubberte wie ein Vulkan. Ich schmeckte Magensäure und meinen halb verdauten Burrito mit Kidneybohnen und Hackfleisch.

Ich stieg hastig wieder hinab, schritt zum Büro zurück und grübelte. Zunehmend war ich mir sicher, was dieser laute Knall gewesen sein musste.

Normalerweise bot die Ausgangstür einen recht idyllischen Blick auf den Bergfuß, wenn auch durch einige Schichten Maschendraht und NATO-Draht. Man konnte kilometerweit nach oben zu den Gipfeln schauen, wo an deren Spitzen sogar das ganze Jahr über Schnee zu sehen war. Und bildhübsche Taiga, die besonders im Sommer die Luft mit ätherischen Gerüchen füllte. Raucherpausen waren hier klasse, besonders im Sommer. Nur roch man dann die gute Luft nicht mehr.

Unser kleines Containergebäude, wo die faulsten Äpfel der Gesellschaft jeweils ihre letzten 24 Stunden verbrachten, war in etwa so groß wie ein einstöckiges Einfamilienhaus. Es war vom Rest des Gefängnisses abgesondert und nur für die faulen Äpfel vorgesehen, die dort ihre letzten 24 Stunden verbrachten und dann ausgesondert wurden. Das Gebäude hatte nur eine Handvoll Räume und zwei Ausgänge.

Die Nähe zum Bergfuß war generell nie ein Problem gewesen, da es zuvor auch noch nie so einen Schneesturm gegeben hatte. Das Gebäude war wie eine Fußmatte vor einem Schrägdach. Alles gut, bis zu viel Schnee auf dem Dach liegt. Nun schien die geografische Lage des Gebäudes eine Art „Epic Fail" zu sein.

Ich hatte zwar am Nachmittag versucht Streusalz auf dem Parkplatz zu verteilen, aber gegen diesen Schneesturm kam man einfach nicht an. Es war schlichtweg zu viel Schnee. Ich gab nach wenigen Minuten auf und bevorzugte die Zigarette.

„Er wird sich auf den Bergen ordentlich angesammelt haben", murmelte ich leise zu mir selbst.

Auf der einen Seite wollte ich mir diese merkwürdige plötzliche Situation erklären. Auf der anderen Seite wusste ich die Antwort und wollte sie nicht wahrhaben.

Dies musste eine Lawine gewesen sein.

Und ich war mittendrin.

Mein Kopf raste, mein Hals pochte. Ich war komplett auf mich gestellt, und es musste schnell ein Plan her. Ich musste mich außerdem von meiner zunehmenden Übelkeit ablenken.

Als Erstes nahm ich mir vor, mich zu vergewissern, dass ich auch wirklich von einer Lawine verschüttet war. Zwar war es die plausibelste Erklärung für die Ereignisse, aber mir wäre eine andere auch willkommen gewesen.

So rannte ich mit der Taschenlampe ins Büro und öffnete das kleine, vergitterte Fenster. Unterschiedlich dicke Schneebrocken fielen mir vor die Füße.

Dahinter, wie an der Tür auch, eine kompakte und harte weiße Wand, fast wie Marmor. Ich zog meinen Schlagstock und klopfte dagegen.

Ich hielt dann mein Handy gegen das Fenster, kein Netz.

Mein Magen meldete sich wieder und spie eine Lavafontäne meinen Rachen hoch.

Ich schaute als Nächstes in die Toilettenkabine, wo ein noch kleineres Maschendrahtfenster den gleichen beklemmenden Ausblick auf eine weiße Mauer bot.

Zum ersten Mal in sieben Jahren suchte ich in dieser Blechdose bewusst nach Fenstern. Wann musste man das sonst? Auch hier hielt ich mein Handy hoch gegen das Fenster. Immer noch kein Netz.

Ich nahm den Schlagstock und schlug gegen den Maschendraht, immer stärker. Schnee rieselte auf die Toilette wie Parmesan, aber dieses Gepolter war vollkommen sinnlos und sogar ein wenig armselig.

Plötzlich kam mir dann doch mein Burrito, den ich wenige Stunden zuvor gegessen hatte, hoch. Ich konnte ihn nicht mehr zurückhalten, und glücklicherweise stand ich am richtigen Ort...

Ich fiel auf die Knie, öffnete den Klodeckel und kotzte mir die Seele aus dem Leib. Mein Kopf lief rot an, mein Magen verkrampfte sich, wie von einer eisernen Faust zerdrückt.

Wie bereits erwähnt, hatte ich vorher schon bei den besonders stressigen Hinrichtungen mit Übelkeit zu kämpfen gehabt. Dies hatte ich stets vor meinen Kollegen verheimlicht, allen voran vor Maynard. Ich wollte keine Schwäche zeigen.

Paula dagegen wusste davon, aber nicht, weil ich es ihr freiwillig erzählt hatte. Die Frau hatte eine Nase wie ein Spürhund und konnte es riechen. Ihrer Meinung nach lag es an meinem schnellen Essen, gepaart mit besonderen Stresssituationen.

Mein Therapeut dagegen hatte deutlich mehr hineingedeutet. Zum Beispiel hatte er gefragt, ob ich mir dabei jemals einen Finger in den Hals gesteckt hatte. Und dies war besonders am Anfang der Fall gewesen. Ab und zu waren es sogar zwei Finger gewesen. Für ihn war das ein deutlicher Fall der Selbstbestrafung gewesen. Ja, ich gehörte schon in die Schublade der Borderliner.

Auf den Knien hockte ich in dieser immer wieder vertrauten Position vor der Toilette, die ich mit beiden Händen festhielt. Das Metall war in dieser Nacht wesentlich kälter als normalerweise.

Ein letzter langer Speicheltropfen hing mir aus dem Mund, wie elastischer Pizzakäse. Ich spuckte mühsam, um den lästigen Sabberfaden loszuwerden, aber er löste sich nicht. So wischte ich mir mit meinem Ärmel über den Mund und stand dann auf.

Ich versuchte die Spülung zu betätigen, um meine Kotze zu beseitigen. Aber außer einem gedämpften Grunzen irgendwo im Bauch der Kanalisation tat sich nichts.

Ironischerweise war dies kein Bulimie-Rückfall. Ich hatte öfter heimlich auf der Arbeit gekotzt und es immer vertuschen können. Heute war alles anders.

„Na klasse..."

Ich drückte mehrmals auf den Knopf, aber ohne Erfolg. Dann öffnete ich den Spülkasten, um dem Problem auf den Grund zu gehen. Das Wasser im Spülkasten war bereits dick wie ein Hackeisgetränk.

„So eine Scheiße!"

Ich drehte mich zum Waschbecken um, um mir die Hände und das Gesicht zu waschen. Aber der Wasserhahn war auch defekt. Unbehagliche Geräusche drangen aus dem Innenleben der Wasserleitung, aber kein Tropfen Wasser.

Ich steckte meine Hände in den Spülkasten, um sie zu waschen. Ich benutzte sogar die Seife. Dann klatschte ich mir etwas von dem Eiswasser ins Gesicht, besonders meine Mundpartie reinigte ich gründlich.

Mir mit diesem Wasser den Mund auszuspülen, das hätte aber meine Ekelgrenze deutlich überschritten. So musste ich den Geschmack von Kotze vorerst in Kauf nehmen. Vielleicht würde ich noch im Büro etwas finden, um meinen Mund zu spülen.

Ich griff nach dem Handtuch und trocknete mich dann ab. Und trotz meiner Ungewissheit und Angst ging es mir ein Stückchen besser als zwei Minuten zuvor.

Dann hörte ich wieder dieses leise Stöhnen, das ich bereits vergessen hatte. Kaum hatte ich es realisiert, war es auch schon wieder weg.

Ich verließ hektisch die Toilettenkabine, schritt durch das Büro in den Korridor, sah mich um, rief in die Dunkelheit. Aber keine Antwort kam zurück.

„Wer war das?"

Wo kam dieses Stöhnen her? Etwa aus Livingstons Einzelzelle?

Ich ging Richtung Zelle. Es roch lecker nach einem herzhaftem Dinner. Und ein wenig nach Stressschweiß. Unterm Strich aber wesentlich angenehmer als der bittere Geschmack in meinem Mund.

Ich lauschte am vergitterten Schlitz in der Stahltür.

Dann wusste ich nicht weiter.

Mein Herz begann leicht zu rasen. Was fragte man in dieser Situation einen zum Tode verurteilten Soziopathen, der laut Plan fünf Stunden von seinem Ableben entfernt war? Ob es ihm denn gut ginge? Erklärt man ihm, dass wir gerade „technische Schwierigkeiten" hätten und so bald wie möglich wieder zum Programm zurückkehren würden? Dass ich mit dieser Situation völlig überfordert war, bedarf wohl keiner Erwähnung.

Ich lauschte weiter.

Aber es war mucksmäuschenstill.

Dann hörte ich eine raschelnde Bewegung und ein Schnauben.

Das reichte mir als Zeichen, dass der Todeskandidat noch lebte und nicht verletzt war. Mir fiel ein Stein vom Herzen, da ich andernfalls zum Handeln verpflichtet gewesen wäre. In dieser Situation ging es mir besser damit, möglichst gar keinen Kontakt zum Löwen im Käfig zu haben.

Ich stürmte um die Ecke und kam zu einer Gittertür, die ich aufschloss. Dahinter war direkt eine Stahltür, die ich ebenfalls aufschließen musste.

Ich gelangte in den Hinrichtungsraum, wo es besonders

steril roch. Der Raum war nicht besonders groß. Ich richtete den Lichtstrahl meiner Taschenlampe in jede Ecke, hielt das Handy überall in die Höhe. Gleiches niederschmetterndes Ergebnis.

An der breiten Wand gab es vier verschiedenfarbige Telefone, eine Wanduhr und eine kleine Luke mit Keypad und rotem Lämpchen wie im Büro. Ein kleines Fenster rechts an der Seite neben der Pritsche, die in der Raummitte stand.

Ich ging schnell hin, doch dieses Fenster gewährte nur einen Blick in den kleinen Nebenraum dahinter, wo der Henker den Giftcocktail für den Verurteilten vorbereiten würde.

Handy-Check. Und immer noch Fehlanzeige.

Im Fenster selbst waren bereits die drei Ampullen mit gelblicher Flüssigkeit eingesetzt, die über einen langen Schlauch intravenös in die Arme des Verurteilten fließen würde. Jede Ampulle hatte in etwa die Größe eines Eddings.

Alles war vorbereitet, aber keine Menschenseele war da. Es fühlte sich an wie das Ende der Welt. So dunkel und so still hatte ich diese Räume noch nie zu Arbeitszeiten gesehen.

„Komm schon, irgendwo..."

Ich leuchtete mit der Taschenlampe in den kleinen Zeugenraum, der durch eine große, robuste Glasscheibe vom Hinrichtungsraum getrennt war. Die Scheibe war zusätzlich vergittert. Sie hatte bereits einen großen Sprung von der Erschütterung bekommen.

Hinter den zehn Holzstühlen im Zeugenraum befand sich nichts außer türkisfarbener Wandfläche. Keine Fenster.

Aber der Raum hatte auch eine stählerne Ausgangstür, es gab insgesamt nur zwei...

Mein Puls raste immer schneller.

Ich stolperte über einen losen Gürtelriemen, der von der gepolsterten schwarzen Pritsche hing, und taumelte durch die offene Doppeltür zum Korridor hinaus, um eine Ecke und zur Tür des kleinen Zeugenraums. Ich schloss keine Türen hinter mir wieder ab, normalerweise ein absolutes No-Go.

Wieder fuchtelte ich mit zittrigen Fingern und rasendem Puls an meinem Schlüsselbund herum. Ich schloss die Tür auf, betrat den kleinen Zeugenraum und marschierte direkt zur Ausgangstür, durch die in wenigen Stunden sieben Journalisten in den Raum eskortiert worden wären. Angehörige waren zu diesem Termin nicht angemeldet, weder seitens des Mörders, noch der Opfer. In diesem Fall vermutlich dieselben Personen, da es sich um einen Doppelmord innerhalb der Familie gehandelt hatte.

Handy-Check. Kein Netz. Ich steckte mir mein Mobiltelefon in die Hosentasche.

Die Stahltür hier ging nach außen auf und befand sich, wie die andere auch, auf der Nordseite des Gebäudes. Also ahnte ich schon Böses.

„Du wirst jetzt einfach aufgehen."

Ich nahm meinen Schlüssel und schloss die Tür auf.

Ich versuchte sie dann zu öffnen, aber sie rührte sich keinen Millimeter.

„Nein. Nein, bitte nicht..."

Ich stemmte mich mehrfach mit dem Oberarm dagegen, trat dagegen. Aber die Tür rührte sich keinen Millimeter.

Mein Puls war nun auf 180. Ich konnte meine Hauptschlagader am Hals pochen hören.

In diesem Raum befand sich ebenfalls eine kleine Heizung

an der Wand. Ich fasste sie an, diese war noch kühler als die im Büro. Dabei hatten wir alle auf die gleiche Stufe aufgedreht.

Hektisch stürmte ich wieder durch die offenen Türen und in den Hinrichtungsraum. Ich eilte zu den vier Telefonen hinter der Pritsche und nahm die Hörer nacheinander ab. Schwarz, rot, beige, grün, alle vier Leitungen waren tot. Der Albtraum wurde immer schlimmer. Das hier war nicht gut.

In dem Moment schoss mir durch den Kopf, wie bescheuert es eigentlich war, erst jetzt die Feststellung zu machen, dass das „Death House" irgendwo als Endstation konstruiert war und man nicht mal eben hier rausgelangen sollte. Wäre ich nicht so unter Strom gewesen, hätte ich über die Ironie gelacht.

Nun war ich selber betroffen.

Wie groß die Schneemasse war, unter der ich mich befand, das wollte ich mir in jenem Moment nicht vorstellen. Mir war es lieber, auf irgendeine Hoffnung zu setzen, anstatt vorschnell in Verzweiflung zu verfallen.

Viele Todeskandidaten klammerten sich sicher bis zuletzt an die Hoffnung, nur um nicht im letzten Moment komplett durchzudrehen. Ich hatte schon einige Male beobachtet, dass sogar bei Hinrichtungen noch zu den Telefonen geschaut wurde. Man gab bis zuletzt nicht auf. Menschen brauchen eine Hintertür. Nimmt man ihnen diese, dann bricht man die Menschen erst.

Ich konnte nur hoffen, dass meine eigene Hintertür noch auftauchen würde.

E in wenig Vorgeschichte, einfach damit ihr wisst, wer euch gerade von seinem Kampf gegen die Naturgewalten erzählt, und warum ich im Nachhinein glaube, dass mir das alles so passieren musste. Ein einschneidendes Ereignis in meinem Leben war längst fällig gewesen. In diesem Falle wohl eher „einschneiend". Vielleicht erläutere ich einmal anhand eines Beispiels, was für ein ekliger Mensch ich geworden war.

Ich war letztes Jahr mit meiner Freundin Paula unterwegs, um einen Babysitz für Sonny zu besorgen. Es gibt dafür einen Laden hier in der Stadt. Und dieser war relativ selten besucht.

Wir betraten den Laden, und eine äußerst nette Frau kam uns am Eingang bereits entgegen, um uns die Tür aufzuhalten.

„Guten Tag, schön, dass Sie da sind."

Meine Freundin erwiderte die Freundlichkeit und begann sie mit Fragen über die Sicherheit und Qualität der verschiedenen Modelle zu löchern. Ich dagegen war genervt von der Herzlichkeit der Dame, ich empfand sie sogar als aufdringlich. Gut, es sollte hinzugefügt werden, dass meine Laune generell im Arsch war, weil ich auf der Arbeit mit meinem eigenen Onkel aneinandergeraten war. Der Mann hatte oft einiges mit mir aushalten müssen.

„Was meinst du denn, Schatz?", fragte mich Paula und riss mich aus meinen destruktiven Tagträumen.

„Was?"

„Der Baby-Safe hier ist doch super, oder? Man kann ihn leicht in die Hand nehmen, und guck mal, wie einfach man den angeschnallt kriegt."

Die Verkäuferin war auch zufrieden. Ich dagegen stockte.

„Ist was, Schatz?"

„Äh..."

Ich zückte mein Smartphone und öffnete Google.

„Wie heißt denn das Modell?"

„Was tust du da, Schatz?"

Ich sah dann die Verkäuferin an, die langsam unsicher aussah.

„Hören Sie", sprach ich dann die Frau an, „ich will einmal die Karten offen auf dem Tisch haben. Ihr Laden kann nicht besonders gut laufen. Die Geburtenrate ist hier schon lange nicht mehr so, wie sie mal war. Und sollte Ihr persönlicher Überlebenskampf in irgendeiner Weise mit in Ihre Beratung einfließen, dann werde ich es herausfinden. Im Netz findet man alles heraus."

„Schatz, was ist denn in dich gefahren?!"

Die Verkäuferin war mundtot. Paula war wütend, sicher auch etwas verletzt, und kaufte aus Trotz den Sitz. Und gab der Frau ein großzügiges Trinkgeld und entschuldigte sich für mich.

That's me.

Ach, ja. Mein Name ist Andy Sosa, ich hatte vergessen, mich vernünftig mit Namen und Händedruck vorzustellen. Dies ist mein erstes und vermutlich einziges Buch, daher seht mir das bitte nach, falls das hier einer außer mir liest.

Ich bin 1994 geboren, das macht mich heute 41 Jahre alt. Ich schreibe im Dezember 2034, eingeschneit wurde ich Ende Januar im Alter von 40 Jahren. Ich bin gerade bei meinem ehemaligen Kollegen Ricky zu Besuch, unsere Familien verbringen dieses Jahr die Weihnachtsferien zusammen.

Draußen fallen Schneeflocken, und sie machen mich diesen Winter besonders nachdenklich. Sie bringen Erinnerungen hoch.

Meine Eltern hatten immer gedacht, dass es irgendwann Weltfrieden geben würde, oder fliegende Autos, Teleportation, oder gar die Abschaffung der Todesstrafe. Man konnte um die Jahrtausendwende herum auch besonders in futuristischen Filmen sehen, wie naiv und optimistisch die Vorstellung der Zukunft einmal war.

Wie sieht die Wirklichkeit aus? Nichts hat sich verändert. Ja, die Technik hat hier und da ihre Sprünge gemacht. Smartphones werden immer schicker, bleiben aber Smartphones. Autos fliegen nicht, sondern kommen immer dekadenter ausgestattet auf den Markt und dann auf den Schrottplatz. Zeitreisen sind noch nicht möglich. Und die politische Lage zeigt auf jeder Ebene, dass wir Menschen kaum fähig sind, aus der Geschichte zu lernen.

Ach ja, und meine Eltern sind seit meinem 15. Lebensjahr geschieden.

Mein Therapeut hatte mir schon vor Jahren zum Schreiben geraten. Damals fiel mir nichts zum Schreiben ein. Er schlug Briefe vor und sagte, dass es von großer psychologischer Wichtigkeit sei, meine Erlebnisse und geistigen Kämpfe schriftlich auszuformulieren, damit ich sie verarbeiten und mit ihnen abschließen könnte.

Zum Beispiel war es eine der Übungen, Liebesbriefe, Hassbriefe, Vergebungsbriefe und Dankesbriefe an alle Menschen zu schreiben, die mich zu dem gemacht haben, der ich heute bin. Die ich als Peiniger betrachte. Auch wenn die Briefe nie verschickt werden, soll es angeblich helfen, alles einmal rausgelassen zu haben.

Ich schrieb einen Hassbrief an meine Eltern, meine Highschool-Flamme und Ex-Frau Haley sowie an Captain Roth vom Polizeipräsidium, meinen ehemaligen Chef.

Weitere Briefe schrieb ich nicht. Ich gab irgendwann die Übung auf, sogar den Therapeuten. Es ging mir auf die Nerven, und ich fühlte mich während der Behandlung immer aufgewühlter. Als würde jede noch so kleine Wunde aufgerissen werden. Ich wollte, dass sich Fortschritt anders anfühlt.

Wer weiß, vielleicht hätte es mir geholfen, die Behandlung durchzuziehen. Vielleicht war ich wie der „Karate Kid" Daniel LaRusso, der sich wegen der vielen Sklavenarbeit bei Mr. Miyagi beschwerte und das Handtuch schmiss, ohne dabei zu merken, dass er beim Streichen unbewusst die wichtigsten Abwehrtechniken im Karate lernte.

Ich werde es nie wissen, denn ich gehe nicht mehr zu einem Therapeuten.

Ich muss vorwegnehmen: Mir geht es gut. Diese Schicksalsnacht veränderte mein Leben, und das auf überraschend vielen Ebenen. Ich hatte das Schreiben gehasst. Aber das hier zu schreiben, ist mir ein Bedürfnis. Ich möchte meine innere Reise mitteilen, ermöglicht durch diese qualvolle Zeit an meinem Arbeitsplatz, in der alles auf den Kopf gestellt worden war. Es sollte meine Neugeburt werden.

Ich war vor sieben Jahren Streifenpolizist, steckte in einer hässlichen Scheidung mit Haley, mit der ich seit der Highschool zusammen war. Und die Kriminalfälle auf den Straßen waren sicher nicht besonders gut für mein Gemüt. Immer mehr begann ich meine Mitmenschen zu hassen.

Seit 2025 wurden in den USA sage und schreibe 27 neue Staatsgefängnisse errichtet, das hier eingeschlossen. Die Vollzugsanstalten waren überfüllt, und unser damaliger Präsident wollte ein deutliches Zeichen gegen die zunehmende Kriminalität und den allgemeinen Sittenverfall setzen.

Und falls es eine Erwähnung benötigt, heute hat jeder US-Staat die Todesstrafe. Ja, es hat sich in den letzten Jahrzehnten einiges getan. Und das nicht unbedingt nur im positiven Sinne.

Aber immerhin gibt es immer noch keine Grenzmauer zu Mexiko, wie dieser Donald Trump damals vor fast 20 Jahren angekündigt hatte, als er irgendwie Präsident wurde.

Ich kann bestätigen, dass das harte Durchgreifen der Politik nicht unbegründet war. Als ich im Polizeidienst war, schlugen wir uns mit den Schlimmsten der Schlimmsten herum, und das täglich. Einige schickten wir ins Gefängnis, andere in den Todestrakt, wieder andere direkt zurück auf die Straße. Es schien hoffnungslos. Je mehr Fliegen man erschlägt, desto mehr kommen zurück.

Als einer meiner Kollegen im Dienst erschossen wurde, konnte ich nicht trauern. Irgendwie härtete es mich auf eine unschöne Weise ab. Empathie wich der Apathie.

Immer mehr kam mir die Menschheit wie ein ätzendes, aber vorübergehendes Hautjucken von Mutter Erde vor. Und wie lange würde sie es sich weiter gefallen lassen, bis sie ein paar apokalyptische Naturkatastrophen aus dem Hut zaubert, um uns lästigen Krankheitserregern zu zeigen, wer am Ende das Sagen hat?

Wozu überhaupt essen oder trinken?

Wozu als Rentner unzählige Stunden im Wartezimmer des Hausarztes sitzen, oder Pillen in allen Regenbogenfarben schlucken, nur um die Sanduhr um jeden Preis noch einmal umzudrehen? Um so lange wie nur möglich als Teil dieser großen Pest da zu sein und vor sich hin zu vegetieren?

Und wozu um Himmels Willen Kinder in diese Welt setzen und diese Pest weiter verbreiten? Wozu ein neues, zugegebenermaßen unschuldiges Lebewesen damit bestrafen, indem man es auf die Menschheit loslässt und so wie die anderen werden lässt? Diese Fragen stellte ich mir ernsthaft, fast auf täglicher Basis.

Ich verlor bei zwei Verhaftungen die Beherrschung. Aber nicht aus Schwäche, sondern aus Apathie. Beim ersten Mal bekam ich einen Klaps auf die Hand, beim zweiten Mal ging ich zu weit. Ich hatte auch die mir ärztlich verordneten Pillen an jenem Morgen nicht genommen. Dieser besoffene Frauenschläger beschimpfte mich aufs Übelste und weigerte sich, ins Auto zu steigen. Als er dann versuchte mich anzugreifen, hatte ich von seiner gelallten Fäkalsprache genug, die übrigens immer persönlicher wurde.

Ich schlug ihn jenseits von Gut und Böse zusammen, dank einer Notoperation überlebte er das Ganze um Haaresbreite. Ich hatte ihm das Gesicht komplett zertrümmert.

Was mich hinterher hätte beängstigen müssen: Ich fühlte mich von Captain Roth nicht gerecht behandelt, als er mich vom Dienst suspendierte. Denn schließlich hatte dieser Mann seine Frau verprügelt und wollte mich angreifen. Dass ich mein Amt missbraucht hatte und meine Launen nicht im Griff hatte, das war zu keiner Zeit für mich ein Thema.

Wegen des zu Brei geschlagenen Mannes mit der Bierfahne hatte ich keine schlaflose Nacht.

Als mein Onkel Maynard einen Stab zusammenstellte und mir 2027 diesen Job besorgte, roch das bezugsfertige Gefängnis nach frischem Lack, nicht so wie heute nach penetrantem Männerschweiß.

Ich fühlte mich relativ schnell goldrichtig in meiner Position, wenn auch nicht erfüllt, voller Berufselan oder erfreut über die enge Zusammenarbeit mit meinem anstrengenden Onkel. Ich war nun wie der Assistent eines Kammerjägers. Aber je länger ich den Job ausübte, desto wohler fühlte ich mich mit der „Erkenntnis", dass auch diese Drecksarbeit gemacht werden müsste.

Worüber ich nicht besonders nachdachte, war die Tatsache, dass ich eigentlich hätte froh sein müssen, dass ich so nahtlos nach dem Abgeben meiner Dienstmarke eine neue Perspektive angeboten bekam. Das Timing war beinahe perfekt, ich saß nicht arbeitslos auf der Straße. Das will man hier in Amerika auch nicht. So muss ich im Nachhinein sagen, dass ich wirklich Glück hatte, so schnell an neue Arbeit zu kommen. Wer nimmt schon einen Angestellten, der gelegentliche Aggressionsanfälle bekommt und dabei total die Kontrolle verliert?

Maynard war oft grenzwertig, und ich mochte ihn generell nur in geringen Dosen genießen. So war es äußerst gewöhnungsbedürftig gewesen, mich für ihn als meinen neuen Chef zu entscheiden. Aber ironischerweise mochte er mich und stand mir sogar näher als mein eigener Vater.

H ier im „Death House" sowie nebenan im Todestrakt nahm mir keiner krumm, wenn ich den einen oder anderen Insassen etwas ruppiger anpackte. Ironischerweise brachte mich aber nie ein Todeskandidat zur Weißglut. Sie waren in der Regel sehr still, lasen viel, schrieben viel, malten sogar. Bei ihrem täglichen einstündigen Ausgang hatten sie kaum Verlangen nach einem Basketball, sondern spazierten einfach in ihrem kleinen Käfig umher oder rauchten, während nebenan der große Gefängnisinnenhof wie ein Ghetto klang. Ich kann mich an einen erinnern, der sogar strickte.

Aber das „brave Verhalten" der zum Tode Verurteilten beeindruckte mich nicht, bei mir persönlich gab es keine Sympathiepunkte zu gewinnen. Wer hier einsaß, hatte sein Leben verbockt, etwas Unverzeihliches getan und musste zum Schutze der Gesellschaft sowie aus fundamentalster Gerechtigkeit eingeschläfert werden. Ich fühlte mich sogar als Bürger von Amerika dazu verpflichtet, diesen Dienst zu leisten.

Und hier versteckte sich eine Erkenntnis, die mir erst Jahre später bewusst wurde: Menschen brauchen eine Bestimmung. Menschen wollen benötigt werden. Und das ist grundsätzlich gut. Womöglich sind wir mehr als nur eine Pest.

Meine gelegentlichen Brechanfälle hatte ich nie damit in Verbindung gebracht, dass dieser Beruf mir womöglich mehr an die Substanz gegangen war, als ich es mir eingestanden hätte. Für mich hatte es da nie einen Zusammenhang gegeben. Für mich war das immer nur Stress gewesen. Und Stress hat ja jeder mal.

Ich setzte nie die Spritze selbst oder fesselte die Gefangenen an die Pritsche, dafür gab es jeweils ausgebildete Teams. Ich agierte nur als überwachender Wärter, der jedes Ereignis einer Hinrichtungsnacht protokollierte, dem Stab aushalf und die Rundum-Überwachung übernahm. Und bis auf die Drecksarbeit, die mir Chuck immer wieder aufdrückte, fühlte sich mein Job für mich fast wie eine Berufung an.

In einem bitteren Trotz gegenüber Captain Roth redete ich mir ein, ein sinnvolleres Leben zu führen als er. Und im Gegensatz zu ihm eine höhere Diensterfolgsquote zu haben.

Was für eine lächerliche Verschwendung von geistiger Energie, wenn ich jetzt im Nachhinein darüber nachdenke.

Vor etwa vier Jahren lernte ich Paula kennen, gegen Ende 2030. Sie kellnerte in einer Bar, und ich war mit Maynard und einigen Kollegen trinken. Zwischen uns hatte es relativ schnell gefunkt. Meine Kollegen machten laute Witze, während ich zum Fernseher starrte, der wieder einmal Schlagzeilen über Verbrechen, politische Unruhe und Klimawandel zelebrierte.

„Kann ich dir noch was bringen?", fragte mich Paula. „Du siehst nicht so happy aus wie deine Kumpels."

„Es gab mal Zeiten, da hätte ich gesagt, die Medien würden den Scheiß da nur rausbringen, um das Volk immer schön mit ihrer täglichen Dosis Angst zu versorgen."

„Ein ängstliches Volk kann man leicht steuern."

„Ja, aber inzwischen glaube ich fast, es gibt nichts anderes mehr zu berichten."

„Hm. Meinst du?"

„Schon."

Paula setzte sich zu mir und antwortete: „Das würde ich nicht sagen. Ich meine, natürlich sind die Zeiten echt krass gerade, aber... ich finde, die Welt hat noch viel Schönes zu bieten. Man muss nur hinsehen."

Natürlich war ich ein Mann. Und natürlich sah ich ihr dann in die Augen.

„Und, was siehst du gerade?"

„Schönes vielleicht. Ich bin mir noch nicht so sicher."

„Ja, ich hab da auch noch meine Zweifel."

Und in dem Moment war der Flirt offiziell.

Ich wusste relativ schnell, dass es ein noch schönerer Abend werden würde, wenn ich diese pfiffige junge Dame mit nach Hause nehmen würde. Weiter gingen die Gedanken aber nicht. Ich war geschieden und fühlte mich mit allen Wassern gewaschen. Falsch gedacht.

Dass ich Jahre später mit dieser Frau ein Kind großziehen würde, das hätte ich mir an dem Abend nicht erträumt.

Und siehe da, ich blieb länger in dem Lokal als meine Kollegen. Und zwar gingen wir nicht zu mir nach Hause, dafür aber zu ihr. Und das war gut, denn meine kleine Wohnung von damals war nicht unbedingt der einladendste Ort für eine Frau wie Paula.

Ironischerweise sprachen wir die ganze Nacht. Das klappte gut zwischen uns. Gevögelt wurde erst zwei Wochen später.

Die Beziehung fing relativ leichtfüßig an, aber ich stellte schnell fest, dass mich dieses Mädel mehr faszinierte, als ich mir eingestehen wollte. Erst war sie etwas abgeschreckt von meinem Beruf, aber sie lebt nun einmal in Amerika.

Und hier haben wir nun einmal die Todesstrafe.

Paula liebte mich so, wie ich war. Und ich hatte nie damit gerechnet, jemals wieder so geliebt zu werden. Denn ich war klar genug im Kopf, um zu wissen, wie ich mit meiner zynischen und abgebrühten Art auf meine Mitmenschen wirkte. Aber mir war es egal, streckenweise Maynard und seinen Kollegen auch, solange ich nicht über die Stränge schlug. Paula begann mir unter die Haut zu kriechen und in meiner Psyche herumzubohren. Dies gefiel mir nicht besonders, aber sie gefiel mir. Ich ließ sie heran.

A ls Paula mir vor drei Jahren erzählte, dass sie überfällig sei, war ich nicht sonderlich erfreut. Nicht nur waren wir gerade einmal ein Jahr zusammen, ich hatte absolut keine Absicht, ein Kind in diese Welt zu setzen.

Ich verachtete an jeder Pest, dass sie sich grundsätzlich ausbreiten will. Wenn man also die Menschheit allmählich als Pest betrachtet, wie ich es bekanntlich tat, macht man bei zwei Streifen auf einem Schwangerschaftstest nicht unbedingt freudige Luftsprünge. Zudem hatte ich nicht viel für Kinder übrig, auch wenn ich ihre Unschuld im Vergleich zu Erwachsenen nicht verleugnen konnte.

Aber Paula wollte Kinder.

Und ein Mensch, der Menschen scheiße findet, kommt nicht aus der Zwickmühle, ein Heuchler zu sein.

Die Schwangerschaft war zwar ein Unfall, aber ich verletzte sie sehr mit meiner entgeisterten Reaktion auf die Nachricht. Meine Argumentation lautete, dass ich keine Lust hatte, in Angst um mein Kind zu leben. Dass es keinen Sinn machen würde, einen Menschen zu züchten.

Dennoch blieb sie bei mir.

Und wie oft hatte ich ihr das Leben schwer gemacht, ob mit Worten oder Taten.

Ich bin froh, die Dinge nun klar zu sehen, anders zu sehen. Ich bin froh, wieder zu fühlen. Ich kann es nicht rückgängig machen, dass ich ganz lange ein regelrechtes Arschloch war.

Aber ich glaube, dass es ein gutes Zeichen ist, dass ich es heute wahrhaftig bereue.

Vielleicht bin ich noch zu retten, wenn mein Zeitpunkt kommt, an die Himmelspforte zu klopfen. Vielleicht bekommt jeder irgendwann seine Absolution.

Und nun ist unser kleiner Sonny, dem ich den Spitznamen „Flocke" gegeben habe, die Welt für mich.

Und noch wichtiger: Paula und ich sind seine Welt. Nicht die Ghettos, nicht die Krisengebiete auf diesem Planeten, nur wir. Wir entscheiden, wie er aufwächst, was er lernt, was er erlebt. Er könnte ein Nobelpreisträger werden, oder aber auch ein Massenmörder. Wir haben es in der Hand.

Wie haben nun diese Schicksalsnacht und die darauf folgenden Tage in der Kälte und Dunkelheit meine innere Reise vollendet? Ich will nicht alles vorwegnehmen, daher sage ich vorerst nur zusammenfassend: Bis zu jener Nacht war ich von einer Grundapathie infiziert, die mir fast jeden Genuss unmöglich machte. Ich schätzte das Leben nicht. Und sah es erst recht nicht als Geschenk, sondern eher als eine Art schlechten Scherz.

Klar aß, trank und vögelte ich, spielte gelegentlich mit Sonny, das macht man alles halt als Mensch. Aber ich fühlte mich innerlich taub, ausgetrocknet, ohne jeden Sinn und Zweck. Leckeres Essen schmeckte mir nicht, manchmal ekelte mich Essen sogar an. Ich empfand keine authentische Freude, sondern stellte mir zu allem immer die „Wozu"-Frage.

Und Menschen hatten keinen Wert für mich, sie waren unterm Strich nichts weiter als eine Fehlkonstruktion, die sich irgendwann von allein auslöschen würde.

Daran änderte vorletztes Jahr Sonnys Geburt nicht besonders viel. Die Angstkomponente kam nur wie angenommen dazu. Und das gefiel mir nicht. Nun war ich nicht mehr frei und unabhängig, sondern lebte mit einer Grundangst um mein Kind.

Mir gingen immer wieder üble Vorstellungen durch den Kopf. Ich malte mir aus, was passieren würde, wenn ich mein Kind in der Kälte verlieren würde, oder wenn irgendein Krimineller es entführen würde. Alles Dinge, die auf dieser Welt nun einmal passieren.

Aber diese Gedanken halfen mir nicht, sondern vergifteten nur meine Seele. Immerhin war die Tatsache, dass ich offensichtlich um Sonny gefürchtet hatte, eine Art Zeichen dafür, dass ich für ihn Liebe empfand.

Zu Gefangenen hatte ich keinerlei menschlichen Bezug. Wer

mir vor die Augen kam, war bereits totes Fleisch. Das gab ich ihnen zu spüren, indem ich meine Kommunikation mit ihnen stets aufs Minimum beschränkte.

Die Regelung der Henkersmahlzeiten fand ich schon immer absurd. Da gibt man ein Budget von 40 Dollar aus und bereitet dem Verurteilten eine aufwendige Mahlzeit seiner Wahl, nur damit das leckere Menü wenige Stunden später in einem pathologischen Bericht als unverdauter Mageninhalt verbucht wird.

Und das alles während woanders auf der Erde die Kinder verhungern. Was für ein krankes System!

Ich fand die vielen Debatten um die Rechte der Insassen auf einen Fernseher, Zigaretten oder Brieffreundschaften sowie erst recht die Diskussionen um einen würdigen und möglichst schmerzfreien Abgang komplett sinnfrei. Wer tapeziert schon ein Haus am Tag seines Abrisses? Wie kann das angehen, dass jemand ein Leben nimmt, und die Angehörigen des Opfers den Mörder bis an sein Lebensende dank ihren Steuern durchfüttern?

Und wie kann das angehen, dass verurteilte Mörder aufgrund dieser dämlichen und unendlichen Berufungsprozesse bis zu 20 Jahre lang in einem staatlich gesponserten Domizil mit Bett und Rundum-Pflege hocken und der Gesellschaft auf der Tasche liegen?

Das war meine felsenfeste zynische Überzeugung, über die ich auch keine Lust hatte, mit irgendwelchen Menschenrechtlern zu diskutieren. Das war auch meine Waffe gegen jeden Zweifel an dem, was ich auf täglicher Basis tat.

Die Gottesfrage hatte mich nie interessiert. Was ich nicht als Fakt beweisen oder widerlegen konnte, fand ich nicht relevant. Meine Eltern hatten mich evangelisch erzogen, und das ohne großartigen Widerstand meinerseits.

Aber innerlich hatte ich kaum Bezug zu Gott, Jesus oder sonst irgendwen, dem ich nicht in die Augen schauen konnte. Die Vorstellung, dass ein Gott alle Menschen lieben könnte, ging mir spätestens seit meinem Polizeidienst nicht in den Kopf.

Wer könnte schon solche Missgeburten lieben?

Und wer könnte überhaupt zulassen, dass so grausame Dinge auf der Welt geschehen?

Aus heutiger Sicht die klassischen Argumente gegen eine Gottheit, die sicher gefestigte Gläubige bereits gähnen lassen.

Inzwischen stelle ich mir heute die Gegenfrage, warum Menschen die Existenz eines übergeordneten Schöpfers automatisch mit irgendeiner Pflicht seinerseits verknüpfen, jedes Unheil zu verhindern, das wir selbst anzetteln.

Sonnys Geburt war, ohne dass ich es sofort merkte, ein Grundstein in der Veränderung meines Weltbilds. Zwar glaubte ich immer noch nicht an Gott, aber ich konnte es mir besser vorstellen, weil ich mein Kind liebte, egal, was später aus ihm werden würde. Dies konnte ich nicht abstreiten.

Irgendwann letztes Jahr, als ich von einer Hinrichtung spät

nach Hause kam, und Paula wach in der Küche saß, kamen wir ins Gespräch. Ich erzählte ihr von meinem Tag. Sie wollte nie wissen, was die Häftlinge angestellt hatten, und sie wollte nie Details über den Ablauf erfahren.

In dieser einen Nacht saß sie da, trank ihren Tee, schaute Sonny auf dem Babyfon beim Schlafen zu und sagte: „Auch die waren alle einmal Babys."

D ie Wanduhren tickten im Dunkeln weiter. Bereits eine Stunde war vergangen.

„Scheiße, ist das kalt..."

Ich hatte nun alle Räume in diesem ebenerdigen Container abgesucht und schritt wieder ins Büro zurück, mein Herz donnerte mir in der Brust und im Hals, fast wie ein Techno-Beat. Wieder tastete ich die Heizung ab und bekam bestätigt, was ich bereits erahnt hatte: Sie war fast komplett abgekühlt.

Ich öffnete einen Erste-Hilfe-Kasten, packte die silberne Wärmedecke aus und wickelte sie um meinen Oberkörper.

Neben dem Wasserkocher befanden sich einige Kaffeepads. Keine Sahne. Die hatte ich bekanntlich vergessen von der Kantine mitzubringen.

Nun machte sich langsam ein Hunger bemerkbar. Schließlich war mein Magen vor Kurzem gründlich geleert worden, und ich war ziemlich erschöpft. Und ein anderer Geschmack in meinem Mund als bloß Magensäure wäre langsam schön gewesen.

Ich öffnete den kleinen Kühlschrank, in dem sich noch eine

alte Milch und zwei Joghurts von meinem Onkel Maynard befanden. Ich riss den Aluminiumdeckel des Joghurtbechers ab und leerte ihn mit einem Löffel. Inzwischen konnte ich nur noch daran denken, dass Livingston in seiner Zelle einen saftigen Hamburger, fette Pommes, knusprige Chicken Wings und verschiedene leckere Dips auf einem Tablett vor sich hatte. „Was für eine Scheiße."

Aber ich hatte keineswegs vor, mich in seine Nähe zu begeben, geschweige denn mich zu erniedrigen, indem ich ihm das Essen wegnehme.

Ich blickte zur Toilettentür. Und schlug mir ebenfalls schnell den Gedanken aus dem Kopf, mich von meiner eigenen Kotze zu ernähren. Welche dieser beiden Erniedrigungen größer gewesen wäre, darüber weigerte ich mich nachzudenken.

Ich setzte mich in den Drehstuhl, da ich erschöpft war und nun keine weiteren Alternativen sah, als zu warten und meine Kräfte zu sparen. Ich wollte die Lage partout nicht als so verzweifelt einstufen, dass solche drastischen Maßnahmen vonnöten wären, um meinen Hunger zu stillen.

Ich versuchte mir vorzustellen, dass in wenigen Minuten haufenweise Rettungskräfte den Laden stürmen würden, um mich schnell in die Wärme zu bringen. Selbstverständlich mit heißem Tee und Sandwiches.

Pustekuchen! Diese Stille sprach eher für absolute Abgeschiedenheit, denn normalerweise hörte man hier immer irgendetwas. Ich saß nachdenklich da und rieb mir die Arme, um mich warmzuhalten. Ich versuchte diesen kniffligen Fall in Gedanken zu knacken.

Ich holte mein Handy aus meiner Hosentasche und sah erneut nach einem Netz. Leider keine Besserung. Ich war in einem regelrechten Funkloch.

Dann schaute ich durch meine Fotoalben...

Ein Bild zeigte Paula, wie sie Sonny, meine „Flocke", in einer kleinen Wanne badete und mit dem Shampoo-Schaum seine Haare auf lustige Weise stylte. Teufelshörner, eine Elvis-Tolle.

Ein Zoobesuch.

Seine ersten Schritte.

Seine Interaktionen mit gleichaltrigen Kindern in der Spielgruppe. Dann nur Bilder von Paula. Ihr authentisches, selbstbewusstes Lächeln.

Es tat mir weh, diese Bilder anzusehen und dabei in dieser beklemmenden, fürchterlich ungewissen Situation zu hocken.

Minuten vergingen.

Diese wurden dann zu gefühlten Stunden.

Ich wickelte mich so fest in die knisternde Wärmedecke ein wie nur möglich. Ich wackelte rhythmisch mit dem Knie und rieb mir die Hände. Ich spielte Videos ab, die meinen Sohn zeigten.

Wie kalt es in diesen Räumen war, konnte ich nicht einschätzen. Aber es wurde immer unbequemer.

Irgendwann wurde ich schläfrig vom Nichtstun. Die Augen begannen zuzufallen. Ich ließ mich in Gedanken treiben und fühlte mich immer schwereloser.

Doch dann traf es mich wie ein Blitz: Ich durfte jetzt nicht einschlafen! Lawinen sind luftdicht, und ich hatte nur begrenzt Sauerstoff und war zudem unterkühlt. Das Risiko bestand, dass ich nicht mehr aufwachen würde.

So setzte ich mich auf und klatschte mir leicht auf die Wangen, um wieder wach zu werden.

„Raucherpause."

Ich stand auf und holte meine Zigarettenschachtel sowie ein Zippo-Feuerzeug aus dem Schließfach.

„Rauchen erhöht das Risiko zu erblinden", stand auf der Schachtel. Was für ein schlechter Scherz in dieser dunklen Gruft, dachte ich mir.

Für einen Augenblick überlegte ich, ein Feuer am Schneehaufen zu machen, um mir einen Tunnel in die Freiheit zu tauen. Aber wie gesagt, Lawinen sind luftdicht. Und das Letzte, was ich hier drin haben wollte, war ein Feuer, das meinen Sauerstoffvorrat aufbrauchen würde und mein Ersticken nur noch zu einer Frage von Minuten gemacht hätte.

Eine weitere Option zum Verwerfen.

Vielleicht würde ich auf weitere kommen, solange mein Gehirn noch funktionierte.

Aber eine Zigarette würde den Kohl nicht fett machen, dachte ich. So zündete ich mir eine an, und es tat unfassbar gut, die Glut einzuatmen. Es war ein Hauch von Wärme.

Ich musste dann an Livingstons Einzelzelle denken.

Der Mann war zusammen mit einer dampfenden Mahlzeit in einem relativ kleinen Raum isoliert und konnte sich verhältnismäßig warm unter seine Bettdecke kuscheln.

Was für eine Ironie!

Schnell merkte ich, dass es für mich in diesem Moment besser wäre, die Existenz des Gefangenen vorerst zu ignorieren.

S tanley Livingston war schwarz und Jahrgang 1979, also in jener Nacht 55 Jahre alt. Als er seine Tat vor 15 Jahren beging, war er so alt wie ich heute. Seine Geschichte war äußerst düster, und sicher für einige verstörend.

Er übte in seinem früheren Leben den Beruf des Tierarztes aus, hatte vorher seinem Vaterland gedient und war Vater dreier Kinder. Rodney war neun Jahre alt, Emma war fünf, und Tyler drei. Er war laut Zeugenaussagen bekannt als eifersüchtiger und launischer Ehemann, aber als liebender Vater.

Als Jugendlicher hatte Livingston den einen oder anderen Eintrag ins Führungszeugnis kassiert, was in seinem Ghettoviertel nicht allzu schwer gewesen war.

Mit seinem Leben sollte er in dieser Nacht bezahlen für den Mord an Emma und Tyler sowie für den versuchten Mord an Rodney, seinem ältesten Sohn.

Das sind die Fakten ohne Wenn und Aber.

Wer seine eigenen Kinder ermordet, so würden viele sicher argumentieren, gehört zum letzten Abschaum dieser Welt, oder? Würde es euch dann überraschen zu erfahren, dass ich - selber Familienvater und gerade wegen solcher Schlagzeilen kein „Menschenfan" - zwei Tage später mit genau diesem Mann wie mit einem alten Kumpel über Gott und die Welt plaudern würde?

Dass ich um ihn eine Träne vergießen würde?

Ich hätte es nie geglaubt, hätte man es mir erzählt. Nie in diesem Leben. Aber so ist das Leben nun einmal. Unberechenbar.

Livingston war seinerzeit depressiv und befand sich in einem hässlichen Sorgerechtsstreit um seine drei Kinder. Seine Ex-Frau war Alkoholikerin und wollte mit ihnen und ihrem neuen Freund nach New Mexico ziehen. Dieser war aber ein

Frauenschläger, und laut Livingston kein guter Umgang für die Kinder.

So besorgte sich Livingston ohne allzu große Probleme eine Waffe. Aber laut eigenen Aussagen wollte er seine Kinder nicht mit dem Mord an deren Mutter auf Lebenszeit traumatisieren. Aber sie einfach mit den Kindern wegziehen zu lassen, würde die Kinder ebenfalls zerstören, wenn auch auf andere Art.

Also fuhr er mit allen drei Kindern auf seiner Rückbank in den Wald hinaus. Als er sich unbeobachtet fühlte, erschoss er sie nacheinander. Emma und Tyler waren sofort tot.

Dem neunjährigen Rodney gelang es, mit einem Streifschuss am Hals das Auto zu verlassen und zu fliehen. Dieser rannte zur Straße und wurde von einem Autofahrer eingesammelt. Livingston wurde kurz darauf bei dem Versuch verhaftet, sein Fahrzeug in einem See hier um die Ecke zu versenken.

Das alles geschah 2019, vor 15 Jahren. Er war zu der Zeit 40 Jahre alt. Damals war das hiesige Gefängnis noch nicht gebaut.

Zehn Jahre später wurden Livingston und weitere zwölf Todeskandidaten aus dem Montana-Staatsgefängnis in Deer Lodge hierher verlegt, da die Kapazitäten dort ausgeschöpft waren. Das Gefängnis hier war bereits zwei Jahre in Betrieb.

Als ich 2027 zum Dienst antrat, waren wir recht schnell gefüllt. Der Haupttrakt wurde von Insassen bezogen, die teilweise sogar von benachbarten Bundesstaaten kamen. Nach welchen Kriterien sie zur Verlegung in dieses Gefängnis ausgesucht wurden, weiß ich nicht. Es war reinster Viehhandel.

Warum weiß ich eigentlich diese vielen Details um Livingstons Fall? In den letzten Jahren meiner Karriere als Gefängniswärter hatte ich die ruhigeren Phasen zwischen der Verabschiedung der Besucher und dem Servieren der Henkersmahlzeit damit verbracht, mich über die Todeskandidaten zu belesen.

Livingstons Akte lag in jener Nacht auf dem Tisch. Der einzige Besuch an jenem Abend war sein Pflichtverteidiger Rodriguez gegen 18:00 Uhr, der nur schlechte Nachrichten zu vermitteln hatte. Ich hatte nach seiner Verabschiedung die Akte gelesen, als ich auf die Ankunft des Stabs aus der Dienstbesprechung im Hauptgebäude wartete.

Kenne den Feind.

Und diese Akte zeigte mir in Bildern und Berichten, was für hässliche Seiten in einem Menschen brodeln können. Kindermörder waren für uns der niederträchtigste Abschaum. Schlimmer ging nicht.

I ch hob das Diktiergerät auf, das auf dem Korridorboden lag und noch aufzeichnete. Ich stoppte die Aufnahme und spulte zurück, während ich ins Büro taumelte.

In diesem Augenblick ging mir durch den Kopf, wie lange diese deprimierenden Notlichter überhaupt halten würden. Danach hätte ich nur meine Taschenlampe als Lichtquelle. Und wenn die Taschenlampe irgendwann den Geist aufgeben sollte, würde ich in der absoluten Dunkelheit sitzen und warten, bis jemand mich hier ausbuddeln würde.

Ich setzte mich an den Schreibtisch, schwer atmend. Ich suchte die Stelle heraus, an der ich zuletzt aufs Band gesprochen hatte. Dann stoppte ich die Kassette, leuchtete auf die Wanduhr und begann neu aufzuzeichnen.

Klick.

„21:17 Uhr. Lauter Knall auf dem Gebäudedach. Nach Untersuchung der Fenster und Ausgänge besteht die Vermutung, dass ich komplett zugeschneit bin, vermutlich durch einen Schneeabgang vom Berg. Es gibt zur Zeit keinen Fluchtweg, und Strom, Heizung, Wasser und Telefon funktionieren nicht mehr. So ist zunächst noch keine Kommunika..."

Wieder dieses Stöhnen. Ein gedämpftes zweisilbiges Wort.

Ich sprang auf, schnappte die Taschenlampe und eilte in den Korridor, die knisternde Decke noch umgewickelt.

„Hallo? Wer ist da?"

Diesmal konnte ich eindeutig erkennen, dass das Geräusch nicht aus der Einzelzelle kam.

Ich ging zum Schneegefälle, das wie eine Zunge ins Gebäude hineinragte, wo ich dann in der weißen Masse eine leichte Bewegung verzeichnen konnte.

„Großer Gott..."

Ich fiel auf die Knie, steckte die Taschenlampe in den Schnee und begann zu graben. Und verfluchte Scheiße, war der Schnee kalt!

„Fuck... Fuck..."

Was hätte ich in diesem Moment für meine Handschuhe gegeben? Wo zum Teufel hatte ich sie gelassen? Etwa beim Hausmeister, als ich ihm das Streusalz zurückgebracht hatte? Warum war ich beim Versuch zu streuen so unkonzentriert gewesen? Etwa, weil es für mich eher eine Raucherpause gewesen war, als eine ernsthafte Arbeit?

Und dann erinnerte ich mich...

Ich hatte zum Rauchen die Handschuhe ausgezogen und abgelegt. Ich hatte unter der überdachten Raucherecke zugeschaut, wie sich der bestellte Leichenwagen auf dem Parkplatz mehrfach festfuhr, als der Fahrer versuchte zu wenden und rückwärts an die Südfront unserer Blechhütte heranzufahren.

Der Fahrer, Larry, stieg aus und ging zur Doppeltür am Gebäude, um dort zu klopfen. Er trug warme Lederhandschuhe.

Ich Idiot!

Meine Handschuhe waren nun irgendwo da draußen im Schnee, zweifelsohne zusammen mit mehreren Toten.

Nun galt es, dieses Leben hier umgehend zu retten, trotz der stechenden Schmerzen in meinen Fingern.

Ich legte einen Oberarm frei, dann einen Kopf, der bereits lila war. Die Haare waren abgeschoren.

Dann wurde ich langsamer.

„Oh nein, bitte nicht, bitte nicht..."

Aber meine Befürchtung bewahrheitete sich: Ich musste

feststellen, dass es sich hierbei um meinen Onkel Maynard handelte.

Er lag unter dem Schnee und den Trümmern und lebte immerhin noch, seine Lippen zitterten leicht. Er war auf dem Sprung nach drüben zum Verwaltungsgebäude und konnte die Tür nicht abschließen, als die Lawine ihn verschlang.

Dass er so lange unter dieser Masse Luft bekommen hatte, grenzte an ein Wunder. Es schien so, als hätte sich durch einige Trümmer im Schnee eine Lufttasche an seinem Gesicht gebildet, die ihm die Atmung ermöglicht hatte. Aber mir wurde sofort klar, dass die anderen Kollegen zweifelsohne tot sein mussten.

„Ich hole dich hier raus, halt durch!"

Ich grub wie ein Wahnsinniger, aber teilweise war der Schnee zu fest. Meine Finger brannten vor Kälte und waren bereits purpurrot angelaufen.

„Komm schon, komm schon..."

Ich versuchte trotz der Schmerzen und der allgemeinen Verzweiflung einen kühlen Kopf zu bewahren. Darin war ich immerhin generell gut gewesen.

Ich sprang auf, nahm die Taschenlampe mit und eilte davon, rief dabei zu Maynard: „Ich bin gleich wieder da!"

Mein Puls raste. Maynard war Familie, und sein Zustand sah äußerst kritisch aus.

„Scheiße... Scheiße... Was mache ich jetzt..."

In diesem Moment konnte ich nicht anders, als mich innerlich zu ärgern, dass ich damals noch als Polizist mehrere Erste-Hilfe-Kurse nicht mehr wahrgenommen hatte. Oder könntet ihr in aller Plötzlichkeit die stabile Seitenlage, das Heimlich-Manöver oder gar eine Herz-Lungen-Wiederbelebung abrufen, um ein Leben zu erhalten? Ich hatte keine Ahnung, was ich nun für meinen Onkel tun musste, damit er das hier überleben würde.

Ich stolperte in den Hinrichtungsraum und schaute mich verzweifelt mit der Taschenlampe um.

Dann ging ich in den kleinen Raum des Henkers. Hier befanden sich ein einzelner Holzstuhl und ein Tisch, auf dem eine Flasche Desinfektionsmittel und einige Stauschläuche auf einem Metalltablett bereitlagen.

Ich räumte sie beiseite und nahm das Tablett mit.

Dann gab ich Vollgas, um Maynard aus den Schneemassen zu befreien.

Mit dem Tablett ging es deutlich besser als mit bloßen Händen. Aber es blieb extrem müßig, denn der Schnee war zäh. Teilweise eher bereits Eis.

Maynard stöhnte einige unverständliche Bruchstücke von Wörtern. Ich antwortete: „Wir haben's gleich, bleib bei mir."

Ich bekam von der Erschöpfung extremen Durst, fühlte mich aber langsam von der Arbeit aufgewärmt. Zumindest für die hiesigen Temperaturverhältnisse.

Für einen Augenblick fragte ich mich, ob ich nicht Schnee essen könnte, um genug Wasser im Körper zu haben. Hat doch jedes Kind beim Bauen eines Schneemanns schon gemacht, oder?

Hatte es Nebenwirkungen?

Wie schmutzig war der Schnee?

Dienstag, 22:00 Uhr.

Ich konnte nach viel Schweiß und Aufwand endlich meinen Onkel ausreichend ausgraben, um ihn dann an den Achseln aus dem Schnee zu ziehen. Da seine Füße noch feststeckten, war diese Aufgabe keine leichte. Ich schleifte Maynard weg vom Schnee und ins Büro, schob die Drehstühle beiseite und wickelte ihm dann meine silberne Rettungsdecke um.

„Maynard, hörst du mich? Kannst du mich hören?"

Ich versuchte, ihn bei Bewusstsein zu halten, und sprach ihm wiederholt zu.

Seine Lippen bibberten immer noch. Aber es kamen immer noch keine klaren Worte heraus. Sein Oberkörper war unkontrolliert am Zittern.

„Wir müssen dich schnellstens aufwärmen, das wird schon wieder."

Ich rieb ihm die Oberarme, dann die Oberschenkel, immer wieder und wieder.

Dann musste ich wieder an die Einzelzelle denken, wo sich eine Bettdecke und ein Kopfkissen befanden. Aber die Zelle zu öffnen, war für mich immer noch keine Option.

Dann konnte ich einige Teile von Maynards Gewinsel verstehen: „Meine..."

Ich wurde hellhörig. Und hielt mein Ohr an seinen Mund.

„Was?"

„Meine..."

„Deine was?"

„Meine..."

„Ja?"

Erst dachte ich, er würde sich wiederholen.

Als ich dann aber „Beine" verstand, schaute ich mit der

Taschenlampe sofort auf seine und zog die Wärmedecke hoch.

Ich konnte durch die festgefrorene Hose nicht viel erkennen.

„Deine Beine, ich schaue mir deine Beine an."

So griff ich in die Schublade des Schreibtisches, wo wir aber grundsätzlich keine spitzen Gegenstände verstauten.

Ich nahm dann den Erste-Hilfe-Kasten und durchwühlte ihn. Hier fand ich eine Schere, die ich dann benutzte, um Maynards Hosenbeine aufzuschneiden.

„Einen Moment noch..."

Ich steckte mir die Taschenlampe in den Mund und klappte ein Hosenbein am Unterschenkel auf.

Hier zitterte kaum etwas.

Der Anblick entsetzte mich. Die Beine waren teilweise zerquetscht, mehrere Platzwunden bluteten. Und die Haut war bereits dunkellila, teilweise schwarz.

„Scheiße..."

Für mich als Laien sah es nach Frostbeulen aus, aber ich wusste es natürlich nicht sicher.

Wenn wirklich innerhalb von so kurzer Zeit einige Hautpartien bereits am Absterben waren, konnte ich mir nur vorstellen, was für Minusgrade in den Schneemassen herrschten, die uns hier drin gefangen hielten.

„Maynard, das... das sieht nicht gut aus. Wir müssen dich schnell zu einem Arzt kriegen."

„Hilf mir... bitte, Andy..."

„Ich werde dir helfen. Ich muss nur... wir brauchen einen Arzt..."

Maynard schüttelte leicht den Kopf. Seine Augen sagten mir, dass er der Lawine ins Auge gesehen hatte und sich sicher war, dass wir beide für eine lange Weile nirgendwo hingehen würden.

Ich wurde immer verzweifelter, denn langsam dämmerte mir, dass ich allein in der Dunkelheit mit einem verurteilten

Mörder für eine äußerst ungewisse Zeit festsitzen würde, wenn mein Onkel sterben würde. Dann wäre ich ausgeliefert gewesen. Maynard war hier der leitende Wärter und wurde grundsätzlich von allen Häftlingen gefürchtet. Anders als im einen oder anderen Hollywoodfilm über die „letzte Meile" war Maynard kein besonderer Freund von Smalltalk mit den Verurteilten, geschweige denn von jeglicher Form von Freundschaft. Hier waren keine Mäuse als Haustiere zugelassen, hier wurden keine emotionalen Gespräche geführt. Für Maynard war jeder bis zuletzt dabei, eine Strafe abzusitzen. Zwar waren unnötige Schikanen nicht bei uns an der Tagesordnung, dafür aber auch kein Trost, außer in der Endphase durch den Priester.

„Was soll ich tun, Onkel Maynard? Sag mir, was ich tun soll!"

Maynard murmelte etwas Unverständliches.

„Was machen wir jetzt? Du darfst mir jetzt nicht sterben, wir müssen durchhalten, bis uns jemand findet, hörst du? Denk an Caitlin! Sie braucht dich!"

„Ich... ich kann nicht..."

„Bleib stark, Maynard."

„Es tut so..."

Innerlich verbrannte ich. Als würde ich hilflos einem Kind beim Ersticken zuschauen.

Ich taumelte verzweifelt hin und her und überlegte, wie ich meinem Onkel helfen konnte.

Ich trat auf Papiere, die auf dem Boden herumlagen...

Dann traf es mich wie ein Blitz...

Für einen Augenblick fühlte ich mich wie vom Schicksal ausgelacht.

„Oh, nein."

Diese eine Option wollte ich um keinen Preis und zu keiner Situation ziehen müssen! Und nun war sie die einzige, die auch nur einen Funken von Aussicht versprach!

Kopfschüttelnd blickte ich auf Livingstons Akte, die ich einige Stunden zuvor zum Zeitvertreib gelesen hatte. Und nun konnte ich nicht die Information ignorieren, dass Livingston vor seiner Verurteilung Tierarzt gewesen war. Damit ist man noch lange kein qualifizierter Allgemeinmediziner, aber in dieser Situation wäre jeder Mensch nützlicher gewesen als ich selbst.

Zu meiner Schande.

Außerdem sei am Rande erwähnt, dass zu Hinrichtungen zwar ein Arzt anwesend ist, aber er legt keine Hand an, da es gegen den Ärztekodex verstößt, zum Töten beizutragen. So bekamen wir zu Exekutionen nur ein Team von Notfallmedizinern mit der Grundausbildung, um die Kanülen zu legen und den Puls zu überwachen. Der Arzt würde dann lediglich den Tod feststellen.

So hätte Livingston vermutlich auch dann immer noch die höchste Qualifikation gehabt, auch wenn wir nicht so allein gewesen wären in dieser Lage.

Maynard zitterte und murmelte: „Hilf... hilf mir..."

„Oh, Mann. Ich glaube, ich hab da was."

„Bitte..."

„Scheiße..."

Ich beugte mich über ihn.

„Hör zu, wir haben hier eine Situation. Und ich brauche irgendwie schnell eine Ansage von dir, Onkel Maynard. Der Gefangene ... ich ... ich glaube, er könnte helfen. Er war Tierarzt, er würde grob wissen, was zu tun ist, Onkel Maynard. Bitte sag mir, was ich machen soll. Soll ich den Gefangenen... vielleicht herholen, oder ... oder dich zu ihm bringen?"

„Das... keine..."

„Vielleicht kann er wenigstens sagen, was *ich* tun sollte..."

„Nein..."

„Ich habe gerade einfach keine bessere Idee, Onkel Maynard, wir sitzen hier fest. Ich hab keinen Schimmer, was ich für dich tun soll. Ich muss dir irgendwie helfen."

Maynard hatte eine fast volljährige Tochter namens Caitlin, zu der ich heute noch einen sehr guten Draht habe. Sicherlich war sie ihm mehrfach durch den Kopf gegangen, als er unter dem Schnee gelegen hatte. Auch wenn er das Erscheinungsbild eines harten Kerls mit einer deftigen Prise politischer Unkorrektheit hatte, war er ein liebender Vater und ein fürsorglicher Kerl. Diese Facette bekamen aber nur die wenigsten Bekannten von ihm zu sehen.

Ich war frustriert und gar wütend über diese Zwickmühle, denn tatenlos herumzusitzen war für mich keine Option. Ich musste jede Möglichkeit ausschöpfen, um zu helfen.

„Glaubst du, die werden bald versuchen uns zu retten? Gibt es für so etwas einen Notfallplan?"

Maynard murmelte und schüttelte leicht den Kopf.

„Oh, Mann. Wir können aber nicht lange warten, Onkel Maynard. Was soll ich nun machen? Bitte sag es mir."

„Hilf... Hilf..."

„Ich kann nicht einfach hier sitzen und zusehen, wie du..."

„Hilf mir..."

Ich musste tätig werden. Ich hatte keine Wahl.

Es gab hier im Winter grundsätzlich zuverlässig Schneefall, aber dieser Schneesturm war historisch, daran gab es keine Zweifel. So konnte ich nur vermuten, dass auf dem gesamten Gefängnisgelände sowie im Rest der Stadt regelrechtes Chaos herrschte. Und wenn der Schneefall noch so aktiv war, wie ich ihn zuletzt durch das kleine Bürofenster gesehen hatte, dann hatten sicher die meisten Menschen keine Wahl, als den Sturm zunächst auszusitzen.

Ganz davon abgesehen hatte ich nicht das Gefühl, dass es eine Priorität war, als Allererstes ausgerechnet in diesem Gebäude nach Überlebenden zu suchen.

Ich griff zur Akte und schlug sie auf, um mich auch wirklich zu vergewissern, dass ich mich nicht verlesen hatte.

Ich blätterte an all den grausamen Details um seinen kaltblütigen Kindermord vorbei, an seinem Prozess, seinem Verbrecherfoto, seinem detaillierten Geständnis, dem Hinrichtungsbefehl...

Und siehe da, bei der Berufsbezeichnung war „Veterinär" eingetragen. Ein Wort, das mich zum Handeln zwang. Nicht nur, weil ich Maynards Neffe war, sondern auch, weil ich in dieser Situation die Oberhand behalten wollte.

Aber so wie es aussah, hatte ich dafür keine andere Möglichkeit, als zur Einzelzelle zu gehen und um einen Gefallen zu bitten.

Was für eine Nacht!

Eigentlich hätte ich schmunzeln müssen über die merkwürdige Ironie, die um mich entstanden war, als plötzlich alle Gesetze, Normen und die daraus für mich resultierenden Sicherheiten in meinem Beruf komplett hinfällig wurden und nur noch das blanke Überleben zählte.

Die Natur hatte sich in unsere Welt eingemischt. Und sie schien uns eine Lektion erteilen zu wollen.

I n meinen sieben Jahren in diesem Gefängnis hatte ich so manche merkwürdige Henkersmahlzeit zu sehen bekommen. Am beliebtesten war grundsätzlich Fastfood, auch beim Küchenchef. Denn die Zutaten ließen sich problemlos besorgen. Immer wieder gab es aber Bestellzettel aus dem Todeshaus mit den merkwürdigsten Essenswünschen.

Zum Beispiel bestellte einer unserer Verurteilten, der in Denver eine Autobombe gezündet hatte, einen Eimer Pfefferminzeis mit Schokoladenstückchen. Mein Kollege Albert, der in jener Nacht draußen in der Lawine starb, war äußerst belesen gewesen und vermutete, dass dies eine Hommage an Timothy McVeigh gewesen sein musste, der 2001 das gleiche Dessert vor seinem Date mit der Giftspritze bestellt hatte.

Wer sich nicht mehr erinnern kann: McVeigh hatte satte 168 Menschen auf dem Gewissen, als er 1995, ein Jahr nach meiner Geburt, in Oklahoma ein Regierungsgebäude in die Luft sprengte. Das sehen wir Amerikaner gar nicht gern.

Seine Hinrichtung war die einzige, die aufgrund der hohen Opferzahl live an eine deutlich größere Zeugengemeinschaft übertragen wurde, weil die Räumlichkeiten vor Ort nicht allzu viele Zeugen zuließen.

Jedenfalls löffelte er Pfefferminzeis wenige Stunden vor seinem Abgang.

Eine äußerst extravagante Henkersmahlzeit wurde 1999 in Florida vom Frauen- und Kindermörder Allen Lee Davis bestellt und bis auf den letzten Krümel aufgegessen. Davis war übergewichtig und musste später mit einem Rollstuhl direkt zum elektrischen Stuhl gefahren werden.

Er hatte Hummer bestellt, dazu Bratkartoffeln, eine Pfanne gebratene Garnelen, eine Pfanne gebratene Muscheln, ein halbes Knoblauchbrot und zu trinken Root Beer.

Der Serienmörder Victor Harry Feguer bestellte 1963 eine einzige Olive, bevor er erhängt wurde. Bis heute spricht man immer wieder darüber. Die skurrilste Henkersmahlzeit ever.

Was der Mann getan hatte, um den Strang zu verdienen, weiß kaum einer noch. Aber um in die Geschichte einzugehen und fast 100 Jahre später immer noch in irgendwelchen Top-10-Listen aufzutauchen, musste er nur diese eine Olive bestellen.

Willkommen in der Menschheit.

Und da kommen wir direkt zu einem Punkt, der mir seinerzeit dermaßen gegen den Strich gegangen ist, und über den vielleicht grundsätzlich nachgedacht werden könnte: An die Namen der Opfer, an die Grausamkeit der Morde erinnert sich in solchen Fällen keine Seele. Die Täter gehen als die Stars von der Bühne. Man stellt sich vor, wie es für sie gewesen sein muss, ihren letzten Gang zu gehen, diese Olive zu lutschen. Man fragt sich, ob ihr Tod denn wehgetan hätte, während sie selbst die grausamsten Dinge mit ihren Opfern angestellt haben. Man diskutiert sich darüber dämlich, welche Hinrichtungsmethode denn die humanste wäre, und alle Menschenrechtsstiftungen spielen verrückt, sobald zwischendurch mal eine Exekution nicht ganz nach Plan abläuft.

Und wie wir es überall erleben, nichts läuft immer nach Plan. Flugzeuge stürzen ab. Züge verspäten sich. Und ab und zu gehen Hinrichtungen schief.

That's life.

Einmal gab es einen Häftling, bei dem das Emergency Medical Technician Team nach etwa 45 Minuten gescheiterter Versuche keinen Venenzugang legen konnte. Warum auch immer. Denn bei den Routineuntersuchungen wurden bei uns immer die fälligen Todeskandidaten am Vortag untersucht, um böse Überraschungen zu vermeiden. Dieser Mann hatte dicke, einfache Adern und Venen, zumindest bis er auf die Pritsche geschnallt wurde. Als hätten sich seine Venen zurückgezogen und versteckt.

Die Hinrichtung musste abgebrochen werden, nachdem man dem Häftling an allen möglichen Körperstellen Löcher gestochen hatte, um irgendwo die zwei Kanülen anzubringen.

Wir schlugen uns wochenlang mit schlechter Presse herum, während die Tatsache unterging, dass der Mann für mehrere brutale Gangmorde verantwortlich war.

Heute sehe ich die Dinge etwas anders, aber damals war es mir unbegreiflich, wie man sich auf etwas so Unwichtiges stürzen konnte wie den Komfort eines Schwerverbrechers wenige Minuten vor seinem Tod. Und seine Essgewohnheiten, wenn er bei seiner allerletzten Mahlzeit freie Wahl bekam.

D ie Uhr tickte.
Ich folgte dem leckeren Geruch von Burger und Fritten, schaltete dann meine Taschenlampe aus. Und mein Gott, hatte ich Hunger!

Mein schwerverletzter Onkel stöhnte im Hintergrund vor lauter Schmerzen. Meine Adern pochten mir am Hals, als würden sie jeden Moment platzen.

Auf dem Weg zur Einzelzelle zog ich für einen Moment in Erwägung, zu Gott zu beten. Aber sofort schlug ich mir diese Vorstellung aus dem Kopf. Was würde es schon bringen? Würde irgendein Gott mein Gebet erhören?

Dann überlegte ich flüchtig, ob ich womöglich mehr Glück hätte, wenn ich zum Teufel beten würde. Aber man musste sich in jenem Moment nur ein wenig umsehen: Der Teufel hatte schon seinen Auftritt gehabt.

Meine Schritte wurden langsamer und so leise wie möglich. Aber meine Zähne klapperten aufgrund der Kälte.

Ich überlegte mir alle möglichen Varianten, zum Verurteilten den Kontakt aufzunehmen. Wie bittet man jemanden um Hilfe, den man in wenigen Stunden töten wollte?

Ich stand einen Augenblick vor dem Türschlitz, als dann eine tiefe, übermüdete Stimme aus der Zelle ertönte: „Wir sind lebendig begraben, nicht wahr?"

Ich rührte mich zunächst nicht.

„Ich weiß, dass Sie da draußen stehen."

„Es... es scheint eine Lawine gewesen zu sein."

„Eine Lawine?"

„Ja."

„Erde oder Schnee?"

„Ich glaube, beides. Es ist verdammt viel. Der Berg ist hoch, und breit vor allem."

Geräusche waren in der Zelle zu hören. Dann antwortete er

mit einer unheimlichen Ruhe: „Wissen Sie, was komisch ist, Mr. Sosa?"

„Ich bin ganz Ohr."

„Nehmen wir an, wir beide sterben hier in diesem... Iglu hier, weil wir erfrieren oder wegen Sauerstoffmangel ersticken, bevor uns jemand findet. Sie leben kürzer, als Sie es heute Morgen beim Aufstehen erwartet hätten. Ich dagegen länger."

Ich wusste nichts zu antworten. So kam ich direkt zum Thema: „Livingston, mein Vorgesetzter, Mr. O'Neill..."

„Ihr Onkel."

„Mein Vorgesetzter."

„Ihr vorgesetzter Onkel."

„Wie dem auch sei, er ist schwer verletzt und schwebt womöglich in Lebensgefahr. Ich möchte, dass Sie ihn sich ansehen und mir sagen, wie ich ihm helfen kann."

Livingston pausierte.

Ich schaute in die Zelle hinein, wo ich unter dem schwachen Lichtschein der orangefarbenen Lampe den kleinen Tisch sehen konnte, wo der kleine Fernseher, die scheinbar noch unberührte Henkersmahlzeit, eine Bibel und ein Schachbrett standen.

Livingston saß auf dem Bett und lehnte sich nach vorn, ich konnte ihn endlich besser sehen.

Er war ein verbrauchter, müder 55-jähriger schwarzer Mann mit kaum Haaren auf dem Kopf. Er trug seinen orangefarbenen Overall und weiße Turnschuhe. Er drehte den Kopf zu mir.

„Und Sie glauben, dass ich helfen kann, weil...?"

Ich stockte. Dann antwortete ich: „Weil Sie medizinische Kenntnisse haben."

„Ist das so?"

„Sie wissen, dass ich das weiß."

„Sie können lesen."

„Ja. Ich kenne Ihre Akte."

„Wie gut denn?"

„Gut genug."

„Sie wissen also, dass ich Tierarzt war."

„Genau."

„Und kein Allgemeinmediziner."

„Das weiß ich."

„Aber Sie sind gerade ein ratloser Ersthelfer, der auf sich allein gestellt ist und keinen Schimmer hat, was er tun soll. Richtig?" Ich stockte.

„So ungefähr, ja. Sie werden mehr tun können als ich."

„Ihnen ist aber klar, dass ich seit 15 Jahren nicht mehr praktiziere, oder?"

„Aber Sie haben sicher noch medizinische..."

„Ich *darf* nicht praktizieren. Per Gesetz."

Livingston benutzte dieses Argument eindeutig, um mich in meine Schranken zu verweisen. Womöglich gab es ihm eine gewisse Genugtuung, da keiner von uns besonders herzlich zu ihm gewesen war. Im Stadium, in dem er sich befand, wurden die Häftlinge üblicherweise mehr oder minder bereits für tot erklärt und entsprechend emotionslos behandelt. Ich kann mir gut vorstellen, dass Livingston nun diese Retourkutsche genoss.

„Hören Sie", begann ich zu improvisieren, „wir befinden uns mitten in einer Notlage. Was halten Sie davon, wenn wir uns beide mit Respekt begegnen? Ich komme Ihnen nicht blöd, und Sie kommen mir nicht blöd."

„Ich komme Ihnen nicht blöd. Ich sage nur die Fakten."

„Das habe ich verstanden."

„Sicher?"

„Ja. Aber Fakt ist, dass mein Vorgesetzter in Lebensgefahr schwebt. Und womöglich können Sie helfen. Wie wäre es, wenn wir's dabei belassen?"

„Wir belassen es dabei, dass Ihr Onkel ein Redneck ist, der

in seinem Job Genuss findet. Und meine Hinrichtung ist für ihn bloß ein Dienstagabend. Warum sollte ich ihm also helfen?"

„Weil Sie immer noch ein Mensch sind. Oder?"

„Sagen Sie's mir. Was bin ich denn für Sie?"

„Ein Mensch natürlich."

„Nein, ich bin für Sie ein *toter* Mensch. Und nun kommen Sie her und tun auf höflich, weil Sie was von mir wollen." Mein Geduldsfaden begann zu reißen. Ich musste schnell wieder Kontrolle über die Situation bekommen, denn ich hatte nicht vor, mit einem Terroristen zu verhandeln.

„Hören Sie, ich kann auch anders! Ich brauche mich hier nicht rechtfertigen! Sie haben es durchschaut, Sie sind ein toter Mann, und ich habe hier gerade das Sagen! Sie werden also verdammt nochmal tun, was ich Ihnen befehle, oder ich..."

„Oder Sie was?! Sie verknacken mich wegen unterlassener Hilfeleistung? Erzählen Sie mir, womit wollen Sie mir drohen? Was für eine Strafe erwartet mich, wenn ich Sie höflich bitte, sich ins Knie zu ficken? Gibt's eine Geldstrafe?"

Livingston lachte leise in sich hinein und blieb die Ruhe selbst.

Ich war wieder mundtot. Denn er hatte recht. Ich hatte kein Druckmittel gegen ihn und kam nicht weiter. Einem Menschen, der nichts mehr hat, kann man nicht besonders gut drohen.

I ch seufzte: „Also gut, wie können wir uns dann vielleicht arrangieren?"

„Was meinen Sie?"

„Ich meine, dass ich Ihnen vielleicht im Gegenzug irgendwas... Gutes tun kann."

„Sie wollen mir was Gutes tun?"

„Na ja. Im Rahmen der Vorschriften natürlich."

„Und welche Vorschriften gelten gerade in dieser Gruft?"

„Die Vorschriften eben."

Livingston überlegte.

Und damit herrschte für ein Weilchen Totenstille. Ich wartete einfach.

„Ich hätte da einen Vorschlag", sprach er dann.

„Ich bin ganz Ohr."

„Die Ausgänge sind beide blockiert, nehme ich an."

Ich nickte.

„Und was ist mit Mr. O'Neill passiert?"

„Die Lawine traf ihn hart. Er lag unterm Schnee, der durch die Tür geplatzt ist. Er ist kritisch unterkühlt und zittert stark. Und seine Beine sind zermatscht, und überall ganz dunkel angelaufen."

„Das ist aber eine ziemliche Ladung Probleme."

„Ja, deswegen stehe ich hier."

Livingston überlegte. Dann stand er auf.

„Mein Angebot sieht wie folgt aus: Sie schließen diese Tür auf, und wir schauen uns Ihren... vorbildlichen vorgesetzten Onkel an. Ich kann nicht dafür garantieren, dass er es schafft, aber ich behandle ihn nach bestem Wissen und Gewissen, natürlich mit dem, was ich zur Verfügung gestellt bekomme."

„So weit, so gut. Was wollen Sie dafür haben?"

„Augenhöhe."

„Augenhöhe?"

„Ja. Und zwar mit Ihnen. Zwei erwachsene Männer, keiner steht über dem anderen. Wir beide versuchen Seite an Seite aus dieser Klemme zu kommen, weil wir Lebewesen sind, die überleben wollen. Und sollten wir es schaffen, das Tageslicht zu finden, bevor Ihre Kollegen hier auftauchen, dann..."

„Dann was?"

„Dann geben Sie mir einen Vorsprung."

Ich stockte.

„Einen Vorsprung?"

„Ja."

„Sie schaffen es niemals, dieses Gelände zu verlassen. Es ist umzäunt, und bewacht."

„Dann sollte dieser Deal für Sie kein Problem sein."

„Ich würde meinen Job verlieren."

„Das kann sein. Es sind aber meine Bedingungen. Wie heißt es so schön, friss oder stirb."

Dann sagte Livingston keinen Ton, sondern wartete auf meine Antwort.

Und wie antwortet man da?

Mein Job hatte meiner Familie ein sicheres Dasein geboten. Konnte ich es mir leisten, alles zu riskieren?

Andererseits könnten zwei gesunde helfende Hände sowie ein weiteres Gehirn von Nutzen sein, da ich selber ein großes Interesse hatte, aus dieser Situation herauszukommen.

Aber konnte ich so einer Synergie zwischen mir und einem verurteilten Kindermörder vertrauen? Bis auf meinen Schlagstock war ich nicht bewaffnet. Livingston war einen Kopf größer als ich, 15 Jahre älter, recht muskulös gebaut, und sicher nicht besonders gut auf die weißen Wärter zu sprechen, die ihn jahrelang wie Dreck behandelt hatten.

Davon abgesehen sprachen viele Details in seiner Akte dafür, dass dieser Mann nicht meine Auffassung von Recht und

Unrecht teilte. Ich war dabei, mit einem Terroristen zu verhandeln. Geht so etwas jemals gut aus?

Etliche Szenarien rasten mir durch den Kopf. Ich war wie gelähmt. Überwältigt. Überfragt.

„Brauchen Sie Bedenkzeit?"

Bedenkzeit konnte ich mir wiederum nicht leisten, denn Maynards Zustand war äußerst kritisch, gelinde gesagt.

So ergänzte ich den Deal: „In dem Moment, wo wir auch nur im Ansatz erahnen, dass meine Kollegen auftauchen, sperre ich Sie umgehend wieder ein. Kein Widerstand."

„Aha, jetzt wird's kompliziert. Wann darf ich rennen und wann nicht? Ich verstehe Sie nicht ganz."

„Wenn wir hier rauskommen, und keiner ist da, keiner sucht Sie, dann kriegen Sie diesen Vorsprung, den Sie wollen. Ich drehe mich weg, und Sie versuchen Ihr Glück. Aber wenn wir es nicht schaffen, sondern jemand schafft es vorher hier rein, dann verschwinden Sie in diese Zelle, und ich schließe sie ab."

„Hm."

„Und bis dahin keine körperliche Gewalt gegen mich oder Mr. O'Neill, das versteht sich."

„Bis auf eventuelle lebensrettende Maßnahmen, nehme ich an."

„Natürlich. Solange es die richtigen sind."

„Was Sie sicher besser beurteilen können als ein Tierarzt, oder?"

„Äh... Also..."

„Hören Sie, die Sache wird ein Stück weit auf Vertrauen beruhen, auch wenn es Ihnen nicht gefällt."

„Nein, das... Auf jeden Fall. Natürlich. Aber das beruht auch auf Gegenseitigkeit."

„Ich soll Ihnen vertrauen? Sie wollen mich umbringen."

„Ich will gerade gar nichts, nur meinem Onkel helfen. Und ich bringe Sie nicht um."

„Sondern Ihre Kollegen."

„Mr. Livingston, solange hier aber keine Kollegen sind, wird niemand umgebracht. Wir arbeiten nur nach Vorschrift. Gerade sind alle Verbindungen gekappt, wie Sie sehen. Und wie lange das so bleiben wird, das kann ich gerade nicht mal schätzen."

Livingston grübelte. Hatte ich zu viel erzählt? War das schlecht für mich?

Ich bohrte nach: „Also, wie sieht's aus? Wenn wir länger warten, wird's nichts mehr zu verhandeln geben. Ich lasse Sie raus, wir bewältigen gemeinsam diese Lage, und wenn hier Ordnung reinkommt, dann kehren Sie in Ihre Zelle zurück. Kommen wir hier auf eigene Faust raus, und keine Hilfe ist da, bekommen Sie Ihre Chance zu fliehen. Ich drehe mich für eine Minute weg, und der Rest liegt bei Ihnen. Also, haben wir nun einen Deal oder nicht? Mr. Livingston?"

Einerseits wollte ich ihn so schnell wie möglich zum Helfen motivieren, andererseits wollte ich nichts Dummes tun, was mich meinen Job oder gar mein Leben kosten würde. Es mussten schnell Regeln aufgestellt werden, an die man sich halten konnte.

„Ich denke, damit kann ich leben."

Die Kälte erschwerte mir die Konzentration, aber das hier musste wasserdicht festgezurrt sein.

„Gut. Sie helfen mir mit meinem Onkel, wir beide versuchen hier rauszukommen, und wenn uns Rettungskräfte zuvorkommen, dann setzen Sie sich ohne Wenn und Aber wieder hier rein..."

„Wenn keine Rettungskräfte auftauchen, lassen Sie mich laufen."

„Genau. Für eine Minute drehe ich mich weg, wie gesagt. Also, haben wir jetzt eine Abmachung? Zwischen zwei erwachsenen Männern?"

Livingston dachte nach.

Dann reichte er mir durch die Gitter im Türschlitz die Hand. Nach einem kurzen Augenblick nahm ich sie an.

„Keine Handschellen", fügte er hinzu.

„Kann ich Ihnen denn vertrauen?"

„Wenn nicht mir, wem sonst?"

Darüber hätte ich eigentlich schmunzeln sollen.

Dann zückte ich meinen Schlüsselbund. Er sah zu.

Mit zittrigen Fingern suchte ich den richtigen Schlüssel, blies mir warme Luft in die Faust und drehte einhändig den Schlüssel im Schloss um. Meine andere Hand blieb schön in der Nähe meines Halfters, in dem sich mein Schlagstock befand.

Und eines kann ich euch versichern, mir ging die Pumpe, wie selten zuvor in meinem Leben. Innerlich war ich überzeugt, dass dies irgendwie eine schlechte Idee war. Jede Zelle meines Körpers schrie mich an, diese Tür geschlossen zu lassen.

Aber es nützte nichts. Blut ist dicker als Schweiß.

In meiner Karriere als Wärter hatte ich nie gegen einen Insassen Gewalt anwenden müssen. Auf der Straße dagegen war dies Normalität gewesen. Ich war extrem verunsichert, da ich es mir erst einmal vorstellen musste, wie es ablaufen würde, wenn ich mich jetzt wehren müsste.

Wie schnell würde ich meinen Schlagstock aus dem Halfter ziehen können?

Wie hart müsste ich zuschlagen, damit er zu Boden geht?

Wie würde es sich anfühlen, einem unbewaffneten Mann den Schädel zu zertrümmern, sollte er sich als akute Bedrohung herausstellen?

Ich öffnete langsam die Stahltür und versuchte, so gefasst wie nur möglich auszusehen. Aber im Vergleich zu ihm war ich ein Federgewicht. Ich hatte körperlich keine Chance gegen ihn.

Der Käfig war offen. Genau das, was ich nicht hätte tun sollen, war nun getan.

2

DER LÖWE IST FREI

Ich bekam schnell zu spüren, wie schlecht die Idee war. Livingston marschierte auf mich los wie ein Stier, der das rote Tuch anvisierte. Im Bruchteil einer Sekunde konnte ich spüren, wie in meinem Körper Adrenalin freigesetzt wurde. Ich zog sofort meinen Schlagstock und hielt ihn kampfbereit hoch. Doch er hatte keinen Funken Schiss vor mir.

„Hey, hey, hey! Bleiben Sie stehen! Bleiben Sie da, wo Sie sind!", warnte ich ihn.

Aber er marschierte weiter, ich ging rückwärts.

Normalerweise hätte ich ihm spätestens jetzt schon längst den Schädel eingeschlagen. Aber heute nicht.

Ich wollte etwas von ihm.

Er griff nach mir, und ich schlug ihm mit dem Knüppel gegen den Oberarm, um ihn zurückzuhalten. Aber er griff meine Hand und drückte so fest zu, dass ich vor Schmerzen meine Waffe fallen ließ. Eine regelrechte Rangelei begann, brachial und beinahe blind im Halbdunkel.

„Sie haben mir die Hand gegeben!", rief ich wütend.

Ich war nicht nur als Wärter, sondern davor auch als Polizist ausgebildet. Ich wusste also gut, wie man sich zur Wehr setzte. Ich machte es ihm schwer.

Im Halbdunkel stießen wir gegen die Wände und die Tür, als er mich dann mit einem sogenannten „Opferwurf" zu Boden warf und mich von hinten in seinen Schwitzkasten nahm.

Es fühlte sich dann schnell so an, als würde mir Batteriesäure in den Kopf schießen.

Ich bekam kaum Luft, schlug ihm mit aller Kraft mehrfach gegen die Oberarme, aber ohne Erfolg. Ich wusste, was er vorhatte.

Er begann mich zu würgen, aber nicht vorn an der Kehle, sondern an den Seiten, wo die Hauptschlagadern liegen. Mir wurde immer schwindeliger. Egal, wie wild ich um mich schlug, ich war ihm komplett ausgeliefert und wusste, was jetzt passieren würde.

Er drückte immer fester zu, und ich konnte spüren, wie in meinem Gehirn die Blutzufuhr allmählich gekappt wurde.

Ich begann ein lautes Piepen zu hören, und die Dunkelheit begann alle möglichen Farben und Formen anzunehmen. Alles wurde körnig, wie der sogenannte „Ameisenkrieg" im Fernsehen. Dann komplette Schwärze.

Blackout.

M it Sonny und Paula war ich letztes Jahr einmal im Zoo, er war gerade einmal ein Jahr alt. Paula fand es eine gute Idee, ihm bereits im frühen Alter möglichst viele Eindrücke zu geben, auch wenn er sich später nicht direkt daran erinnern würde.

Wir spazierten mit dem Kinderwagen an allen möglichen Tierarten vorbei. Elefanten, Giraffen, Robben, Flamingos, sogar Löwen. Die Löwen lebten in einer Grube im Freien, die relativ überschaubar war.

Als ich diese Raubtiere live in Gefangenschaft sah, musste ich an ein YouTube-Video denken, das ich etwa 2017 auf dem Smartphone von irgendeinem Kumpel gesehen hatte.

Vielleicht hierzu vorweg die Vorgeschichte, die nicht im Video zu sehen war, sondern höchstens in der Beschreibung stand:

Zwei Familien irgendwo in Asien wollten am Eintrittsgeld zum Zoo sparen, so schickten die Väter ihre Frauen und Kinder zur Kasse und stiegen über eine Mauer, um sich aufs Gelände zu schmuggeln. Dabei landeten sie im Territorium der Löwen.

Mehrere Zoobesucher hielten mit ihren Mobiltelefonen drauf und nahmen den einstündigen Todeskampf einer der Väter auf, der von einem der Löwen am Hals gepackt wurde. Er trat um sich, boxte dem Löwen gegen die Nase, hatte aber spätestens dann keine Chance mehr, als weitere Löwen dazukamen.

Die Welt sah zu, keiner half. Erst später wurde der Löwe erschossen, was übrigens für Aufruhr sorgte, da der geizige Mann ja selber schuld war. Vielleicht hatte er aber schlichtweg nicht genug Geld und wollte seiner Familie trotzdem irgendwie einen schönen Nachmittag bescheren. Wer weiß das schon?

In jener Nacht fühlte ich auf gewisse Weise wie dieser eine Vater. Ich wollte etwas für meine „Familie", aber der Weg war nicht ganz sauber, und ich würde noch dafür bezahlen. Ich hätte mich nicht in die Nähe des Löwenkäfigs begeben dürfen.

Dienstag, 23:45 Uhr.
Langsam kam ich auf dem eiskalten Boden wieder zu mir.
Ich richtete mich auf und sah Livingston vor mir hocken, seine Bettdecke um sich gewickelt, die Taschenlampe in der Hand, meinen Schlagstock in die Hose seines orangefarbenen Overalls gesteckt. Wartend.

„Haben Sie heute gebrochen?"

„W-Was?"

„Gebrochen? Haben Sie sich übergeben? Sie riechen danach."

„Ich... das..."

„Wird Ihnen immer schlecht, wenn Sie in Gefahr sind? Oder kommt das vom Berufsstress? Oder fühlen Sie sich nicht wohl mit Ihrem Körpergewicht und helfen mit dem Finger nach, weil Sie keine Disziplin bei der Nahrungsaufnahme kennen?"

„Ich... was?"

„Ach, ich nehme Sie nur auf den Arm", löste er die Spannung mit seiner stoischen, trockenen Art. „Sie waren eine ziemliche Weile weg."

„Was haben Sie..."

„Den Choke habe ich in meiner Jugend gelernt."

Diesen Würgegriff kannte ich auch von der Polizeiakademie. Der Coach hatte sich damals beim Vorführen einen Spaß erlaubt: Nachdem er dem Freiwilligen die Lichter ausgeknipst hatte, legte er ihn sanft auf die Turnmatte und malte ihm während des Blackouts einen Schnurrbart auf.

Später in der Dusche entdeckte Todd, so hieß er, das Kunstwerk und konnte zu unserer Erheiterung nicht begreifen, wann er es aufgemalt bekommen hatte.

Ich glaube, dass ich noch heute bestätigen kann, dass ich den Strang wählen würde, wenn ich zum Tode verurteilt wäre. Denn selbst wenn einem nicht sofort das Genick gebrochen wird, müsste man nach wenigen Sekunden bewusstlos werden. Todd hatte keine Schmerzen. Ich in dieser Nacht auch nicht, als mich Livingston gewürgt hatte. Es war wie eine Vollnarkose.

„Warum...“

„Habe ich das getan? Ganz einfach. Um eines klarzustellen: Wir befinden uns *beide* in einer Ausnahmesituation. Nicht nur Sie. Auch ich. Das bedeutet, dass derzeit keine Regel gilt außer dem darwinistischen Prinzip: Überleben des Stärkeren.“

„Überleben des Stärkeren?“

„Genau. Wir haben also das Offensichtliche geklärt: Ich bin stärker als Sie. Wenn es also hart auf hart kommt, werde ich derjenige sein, der überlebt. Solange wir hier auf uns allein gestellt sind.“

Ich wusste darauf nichts zu erwidern.

„Das meinte ich nicht. Warum sind Sie noch hier?“

„Wie meinen Sie das?“

„Warum haben Sie mich nicht umgebracht und versuchen alleine abzuhauen? Wenn Sie stärker sind.“

„Ganz einfach. Genau wie Sie habe ich mich gründlich umgesehen. Und genau wie Sie habe ich festgestellt, dass es nur einen Fluchtweg gibt: die offene Tür da vorn. Zurück also zum darwinistischen Prinzip. Wissen Sie, warum wir Menschen sogar Löwen überlisten können, obwohl sie in der Nahrungskette eigentlich weit über uns stehen sollten?“

„Was soll das alles?"

„Unser Gehirn. Wir denken um die Ecke. Der Löwe hätte Sie schon längst gerissen. Ich aber frage mich, welchen Nutzen Sie mir noch bringen könnten. Sie und ich, wir beide haben das gleiche Dilemma: Um hier rauszukommen, müssten wir im Schnee graben. Aber wir haben dafür kein Werkzeug. Und so oder so, mit Hilfe wären wir schneller. Die Arbeitskraft wäre verdoppelt. Man könnte sich abwechseln oder gar zusammenarbeiten. Und sollte es einer von uns aus irgendeinem Grund nicht schaffen, ist er aber bis dahin dem anderen eine Hilfe gewesen. Man könnte also gerade sagen, wir beide brauchen einander."

Livingston stand auf und ging Richtung Hinrichtungsraum. Dabei drehte er sich zu mir um.

„Na los. Auf geht's."

Zaghaft stand ich auf und folgte ihm durch das Halbdunkel zur Doppeltür, die ich vorhin nicht mehr abgeschlossen hatte. Wir gingen in den steril riechenden Hinrichtungsraum, wo sich mir ein äußerst außergewöhnliches und irgendwie paradoxes Bild bot.

Maynard, strenger und gefürchteter Wärter in Uniform, mit rassistischem Ruf, lag auf der Hinrichtungspritsche festgeschnallt, und der schwarze Gefangene, der eigentlich genau um diese Zeit dort liegen sollte, setzte sich einen Mundschutz auf und zog sich Gummihandschuhe an, um dessen kaputte Beine zu untersuchen und ihm das Leben zu retten. Und das alles im surrealen dunklen Rotlicht des Lämpchens an der hinteren Wand. So einen Anblick bekommt man nicht alle Tage.

Jeder Ledergurt war stramm festgezurrt, alle Schnallen sachgemäß geschlossen. Torso, Beine, Arme, alles perfekt fixiert, wie von einem trainierten Fesselteam.

Nur war es zweifelsohne Livingston alleine gewesen.

Maynards Arme ruhten angeschnallt auf zwei gepolsterten Verlängerungen, die an beiden Seiten aus der Pritsche ragten. Er sah fast aus wie Jesus am Kreuz.

Die Wärmedecke war ihm um den Oberkörper gewickelt. Die Hose war zu einer knappen Shorts geschnitten, damit die kritischen Bereiche der Beine freigelegt waren. Schuhe und Strümpfe waren ausgezogen, die Füße und Unterschenkel waren ungesund verfärbt.

Livingston ging zum kleinen Nebenraum, wühlte dort herum und kam mit zwei Stauschläuchen heraus. Er ging auf Maynards zertrümmerte, verfärbte Beine zu. Maynard konnte sich inzwischen etwas klarer verständigen.

„Lass... bloß deine Finger... von mir...“

Ich stand verdutzt da und wusste nicht zu handeln. Maynard sah zu mir. Seine Augen waren blutunterlaufen.

„Junge... schaff mir diesen...“

Bevor Maynard auch nur in die Nähe des N-Wortes kommen konnte, ging ich rasch zu ihm hin, legte meine Hand auf seinen Arm und fiel ihm ins Wort: „Shh... du musst jetzt stark sein. Es gibt keinen anderen Weg.“

„Das wird jetzt sehr wehtun, Mr. O'Neill“, kündigte Livingston an, „aber ich muss die Durchblutung stoppen.“

„Kindermörder...“

„Was machen Sie da?“, fragte ich alarmiert.

„Das, worum Sie mich gebeten haben. Ich verarzte ihn.“

„Und was genau machen Sie?“

„Die Durchblutung seiner Extremitäten ist zwar bereits

ordentlich zurückgegangen. Das ist normal, dass sich bei Hypothermie die Blutgefäße zusammenziehen, das nennt sich Zentralisation. Das noch warme Blut bleibt im Körperkern, und das kalte Blut bleibt in den äußeren Regionen. Aber wir sollten die Durchblutung der Beine komplett kappen, sie sind hin."

Maynard zappelte und wehrte sich, aber er saß fest wie eine Fliege im Spinnennetz.

„Nein... nein..."

„Shh, alles wird gut."

Ich glaubte meinen eigenen Worten nicht.

Livingston griff um Maynards linken Oberschenkel und führte einen Schlauch herum. Diesen knotete er dann zu, hielt an und sah Maynard an.

„Eins noch."

Er nahm dann eine Schere und schnitt mühsam die Spitze eines Gürtelriemens ab, hielt den Lederfetzen vor Maynards Mund.

„Beißen Sie drauf."

Maynard hyperventilierte. Er sah zu mir.

„Das hier... geht auf dich... Junge..."

Ich schluckte.

„Du brauchst dringend ärztliche Versorgung, Onkel Maynard. Und jetzt denk an deine Tochter Caitlin. Denk dran, dass wir Sonntag zum Eisangeln wollen. Paula und Flocke kommen auch mit. Eventuell auch Ricky mit der ganzen Truppe, das wird richtig gut. Du musst jetzt stark sein."

Seine Atmung wurde dann etwas ruhiger. Aber seine Augen durchbohrten mich weiter.

Dann öffnete er den Mund, nahm das Stück Gürtelriemen zwischen die Zähne und biss fest drauf.

Livingston griff dann zum robusten Schlauch.

„Drei... zwei..."

Maynard ließ mich nicht aus den Augen.

Die Eins entfiel. Livingston zog den Knoten fest, und fester, und fester. Der Schlauch bohrte sich in Maynards Fleisch, der durch die Zähne laut aufschrie.

Ich legte meine Hand auf seine Brust und streichelte sie leicht.

„Shh... ist gleich vorbei."

Livingston zog fester und fester. Der Oberschenkel war in der Mitte etwa auf die Hälfte seiner normalen Breite verengt, die Haut quoll um den inzwischen verschwundenen Schlauch hervor, wie bei einer Würstchenkette.

Livingston band dann einen zweiten Knoten, dann einen dritten. Das heftig zitternde Bein war abgeschnürt.

„So, die Hälfte hätten wir geschafft."

Maynards Schreie waren zu einem schmerzerfüllten Stöhnen abgeschwächt. Er hatte die gleiche Qual noch einmal vor sich und kaum noch Kraft dafür.

Ich massierte ihm den Oberarm, sprach zu ihm, versuchte ihn zu bestärken.

Livingston zog den Schlauch um den rechten Oberschenkel und merkte an: „Es tut mir leid, ich konnte hier drin keine Schmerzmittel finden. Das Sedativum haben Sie bereits bekommen."

Ich antwortete: „Es ist jetzt, wie es ist."

„Gut. Wollen wir?"

Trotz der Anspannung in dieser Situation erhob Livingston nie die Stimme. Er knotete gefasst und vorsichtig den Schlauch zu, pausierte und blickte zu uns.

Mit einem leichten Kopfnicken zählte er...

Drei...

Zwei...

Dann wurde es wieder laut im Raum.

Der Schlauch wurde fester und fester gezogen, bis er zugeknotet werden konnte.

Maynard zappelte beinahe unkontrolliert vor Schmerzen.
Livingston richtete sich auf.

„Das wäre das dann."

Maynard atmete schnell und schwer, spuckte das Gürtelstück aus. Er sprach nicht mehr, sondern stöhnte nur noch.
Ich ging zu Livingston hin, der dann wieder die schwarzen Hautbereiche an Füßen und Unterschenkeln gründlich ansah. Er berührte sie, beleuchtete sie mit der Taschenlampe. Dann sah er zu mir auf. Begeistert sieht anders aus.

„Und? Was sagen Sie? Was machen wir jetzt?"

„Na ja. Einmal ganz objektiv betrachtet, da Sie mich ja fragen. Wenn das hier ein Pferd wäre, dann hätte ich schon längst entschieden, ihn von seinem Leid zu befreien. Und dazu haben Sie hier durchaus die Mittel."

„Sie wollen ihn umbringen?!"

„Ich würde eher von Euthanasie sprechen. Das wäre der klinische Begriff."

„Das kommt überhaupt nicht in Frage!"

„Das dachte ich mir. Er ist ja kein Pferd."

„Richtig", schnappte ich sauer, „Sie haben es erfasst, mein Onkel ist kein Pferd. Und bei uns in Amerika ist Euthanasie nicht legal. Haben Sie das verstanden?"

„Ja, das habe ich verstanden."

„Also, was machen wir?"

„Dann bleibt nur noch das, was ich in dieser Situation unternehmen würde, wenn das hier *mein* Onkel wäre."

„Und was wäre das?"

„Wie gesagt. Die Beine sind hin. Bis er in einer Notaufnahme landet, wird es zu spät sein."

Ich schluckte.

„Er muss die Beine abgeschnitten bekommen?"

„Wenn Sie mich fragen. Aber wie gesagt, ich bin kein Arzt. Menschen sind nicht mein Fachgebiet."

„Sie wollen mich nur verarschen!"

„Nein, der lokale Kfz-Heini, falls es den heute noch gibt, der war damals dafür bekannt, dass er Leute verarschte, um mehr Geld an ihrem Unwissen zu verdienen. Ich habe kein wirtschaftliches Interesse an dieser Sache. Sie fragen mich, ich antworte."

„Aber Sie haben sicher ein Interesse daran, dass Mr. O'Neill hier stirbt."

„Warum sollte ich das?"

„Für wie dumm halten Sie mich?"

„Auge um Auge, und die Welt ist irgendwann blind. Schon mal gehört?"

„Immer wieder auf dem Parkplatz."

„Gut. Was halten Sie dann davon, dass wir hier nicht weiter rum diskutieren, sondern ich, wie von Ihnen gewünscht, versuche, diesem Mann hier das Leben zu retten?"

Und damit hatte er mich.

Ich hatte von Medizin genauso wenig Ahnung wie von einem Automotor. Hätte man mir also verkauft, dass ich ein neues Getriebe brauchen würde, wäre an mir leichtes Geld zu verdienen gewesen. Und in dieser Situation hatte ich null Urteilsvermögen darüber, ob diese Beine nun amputiert werden müssten oder nicht. Und ich konnte nicht einschätzen, ob Livingston gerade ehrlich war oder diesen Ausnahmezustand einfach nur genoss. Oder gar ausnutzte, um irgendeine Rache auszuüben.

Aber welche Wahl hatte ich, als zu hoffen, dass der Mann im Sinne unserer vorhin getroffenen Abmachung nach bestem Gewissen handelte? Er hatte immerhin mehr Ahnung als ich, zumindest wollte ich das annehmen.

Unsicherheit. Und weder der richtige Beruf dafür, noch der richtige Ort.

„Können Sie so was durchziehen?", fragte ich Livingston skeptisch.

„Ich weiß es noch nicht."

Er sah sich um, leuchtete mit der Taschenlampe auf die kleinen Tischflächen an der Wand, dann in den Nebenraum.

„Sie haben nicht alles dafür da, nicht einmal ein Skalpell. Ich bräuchte irgendeine Art Klinge, und sei es ein Buttermesser oder eine Scherbe. Damit ich ihm keine Knochen brechen muss, wozu wir hier auch nicht die Mittel hätten, würde ich die Beine direkt an den Knien durchtrennen. Gibt es irgendeinen Grund anzunehmen, dass Sie Nadel und Faden haben? Vielleicht um zwischendurch neue Aufnäher anzubringen?"

„Ich... ich müsste nachsehen."

„Tun Sie das. Desinfektionsmittel hätten wir. Nun wird's aber kompliziert: Er wird das niemals durchstehen, wenn wir ihn nicht unter Vollnarkose bekommen. Ich brauche einmal die drei Ampullen da aus dem Fensterchen."

Nun wurde ich deutlich unsicherer.

„Was... wieso?"

„Ich hab's Ihnen gerade gesagt. Es wird auch sehr riskant, da Mr. O'Neill vor wenigen Stunden gegessen hat."

„Was wird das jetzt?"

„Sie werden seine Atmung kontrollieren müssen, da er sonst an seinem eigenen Essen ersticken könnte."

„Sie können ihm nicht..."

„Davon abgesehen kann ich die betroffenen Bereiche nicht örtlich betäuben. Und das ist richtiger Mist."

„Womit wollen Sie..."

„Und ein Skalpell oder so etwas liegt nicht vor. Aber es ist alles gerade so, wie es ist."

„Moment, Moment, Livingston", bremste ich ihn aus, „womit wollen Sie ihm eine Narkose machen?"

„Mit dem Barbiturat, womit denn sonst? Es sei denn, Sie benutzen doch kein Thiopental."

Die Selbstverständlichkeit in seiner Antwort war schon fast provokant.

Damit sprach er ein Thema an, mit dem wir uns tatsächlich mehrfach über die Jahre herumgeschlagen hatten. Immer wieder gab es Probleme mit den Lieferanten, da die Regierungen der Herstellungsländer nicht unterstützen wollten, dass wir Amis ihre Medikamente zum Töten benutzten.

Zweimal war sogar davon die Rede, die Gaskammer wieder einzuführen. Wenn ihr dachtet, der Tod durch eine letale Injektion sei barbarisch, dann habt ihr noch nichts gesehen, wenn ihr nicht Zeugen einer Hinrichtung durch Blausäure gewesen seid. Die durchschnittliche Todeszeit liegt bei etwa neun Minuten, soweit ich mich recht entsinne.

Wir hatten dieses Jahr das Glück, wenn ich es so nennen darf, dass sich für uns neue Lieferanten aufgetan hatten, sodass ich Livingston bestätigen konnte, dass unsere Ampullen die richtigen waren. Aber ich hatte keine Ahnung, was die verschiedenen Chemikalien mit unseren Häftlingen anstellten.

Und es hatte mich nie interessiert.

In jener Nacht änderte sich das.

Während Livingston die Spritze nahm und auspackte, nahm ich Maynard die Taschenlampe aus dem Gürtelhalfter und ging durch das Gebäude Richtung Büro.

Dabei hörte ich ein tiefes Grunzen über mir, gefolgt von einem leisen Knistern. Ich leuchtete hoch zur Blechdecke, die etwas nach unten gewölbt erschien.

Ich schaute zu den Wänden, leuchtete in jede Ecke.

Das Containergebäude war ähnlich wie ein Baustellenbüro. Ich fragte mich in jenem Augenblick beunruhigt, wie viel Gewicht die Konstruktion aushalten würde, und wie lange. Wie viel Kälte würde es ertragen, bis das dünne Metall brüchig werden würde? Wir waren ein Ei unter einem Ziegelstein.

Genug nachgedacht, vom Nachdenken bekam ich nur Angst.

Ich schritt ins Büro und öffnete den Erste-Hilfe-Kasten,

wühlte durch seinen Inhalt. Mullbinden, Pflaster, Reinigungstücher...

Und dann: Bingo! Ich fand ein kleines Päckchen, das eine Nadel und einen Faden enthielt. Das erschien mir nicht üblich für den normalen Erste-Hilfe-Kasten, vielleicht hatte Maynard das Ding modifizieren lassen, für welche Notfälle auch immer. Wenn ja, sollte es ihm in diesem Moment zugutekommen.

Ich öffnete dann die Schublade und holte ein Brotmesser heraus. Schärfere Klingen gab es hier nicht. Denn grundsätzlich herrschte im „Death House" die Politik, dass alles, was als Waffe benutzt werden könnte, tabu war. Das Messer war recht stumpf, aber sicher besser als gar nichts.

Das hier würde so oder so blutig werden.

Ich ging durch die Dunkelheit zum Hinrichtungsraum zurück, wo Livingston Maynards linken Oberarm inzwischen ebenfalls abgeschnürt hatte, aber nicht annähernd so eng wie die Beine. Er ging die drei Ampullen durch, die er sich bereits geholt hatte.

Ich war für einen Augenblick beunruhigt. Es fühlte sich kurz so an, als wäre er nun bewaffnet.

„Mein Vater sagte mir immer, dass Zahnpasta Gift sei. Er sagte, alles, was auf ‚ID' endet, wäre tödlich."

„Auf Idee?"

„Die Buchstaben. Die Endsilbe. Fluorid, Chlorid, Zyanid."

„Suizid."

„Genozid."

Eine Ampulle hielt er mir vors Gesicht...

„Pancuroniumbromid. Das sogenannte Muskelrelaxans. Wenn das Barbiturat mich nicht korrekt in den Tiefschlaf schickt, ersticke ich langsam und qualvoll, weil mir bei vollem Bewusstsein die Atemmuskulatur gelähmt wird. Die Lunge implodiert und verbrennt in meinem Brustkorb. Hm."

Livingston sprach stets mit einer gewissen stoischen Ruhe. Der kaum zu überhörende Zynismus in seinem Ton war ihm wohl nicht vorzuwerfen, immerhin hatte er jahrelang von den Weltbesten gelernt. Er klang aber nicht so, als würde er mir Vorwürfe machen. Er stellte nur fest.

Diese Ampulle legte er weg und nahm die nächste, las die kleine Schrift am Rand und sah mich an.

„Dann Kaliumchlorid. Davon bleibt das Herz stehen. Vielleicht zusammen mit der Betäubung ausreichend, ohne dazwischen die Muskeln zu paralysieren."

Er legte die Ampulle weg und nahm die letzte hoch, schaute neugierig auf die Beschriftung.

„Tatsache. Thiopental-Natrium. Aber die Dosis allein, die ihr abschießt, könnte schon ausreichen, um den Job zu erledigen. Dreifach hält aber wohl besser, schätze ich."

Diese Ampulle behielt er.

Er rammte eine Spritze hinein und zog diese mit der Flüssigkeit auf, bis sie voll war.

Ich nahm instinktiv die anderen beiden Ampullen und steckte sie mir in die Hosentasche. Auf keinen Fall würde ich so etwas hier herumliegen lassen, nur um dann im Schlaf eine Todesspritze in den Hals gejagt zu bekommen.

Livingston ging mit der Spritze direkt zu Maynards Unterarm. Keine Kanüle, kein Schlauch. Ich hielt ihn dann alarmiert auf.

„Hören Sie..."

Er sah mich mit einem ausdruckslosen Gesicht an.

„Sind Sie sicher, dass er davon nur einschlafen wird?"

Livingston musste fast in sich hineinlachen.

„Sie fragen mich?"

Es herrschte kurz Stille im Raum.

Und wieder wurde ich an die Absurdität und Ironie dieser ganzen Situation erinnert. Für einen Augenblick hatte ich die tatsächlichen Verhältnisse vergessen und fühlte mich als Angehöriger eines Patienten kurz vor einer Notoperation.

Livingston hatte es gemerkt.

Er desinfizierte dann den Unterarm und suchte dort eine Vene. Dies erwies sich im ersten Augenblick als relativ schwierig. Er dehnte die Haut auseinander, drückte sie zusammen, tastete alles ab.

„Das Problem ist nur, dass wir wie gesagt nicht örtlich betäuben können. Das heißt, obwohl er schläft, bekommt er die Schmerzen mit. Und zwar komplett. Ich muss ihm also mehr geben, als normal vorgesehen wäre, ohne dass er dabei draufgeht. Mit etwas Glück spürt er in seinen Beinen nicht mehr allzu viel."

Nichts klang nach guten Aussichten. Sollte ich die Sache abbrechen?

Aber was dann?

Ich ermahnte ihn: „Sie zollen uns den gleichen Respekt, den Sie von uns bekommen. Sie stechen nicht daneben."

„Ich gebe mir Mühe", antwortete er, ohne aufzusehen.

„Nimm deine... Finger..."

„Schön ruhig bleiben."

„Dreckiger... Nigger..."

„Die Schmerzen lassen gleich nach."

Livingston ließ sich durch nichts aus der Ruhe bringen.

Dann fand er eine Stelle, wo eine leichte blaue Färbung in der Haut zu erahnen war. Etwas Besseres bot sich nicht an.

Der erste Stich saß nicht korrekt...

Der zweite auch nicht.

„Was machen Sie da?"

Maynard winselte und faselte schwache, unverständliche Worte durch die Zähne.

Livingston seufzte und sah zu mir auf.

„In extremen Stresssituationen kann es durchaus sein, dass sich die Venen zusammenziehen. Wohl eine Art Selbsterhaltungstrieb."

Er suchte einen anderen Bereich des Armes ab...

Dann schien er fündig zu werden.

Er setzte die Nadel an und drückte sie durch Maynards Haut flach in den Arm hinein...

„Verfluchter..."

Er zog etwas Blut an, das sich mit der gelblichen Flüssigkeit vermischte...

Dann drückte er den Kolben, und das Thiopental floss in Maynards Körper.

Maynard stöhnte dann auf, erschlaffte und wurde immer ruhiger. Seine Augen begannen zu flimmern, und sein Stöhnen wurde schwächer und schwächer, als würde aus einem Schlauchboot die Luft entweichen.

Livingston beobachtete ihn genau. Dann sah er mich an und sagte: „Der Mann weiß nichts von unserem Deal."

„Sie werden eh nicht entkommen."

„Ach ja, richtig."

Wir beide schauten auf Maynard, der inzwischen weggetreten schien.

Livingston nahm ein Stethoskop, das er sich bereitgelegt hatte. Er lauschte damit nach Maynards Puls und Atmung. Dann reichte er mir das Stethoskop herüber.

„Er lebt noch. Sie hören ihm jetzt beim Atmen zu."

Ich nahm zaghaft das Stethoskop und folgte seiner Anweisung. Ich lauschte an Maynards Lunge, und in meinen Ohren klang die röchelnde Atmung fast wie der Schneesturm von zuvor. Unregelmäßige Herztöne dazwischen.

Ich sah auf den Boden, denn ich hatte nicht die Stärke, um Livingston bei zwei provisorischen Amputationen zuzusehen.

Ich wartete, die Augen irgendwann fest zugedrückt.

Ich konnte spüren, wie sich dann die Pritsche mehrfach hin und her bewegte. Es war ruppig. Es war Knochenarbeit, kein Wortspiel beabsichtigt.

Es dauerte ewig.

Maynard schlief unruhig und stöhnte immer wieder dösig, was in meinen Ohren klang wie regelmäßige Explosionen.

Mit einem Brotmesser die Beine eines Erwachsenen zu durchtrennen, war sicher keine leichte Aufgabe.

Livingston pausierte, ich sah auf. Er ging zum Fenster des Zeugenraums, das einen großen Sprung hatte, aber sonst intakt war. Mit der Taschenlampe leuchtete er durch die Gitter darauf und stellte fest, dass eine Art Maschendraht im Glas eingebettet war. Eine Scherbe hier zu lösen, war nicht möglich.

„Schön wär's gewesen", murmelte er und ging wieder mit dem Brotmesser an die Arbeit.

Mit verkrampftem Gesicht sah ich weg. Und zwischendurch erlitt ich am eigenen Leib merkwürdige Muskelzuckungen, die ich nicht kontrollieren konnte. Was ich später von den Ärzten erfuhr: Es waren erste Symptome von milder Hypothermie.

Die Minuten krochen dahin.

Ich nahm langsam eine Ohrolive aus dem Ohr und konnte fleischige, matschige Geräusche hören, die synchron mit dem Wackeln der Pritsche waren. Ich konnte nicht hinsehen. Das Getöse in meinem Ohr wurde immer lauter und änderte seine Frequenz. Als Bass Note konnte ich einen Puls hören, der ebenfalls verrückt spielte.

Ich hörte knackende Geräusche.

Dann wieder matschiges Hacken und Sägen.

Es roch in der kalten Luft penetrant nach Eisen. Irgendwann konnte ich es sogar schmecken.

Ich merkte, wie sich mein Magen umdrehte. Glücklicherweise hatte ich kaum etwas darin zum Auskotzen. Ich zählte nur die Sekunden, die aber in Zeitlupe vergingen.

Wieder einmal schoss mir der Gedanke in den Kopf, dass es sich erneut nach dem richtigen Moment anfühlte, die Hände zu falten und zu irgendeiner Gottheit zu beten. Aber wieder einmal tat mein Kopf diese Vorstellung ab.

Bis heute könnte ich nicht beantworten, ob die Qual für Maynard größer war als für mich.

Wann würde es endlich vorbei sein?

Es hörte immer noch nicht auf. Ich spürte brachiale Bewegungen, als würde Livingston sein volles Körpergewicht einsetzen.

Für einen Augenblick musste ich an die Geburt von Sonny denken. Diese war nicht ohne Komplikationen, da er ein volles Kilo mehr gewogen hatte, als man anhand der Ultraschallbilder geschätzt hatte. Im Nachhinein sagte man zu uns, dass man sich direkt für einen Kaiserschnitt entschieden hätte, wenn man wirklich gewusst hätte, dass Paula ein Baby von über elf Pfund Gewicht in sich getragen hatte.

Ich musste an das Geräusch des Dammschnitts denken und daran, wie sich die Schwester förmlich auf Paulas Bauch schmiss, während die Hebamme an Sonnys Kopf zog.

Am Rande erwähnt: Paula war damals heilfroh, dass das Schicksal auf merkwürdige Art für eine natürliche Geburt gesorgt hatte, da sie unbedingt wollte, dass Sonny seine erste große Prüfung besteht. Sie sagte, dass Kinder, die per Kaiserschnitt geholt werden, angeblich häufig wehleidiger wären, da sie sich nicht den Weg ins Leben erkämpft hätten.

Meine Frage war bei solchen Behauptungen, von denen sie wirklich einige in petto hatte: „Wo hast du die Studie, die das belegt?"

Ich war ein Kaiserschnitt-Kind. So nahm ich diese These selbstverständlich persönlich und feuerte solche Antworten ab, um Paulas Therapieversuche an meiner Person abzuschmettern.

Paula war eine Kämpferin, schließlich hat sie erfolgreich um mich gekämpft. Ich konnte nicht den Sinn darin finden, um etwas zu kämpfen.

Heute schätze ich jede Minute, die ich am Leben bin. Heute bin ich mir dessen bewusst, was für ein wahres Wunder, was für ein Lottogewinn das Leben eigentlich ist. Führt euch das einmal vor Augen, was für Komponenten dazu beigetragen haben, dass ihr gerade Luft in den Lungen habt und das hier lest.

Und es fängt nicht bei eurer Geburt an, sondern vielleicht eher damit, dass die Erde genau den richtigen Abstand zur Sonne hat, sodass wir weder verbrennen noch erfrieren. Sodass wir dank der Schwerkraft auf einem Planeten gehalten werden, wo wir Sauerstoff atmen, Wasser trinken und Lebensmittel zu uns nehmen können, um das volle Potenzial der uns verliehenen Körper auszuschöpfen und das Leben in vollen Zügen zu genießen. Um Kinder zu bekommen, Familien zu gründen, die Natur zu bestaunen, ob nun Schöpfung oder zufälliges Abfallprodukt eines Urknalls.

Wir Menschen sind von Haus aus so eingestellt, dass wir grundsätzlich nicht schätzen, was wir haben, sondern immer mehr wollen und keine Zufriedenheit erlangen. Das Gras der Nachbarn ist immer grüner, wie es so schön heißt. Wir jammern über Steuernachzahlungen oder schlechtes Wetter, der Sommer ist uns zu heiß, der Winter zu kalt. Wir vergessen, dass unser Leben ein wahres Wunder ist.

Ich hatte es definitiv vergessen.

Ständige Unzufriedenheit hat natürlich ihre positiven Seiten, denn hätte man sich mit dem Röhrenfernseher zufriedengegeben, dann wäre nie der Plasmabildschirm entstanden.

Aber ich habe heute begriffen, dass ich mein Glück erkennen und schätzen muss. Und dieses findet sich nicht darin, wie die Lemminge dem großen Reichtum nachzujagen, sondern in den kleinen Dingen, mit denen wir alle täglich beschenkt werden.

Heute schätze ich meine Freundin und mein Kind.

Ich schätze die Tatsache, dass Sonny geistig und körperlich

gesund ist und mich immer wieder zum Lachen bringt. Kein Mist, den er anstellt, kann meine Liebe zu ihm verändern, egal, wie verärgert ich vielleicht in dem Augenblick bin.

Ich war in jener Nacht, als mein Onkel mit meiner Einwilligung von einem verurteilten Mörder verstümmelt wurde, noch sehr weit weg von meiner heutigen Lebenseinstellung.

Aber ich suchte automatisch Trost darin, an meine Familie zu denken. Daran, dass alles irgendwie wieder gut werden würde. Alles Gedankenprozesse, die bei gesunden Menschen in einer solchen Extremsituation sicherlich normal sind.

Ich aber wunderte mich in jenem Moment, dass ich in dieses Schema zu fallen schien. Denn über die Jahre war ich zum nihilistischen Zyniker geworden. Und in diesem Moment merkte ich, dass ich noch ein Mensch war.

Es gab also Hoffnung für mich.

2 :30 Uhr. Der Mittwoch war angebrochen.
Die Amputation dauerte zu lange. Ja, singular. Es war noch das erste Bein in Arbeit.

Die Geräuschkulisse von Maynards Innenleben war ohrenbetäubend und beunruhigend.

Livingston hatte bereits zweimal Thiopental nachgespritzt.

Er kam nur schwer voran.

Der kalte Gestank von Eisen ließ mich einige Male würgen.

Maynards Atmung und Puls waren nicht in Ordnung. Ich meldete es Livingston, der dann schnell das Stethoskop nahm und selber lauschte, die Handschuhe blutig, wie die eines Schlachters.

„Die Schmerzen sind zu stark für ihn, und die Narkose lässt nach."

Er nahm die Spritze und setzte die Nadel für eine vierte Injektion an. Dann begann Maynard aber unkontrolliert zu zittern. Und Schaum stieg aus seinem Mund empor.

Alarmiert fragte ich Livingston: „Was passiert hier gerade? Was ist los?!"

„Er erstickt!"

„Fuck! Fuck! Fuck!"

Livingston versuchte an der Seite der Pritsche einen Knopf zu betätigen.

„Kann man das Ding nicht manuell hochfahren?"

„Ich weiß es nicht, ich weiß es nicht!"

Ich suchte unter dem Kopfende nach einem Hebel, Griff oder sonst etwas, womit man die Pritsche in die Vertikale aufrichten konnte. Aber ich wurde nicht fündig.

Hier hatte es sonst immer Strom gegeben.

Livingston drehte Maynards Kopf beiseite, während dieser an seinen Fesseln heftig ruckelte. Livingston löste die Riemen am Torso und am rechten Oberarm, zog diesen zu sich und versuchte Maynard in eine stabile Seitenlage zu bringen.

Aber Maynard lief nur ein langer, schleimiger Strahl aus dem Mund, und sein Zucken ließ langsam nach.

Er lief im Gesicht blau an.

Und wurde immer stiller, ebenso die turbulente Geräuschkulisse in den Ohroliven des Stethoskops.

Entsetzt kopfschüttelnd wich ich einige Schritte zurück, als ich realisierte, was gerade passierte.

Dann sah ich flüchtig zu Maynards Beinen herüber und musste zu meinem Entsetzen feststellen, dass gerade einmal das linke Bein auch nur fast durchtrennt war. Es war ein Blutbad, und dieser große schwarze Häftling voller Blutspritzer ließ die Situation auf den ersten Blick nach einem brutalen, vielleicht sogar stereotypischen Racheakt aussehen.

Aber es war merkwürdigerweise das absolute Gegenteil.

Es wurde extrem still im Raum.

Livingston legte irgendwann das Stethoskop weg und richtete sich auf. Er sah mich an und sagte: „Es tut mir leid, wir haben es nicht geschafft."

Ich war zu entsetzt, um zu sprechen.

„Sie haben ihn umgebracht", rutschte mir leise heraus.

Livingston nahm dies erstaunlicherweise keinen Deut persönlich, obwohl er dazu jedes Recht gehabt hätte. Er sprach leise, fast pietätvoll: „Das glauben Sie selbst nicht."

„Das war alles meine Schuld."

„Nun seien Sie nicht so hart zu sich selbst."

„Er ist tot. Onkel Maynard ist..."

„Sie wollten ihm helfen."

„Ich... ich werde mich verantworten müssen."

„Das müssen wir alle."

Ich ging immer noch rückwärts, bis ich mit dem Rücken an einer Wand war. An dieser rutschte ich herab, bis ich auf dem Arsch saß. Mein Kopf raste.

„Was mache ich jetzt?"

„Hören Sie, ich könnte gut eine Zigarette gebrauchen, wie sieht's mit Ihnen aus?", fragte er mich.

Ich sah zu ihm auf, und nach einem Augenblick nickte ich.

„Haben Sie denn welche da?"

Wieder nickte ich.

„Ich wäre Ihnen sehr zu Dank verpflichtet, wenn ich eine schnorren könnte."

„Machen wir."

„Sie kriegen die auch wieder."

Ich war kurz perplex, aber immerhin kurz abgelenkt.

Ich stand dann langsam auf, denn ich würde ihn nicht in meinem Schließfach herumwühlen lassen. Ich verließ den Raum.

Benommen taumelte ich in den dunklen Korridor hinaus, und Richtung Büro. Livingston folgte mit einer Taschenlampe und zog sich die blutigen Handschuhe aus, pfefferte sie beiseite.

Ich ging zum Schließfach und holte die Zigarettenschachtel heraus, bot Livingston eine Zigarette an und nahm mir selber eine.

Ich war inzwischen so niedergeschlagen und benommen, dass es fast gegen die Kälte half.

Ich zündete seine Zigarette an, dann meine.

Er lehnte sich gegen den Schreibtisch, ich setzte mich in den Drehstuhl. Es herrschte ein langer Augenblick der Stille.

Wir zogen an unseren Zigaretten und bliesen den Rauch in den Raum.

„Durch Rauchen kann man erblinden", spottete er.

„Scheinbar schon."

„Hm. Mit den Zigaretten sollten Sie geizen, bis sich ein Ausweg findet."

„Ich weiß. Wir haben begrenzt Sauerstoff."

„Nein. Sie haben begrenzt Zigaretten", antwortet er lakonisch.

Ich musste schmunzelnd zustimmen.

Noch ein Zug, dann Stille.

Ich musste an die Sauerei im Hinrichtungsraum denken.

Daran, dass ich meiner Cousine Caitlin erklären musste, ihr Papa sei tot. Falls ich es überhaupt selber hier raus schaffen würde.

Zu Livingston sagte ich: „Wir sollten ihn anständig begraben. Zumindest kühlen, bis man uns findet."

Er hob passiv die Augenbrauen.

Meine Waden zitterten dann merkwürdig. Ich schüttelte meine Beine, aber gegen das Zittern konnte ich nichts unternehmen. Zusätzlich meldete sich mein Magen wieder, als würde er mir drohen, sich in den nächsten Minuten selbst zu verdauen, wenn ich ihn nicht langsam mit irgendetwas versorgte.

Und dieser ekelhafte Geschmack musste aus meinem Mund verschwinden!

Ich stand auf und ging zum Kühlschrank, nahm den letzten Joghurtbecher heraus. Ich konnte sehen, wie Livingston in den sonst leeren Kühlschrank spähte.

Dann sah er mich an, als ich den Joghurtbecher in der Hand hielt und grübelte.

„Na los. Fragen Sie", sagte er zu mir.

Ich sah ihn perplex an.

„Wie meinen Sie das?"

„Fragen Sie doch einfach."

Er schüttelte schmunzelnd den Kopf.

„Für wie dumm halten Sie mich? Sie haben Hunger. Sie sind erschöpft und unterkühlt. Sie haben sich übergeben. Und Sie haben einen Verwandten verloren. Sie sollten sich dringend so schnell wie möglich stärken."

„Was kümmert es Sie, ob jemand einen Verwandten verliert?"

„Es geht hier nicht um mich. Sie sollten was essen."

Ich brauchte einen Augenblick, um zu antworten.

„Das hatte ich doch gerade vor."

„Sie wissen doch ganz genau, dass ich noch eine ordentliche Mahlzeit in meiner Zelle habe."

„Wenn ich sie wollte, dann hätte ich sie mir schon längst genommen."

„Nein, hätten Sie nicht."

Ich blieb stur.

„Doch. Das hätte ich. Ich bin immer noch ein Wärter, und Sie ein Gefangener."

„Bis Tageslicht hier wieder hereinscheint, sind Sie nichts weiter als ein Mann, der ums Überleben kämpft. Und den ich mir flach übers Knie legen könnte, wenn ich wollte."

„Wir sind auf amerikanischem Boden und unterliegen immer noch dem Gesetz."

„Ach ja, richtig. Gesetz, da war noch was."

„Ja, so sieht's aus."

„Und per Gesetz ist das *meine* Mahlzeit."

Ich stockte.

„Ich wollte sie auch nicht nehmen, wie gesagt. Ich will nur meine blöden Joghurts essen."

„Und Sie hätten meine Mahlzeit auch nicht nehmen können, selbst wenn Sie wollten. Gesetz und so."

„Wie auch immer. Sie nerven mich."

„Es ist trotzdem meine Mahlzeit."

„Warum streiten wir über diese dämliche Mahlzeit?"

„Sie haben doch angefangen."

„Hab ich gar nicht!"

Livingston begann zu lachen.

„Ich nehme Sie nur wieder auf den Arm."

Ich war verwirrt. Und ich wollte mich auf keine Spiele einlassen. Dass dieser Mann in meinem Büro stand und mit mir versuchte eine Konversation zu führen, war für mich schon unbehaglich genug. Es fühlte sich durchweg falsch an.

Und ich fürchtete Konsequenzen.

Ich war nicht mehr Chef im Ring, und es wäre fahrlässig gewesen, mir etwas anderes vorzumachen. Ich konnte nur hoffen, dass er mir am Ende nicht entkommen würde. Dass der Deal zu meinen Gunsten ausgehen würde und ich meinen Job und mein Leben behalten könnte.

Trotzig nahm ich mir meinen Löffel und aß den Joghurt, nachdem ich aufgeraucht hatte.

Livingston stand auf und drückte seine Zigarette ebenfalls im Aschenbecher aus. Er machte sich auf den Weg zum Korridor.

„Wo wollen Sie hin?", fragte ich alarmiert.

„Für kleine Mädchen. Wollen Sie mich etwa begleiten?"

Ich pausierte. Dann schüttelte ich den Kopf.

Livingston verließ das Büro.

Ich sah ihm erst noch hinterher, aber dann wurde mir klar, dass er nirgendwo hingehen konnte. Und Waffen gab es für ihn nicht in der Gegend. Er brauchte auch keine gegen mich.

Nervös griff ich wieder zum Diktiergerät.

Ich sortierte meine Gedanken, was nicht allzu leicht war, wenn immer wieder irgendwelche Muskelpartien unkontrolliert zu zittern begannen.

Dann fing ich an aufzunehmen. Dabei sprach ich so leise und diskret wie nur möglich.

Klick.

„Mittwoch, 1. Februar 2034. Es ist jetzt 4:27 Uhr. Hinrichtung von Stanley Livingston hat nicht stattgefunden, trotz mangelnder Bestätigung eines Aufschubs. Er befindet sich nach wie vor unter meiner Aufsicht, und das Gebäude ist eingeschneit. Nach wie vor kein Kontakt zur Außenwelt. Mr. O'Neill war..."

Ich pausierte und schluchzte. Drückte auf „Stopp".

Dann sammelte ich mich. Und nahm weiter auf...

Klick.

„Mr. O'Neill erlitt gravierende Verletzungen und musste... er musste mit dem Besteck, was wir zur Verfügung hatten, notoperiert werden, aber..."

Ich hielt die Aufnahme an, spulte zurück, atmete durch und fing von vorne an, Datum und Uhrzeit.

„Mr. O'Neill, der Verurteilte und ich, Andy Sosa, wir wurden gestern gegen 19:00 Uhr von einer massiven Lawine verschüttet und sind seitdem gefangen. Da Mr. Livingston deutlich mehr medizinische Kenntnisse besitzt als ich, habe ich ihn zu Rate gezogen, um Mr. O'Neill zu verarzten. Aber Mr. O'Neill... erlag heute gegen 2:30 Uhr seinen Verletzungen. Er war am Ausgang unter der Lawine begraben, mir war es gelungen, ihn lebendig zu bergen. Seine Beine waren vom Gewicht des Schnees und der Trümmer in einem äußerst kritischen Zustand, sodass Mr. Livingston zu einer Notamputation geraten hat."

Ich pausierte. Dann fuhr ich fort: „Nun sind mehrere Stunden vergangen, und noch besteht keine Aussicht auf Hilfe. So habe ich beschlossen, mit der Hilfe von Mr. Livingston nach einem Fluchtweg zu suchen, da Lebensmittel und Sauerstoff begrenzt sind."

Alles war gesagt.

Ich stoppte die Aufnahme und steckte mir das Diktiergerät in die Hosentasche. Ebenso mein Smartphone, das Feuerzeug und die Zigaretten.

Ich schritt in den Korridor hinaus, machte meine Taschenlampe an, rieb mir die Augen.

Ich kam um die Ecke zu Livingstons Zelle, wo ich die Tür abgeschlossen vorfand. In diesem Moment tastete ich meine Hose nach dem Schlüsselbund ab und merkte jetzt erst, dass mir Livingston diesen weggenommen haben musste, als ich bewusstlos war.

So klopfte ich an die Tür.

Ein Augenblick der Stille.

„Gleich fertig."

Ich wartete. Dann hörte ich, wie Livingston versuchte die Spülung zu betätigen. Aber diese war defekt.

„Na, klasse."

Ich erklärte, dass die Wasserleitungen vermutlich zugefroren oder gar beschädigt waren. Daraufhin rasselte es im Schloss. Und Livingston öffnete mir die Tür.

Ich sah den Schlüsselbund an.

„Geben Sie mir den wieder?"

Er steckte sich den Bund in die Hosentasche und antwortete: „Holen Sie ihn sich."

Also nein. Er war an etwas anderem interessiert.

„Das hier bedeutet, wir haben kein Wasser, nicht wahr?"

„Na ja, wir sind mitten in einem Schneeball. Wasser ist nicht das Problem."

Livingston grübelte kurz.

„Schnee ist Wasser", fügte ich hinzu.

„Ach, ja. Richtig."

Irgendetwas war an seinem Verhalten merkwürdig, als würde er mit einer Info zurückhalten.

„Warum behalten Sie meinen Knüppel? Den brauchen Sie gar nicht gegen mich."

„Aber Sie sicher gegen mich", lautete seine kühle Antwort. Dann hielt er mir einen Aluminiumteller hin. Er hatte sein Essen durch zwei geteilt und war der Ansicht, dass wir uns vor der Arbeit erst einmal stärken sollten.

Das Essen war zwar bereits abgekühlt, aber es roch furchtbar lecker, und ich war am Verhungern.

„Das wäre nicht nötig gewesen", sagte ich und versuchte, mir keine Blöße zu geben.

„Ich weiß. Genauso unnötig, wie in dieser Lage weiterhin an Ihrem guten alten Männerstolz festzuhalten. Wir essen in Ihrem Büro. Man isst nicht, wo man scheißt."

Dazu waren unsere Todeskandidaten grundsätzlich gezwungen, da die Toilette sich direkt in der Einzelzelle befand. Für Livingston musste es also ein Luxus gewesen sein, endlich in einem Raum zu speisen, in dem er nicht dabei in eine Kloschüssel ohne Deckel starren musste.

Wir beide gingen ins Büro, jeder seinen Aluminiumteller in der Hand. Er trug seine Bettdecke als Mantel. Meine Wärmedecke war noch um den Oberkörper von Maynards Leiche gewickelt. Ich zog mir den Reißverschluss meiner Jacke weiter zum Kinn hoch, richtete die Fellkapuze, zog sie weiter zu.

I m Büro stöberte Livingston im Wandschrank, während ich Besteck auf den Schreibtisch legte.

„Becher können Sie weglassen", sagte er, „ich habe nichts zu trinken da."

Dies war ärgerlich, da ich nicht wusste, ob ich hungriger war als durstig. Meine Zunge war schon trocken. Was hätte ich jetzt bloß für diese dämliche Kaffeesahne gegeben, die ich beim Abholen der Henkersmahlzeit vergessen hatte?

Maynards Worte schossen mir durch den Kopf, Augenblicke vor dem Einschlag der Lawine: „Es ist nur Kaffeesahne!"

Ebenfalls erinnerte ich mich an mein Ego-Problem, dem womöglich zu verdanken war, dass keine Kaffeesahne da war. Und es war meinem Trotz gegenüber Chuck zu verdanken. Maynard holte mich immer wieder runter und sagte, ich würde dämliche und paranoide Zusammenhänge herstellen, es zu persönlich nehmen, mich als Opfer von „Rookie-Klischees" sehen.

Nun war ich zum Opfer meines eigenen Mini-Streiks geworden.

Kaffeesahne hätte Monate gehalten, und wäre sicherlich unter diesen Umständen das Leckerste gewesen, was ich je getrunken hätte.

Ich nahm die alte Milch aus dem Kühlschrank und öffnete sie, roch mit der Nase daran. Hätte ich meinen Burrito vom Vorabend noch im Magen gehabt, wäre er mir bei dem sauren Gestank hochgekommen.

Ich stellte dennoch die Milchtüte in den Kühlschrank zurück. Wer weiß, ob ich sie noch in absehbarer Zeit brauchen würde.

Livingston wühlte weiter im Wandschrank herum.

„Haben Sie keine Kerze oder so was? Dieses orange Licht macht einen wahnsinnig. So wahnsinnig, dass ich nur zum

Ausgleich immer wieder dieses kleine grüne Lämpchen anschauen muss."

Mir ging es genauso.

„Leider haben wir so was hier nicht", musste ich ihn enttäuschen.

„Wie lange diese Notlichter halten, wissen Sie auch nicht, oder?"

Ich hatte keine Ahnung. Es waren auch schon einige Stunden vergangen.

Er holte einen Salzstreuer, dann einen Pfefferstreuer, leuchtete sie mit der Taschenlampe an, dann in den Schrank.

„Wie sieht's mit Tabasco aus, irgendwas mit Pep?"

„Nein."

„Schade. Das würde warmhalten."

„Tabasco könnte als Waffe eingesetzt werden", sagte ich.

„Deswegen haben wir's hier nicht. Aber ich esse auch gern mit Tabasco."

„Ich tue das Zeug auf alles. Nur nicht auf italienische Sachen, das passt nicht."

„Dann kennen Sie nicht die Bolognese meiner Freundin."

„Wie denn auch?"

Livingston schloss den Schrank und setzte sich zu mir.

„Ich wollte Tabasco zu meinem Burger. Aber das hat Ihr Onkel mir nicht erlaubt."

„Wie gesagt, Tabasco könnte als Waffe eingesetzt werden."

„Gegen euch?"

„Sie könnten sich selbst damit verletzen. Zum Beispiel in die Augen tun."

„Wenn ich ersticken wollte, würde ich mir ein Steak bestellen. Oder Oliven."

Wir beide begannen dann zu essen, wie ein stinknormales Paar in einem Fastfood-Diner. Es war schon merkwürdig. Und ich fühlte mich immer noch nicht wohl damit.

Ich biss in meinen halbierten Burger, und unter diesen Umständen war das kalte Fleisch das Leckerste, was ich je gegessen hatte. Nur war es aufgrund meines Durstes schwer zu kauen. Aber ich war so hungrig, dass ich mir den Mund vollstopfte und nicht aufhören konnte, das saftige Fleisch zu kauen. Livingston dagegen aß seine Pommes langsam und einzeln.

„Das war das erste Mal seit Langem, dass ich etwas Persönliches von jemandem erfahren habe", kommentierte er.

„Bilden Sie sich nicht zu viel darauf ein", antwortete ich mit vollem Mund.

„Keine Sorge, das wird nicht passieren. Sie sollten übrigens langsamer essen."

„Ich sterbe vor Hunger."

„Nein, generell. Ich habe Sie öfter beim Essen gesehen, drüben im Block."

Ich hasste diese Kritik. Und Livingston war nicht der erste Mensch in meinem Leben, der sie geäußert hatte.

„Ich werd's mir merken."

Es musste etwas gegen diesen Durst unternommen werden. Es war Folter. Ich war erschöpft und unterkühlt und hatte nicht genug getrunken. Bekanntlich ist Wasser in einer Überlebenssituation erst einmal wichtiger als Nahrung. Der Körper hat genug Fettreserven zum Abrufen, aber er muss hydriert bleiben.

Und Scheiße, hatte ich Durst!

Mir ging erneut die Frage durch den Kopf, ob man einfach Schnee essen könnte. Ob es irgendwelche Gefahren oder Nebenwirkungen geben würde.

Ich durchsuchte aber lieber zuerst die kleine Küche.

I ch stand auf und ging zur kleinen Spüle, versuchte den Wasserhahn anzumachen. Aber dieser grunzte nur tief und gab keinen einzigen Tropfen her.

Ich nahm den Wasserkocher, der danebenstand und etwas Wasser enthielt. Ich tauchte den Zeigefinger ins Wasser und stellte fest, dass es noch lauwarm war.

Halleluja!

Am liebsten hätte ich beide Hände hineingesteckt, aber das Wasser reichte gerade einmal, um einen kleinen Becher zu füllen.

Dann sah ich Livingston an, der fast in Zeitlupe aß.

Ich seufzte, holte einen zweiten Becher, füllte die Hälfte des Wassers um und gab Livingston einen der Becher.

„Danke."

Wir tranken unsere Becher rasch aus. Dann setzte ich mich und schlang weiter, hungrig wie ein Wolf.

Livingston aß seine Pommes weiter. Seinen halben Burger rührte er nicht an.

Ich wurde stutzig, doch dann dämmerte mir, dass er anscheinend wusste, seinen einzigen Lebensmittelvorrat einzuteilen.

Ich kaute dann langsamer und legte meinen Burger ab. Ich wischte mir den Mund ab und sprach ihn an: „Dann wären Sie jetzt dran."

„Womit?"

„Na ja, mit irgendeiner persönlichen Information über Sie."

Stirnrunzelnd antwortete er: „Sie kennen doch meine Akte. Und nun wissen Sie, was ich mit Tabasco esse und was nicht. Oder was wollen Sie denn genauer wissen?"

Ich war mir nicht sicher. Vielleicht hatte mich der leckere Geschmack von Fastfood dazu verleitet, mich trotz oder gerade wegen der Umstände für einen Augenblick normal fühlen zu wollen. Ich merke es dann selbst.

Und eines stand fest: Ich wollte nicht allzu viel über die Psyche eines Mannes erfahren, der zwei seiner Kinder das Gehirn ausgepustet hatte und das dritte Kind mit einer Verletzung und einem Trauma fürs Leben hinterlassen hatte. Diese Fragen würden nicht gestellt werden. Nein, danke!

„Na ja", sagte ich, „vielleicht erzählen Sie mir, was Sie anstellen wollen, sollten Sie es tatsächlich hier herausschaffen."

Mit der Frage konnte er tatsächlich etwas anfangen.

Er lehnte sich zurück, steckte eine Fritte in seinen Aioli-Dip und aß sie. Dann stellte er sich das Szenario ernsthaft vor.

„Wissen Sie, als ich noch klein war, bekam ich nachts oft Durst und schlich mich nach unten in die Küche, um mich am Kühlschrank zu bedienen. Damit aber mein launischer Vater mich nicht dabei erwischte, seine Softdrinks zu trinken, was einen deftigen Arschvoll mit der Fliegenklatsche gegeben hätte, musste ich extrem leise sein. Und ich ließ das Licht aus, was bedeutete, dass ich im Dunkeln die Treppenstufen zählen musste."

Ich wusste nicht genau, wo diese Geschichte hinführen würde, aber ich hörte weiter zu und nahm einige Pommes zu mir, kaute langsam und gründlich. Die Konzentration fiel mir nur aufgrund der Kälte nicht allzu leicht.

„Es waren genau 13 Stufen, ich tapste Nacht für Nacht runter und zählte leise mit, damit ich wusste, wann ich den Boden erreichen würde. Einmal hatte ich mich aber verzählt. Ich schätze, ich hatte den Fußboden des ersten Stocks als erste Stufe mitgezählt. So war die Stufe 13 nicht der Boden des Erdgeschosses, sondern..."

„Eine Treppenstufe", antwortete ich, obwohl mir immer noch nicht klar war, was diese Geschichte sollte.

„Richtig, eine weitere Stufe. Und was ist passiert?"

„Sie sind gestolpert?"

„Ich hatte mit einem Fußboden gerechnet und trat ins Leere. Als Folge verknackste ich mir einen Fuß, und es war ein ziemlicher Schreck."

„Was wollen Sie mir mit all dem sagen?"

„Die letzten Jahre schrieb ich immer wieder Briefe an meinen ältesten Sohn Rodney. Ich wollte, dass er mich versteht. Egal, wie krank das klingt. Aber es kam nie was zurück."

„Wer soll's ihm verdenken? Sie haben seine Geschwister abgeknallt, und er kam nur knapp davon."

„Ich weiß. Das verstehe ich."

„Ach, was."

„Ich habe mich hier drin lange genug damit abgefunden, dass ich das bekommen würde, was ich für meine Tat verdient habe. Als ich einen Termin zugeteilt bekam und all diese dämlichen Berufungen gescheitert waren, habe ich mich auf diese Nacht ziemlich gründlich vorbereitet. Ich hab den Glauben neu entdeckt, den mir meine Eltern damals so halbherzig mitgaben. Und ich habe nicht nur Gott um Vergebung gebeten, sondern auch meinen Sohn Rodney. Ich war bereit zu gehen. Was gibt es schon noch für mich hier?"

„Aber...?"

„Aber dieser Schneeball, in dem wir eingerollt worden sind, dieser Ausnahmezustand, die Tatsache, dass wir beide jetzt hier sitzen und kalte Fritten essen..."

„Ja, es ist schon seltsam."

„Das auf jeden Fall."

„Und das begrüßen Sie nicht? Das glaube ich nicht."

„Glauben Sie, was Sie wollen. Mir wäre es lieber gewesen, alles wäre nach Plan verlaufen. Dann wäre der Spuk jetzt schon längst vorbei. Die Welt wäre mich los gewesen. Was habe ich gerade davon, hier mit Ihnen rumzusitzen und einen Hauch normales Leben zu schmecken, nur um zu wissen, was ich niemals bekommen werde? Wie gut soll dieser Fraß mir gerade schmecken in dem Wissen, dass ich bloß einen neuen Termin mit der Todesspritze bekommen werde, sobald alles wieder seinen normalen Gang geht? Die Welt will mich nicht."

„Das hätten Sie sich vielleicht überlegen müssen, bevor Sie mit Ihren Kindern in die Pampa rausfahren, um sie zu ermorden."

Mit Zynismus war ich gut. Er ging nicht darauf ein.

„Ich werde in meinem nächsten Leben dran denken."

„Ich bin beruhigt. Und was ist nun mit der Geschichte?"

„Welcher Geschichte?"

„Die Sie mir gerade erzählt haben?"

„Was soll damit sein? Mein Vater wachte auf und verprügelte mich. Er sagte immer, dass er es aus Liebe tun würde. Aber darauf wollte ich nicht hinaus."

„Was war dann die Pointe?"

„Das mit den Stufen, Mr. Sosa. Wenn man mit einem Ende rechnet und dann doch eine Extrarunde bekommt, macht es etwas mit einem. Das müssten Sie auch vom Kampfsport kennen. Sie haben Ihre 40 Runden gedreht und gehen auf die letzte zu, dann brüllt Sie der Trainer in letzter Sekunde an und sagt, Sie sollen noch eine Zusatzrunde drehen. Komisch, dass man dann erst anfängt zu kotzen, oder?"

„Interessante Gespräche hier mit einem verurteilten Mörder", merkte ich zynisch an.

Dann seufzte er.

„Wissen Sie... Ich war auch mal so ein Schwarz-Weiß-Denker wie Sie. Sie schauen mich so herablassend an und denken sich: ‚Einmal ein Mörder, immer ein Mörder.' Sie sehen nichts weiter als einen Mörder. Und das ist okay. Nur damit Sie's wissen, ich nehme es Ihnen nicht krumm."

„Noch beruhigender. Läuft zwischen uns."

Stille.

„Jedenfalls, um Ihre Frage zu beantworten: Dieser Ausnahmezustand macht nur Sinn für mich, wenn ich ihn als Chance nutze, in diesem Leben hier doch noch einiges richtig zu machen. Ich habe zur Überzeugung gefunden, dass nichts umsonst passiert. Ich habe womöglich eine Chance bekommen."

„Als gesuchter Schwerverbrecher", fiel ich ihm ungläubig ins Wort. „Was genau würden Sie tun? Irgendwo eine Bar eröffnen?"

„Sie würden mich nie finden", garantierte er mir. „Ich würde einen Weg suchen, Rodney zu erreichen. Ich würde ihn um Verzeihung bitten, und ihm erklären, warum ich das tat. Die Seite wollte keiner verstehen."

„Ach, die liest sich sofort raus. Sie wollten Ihre Kinder nicht bei Ihrer saufenden Ex-Frau und ihrem neuen Freund lassen. Sie waren sicher machtlos und verzweifelt, und bla, bla, bla."

„Ich war auch mal ein Zyniker wie Sie. Ich fand Menschen generell scheiße. Aber als meine Kinder kamen, begann ich zu fühlen."

„Ist ja rührend."

„Haben Sie denn keine Kinder?"

„Das geht Sie nichts an."

„Das stimmt. Jedenfalls sagen Sie die richtigen Dinge, aber Sie fühlen nichts dabei. So wie man zynisch ein Kruzifix beschreiben würde, weil man die Dinger schon tausendmal gesehen hat."

„Haben Sie damit ein Problem?"

„Nein, es ist *Ihr* Problem."

„Mein Problem?"

„Ja. Und es ist ein Problem. Apathie ist Selbstmord. Nur sind Sie zu feige, um Ihr Leben auch wirklich zu beenden. Sie bleiben einfach ein Miesepeter."

„Sie wissen gar nichts über mich."

Ein Moment der Stille folgte.

„Womöglich nicht."

„Nein, ganz sicher nicht."

„Dann eben ganz sicher nicht. Nichtsdestotrotz möchte ich alles tun, was ich kann, um Rodney zu entschädigen."

„Entschädigen?"

„Sie haben gefragt, ich antworte. Egal, was Sie darüber denken oder nicht denken."

„Ich frage mich nur, wie man da jemanden entschädigt."

„Was meinen Sie, wie es *mir* geht. Das ist eine Frage, die mich seit 15 Jahren beschäftigt. Aber das würde ich dann schon noch herausfinden."

„Sie gehen einfach los in die Welt und hoffen dann auf irgendeine Eingebung?"

„Ja. So ungefähr."

„Sie stellen sich das ganz schön einfach vor."

„Nein, das stelle ich mir sogar ziemlich aussichtslos vor, ehrlich gesagt. Aber da ich zu meinem Glauben zurückgefunden habe, muss ich annehmen, dass ich aus dieser Situation etwas machen muss, anstatt einfach auf der Schlachtbank sitzenzubleiben. Auch wenn ich dabei scheitere."

„Und bei all dem, was Sie da faseln, würden Sie Spuren hinterlassen, Stanley. Es hört sich alles ganz toll und fein und rehabilitiert an und hurra, aber... die Hoffnung muss ich Ihnen einfach nehmen. Es ist nicht realistisch, was Sie da wollen."

„Danke, dass wir das jetzt geklärt haben."

„Jederzeit."

Livingston schwieg und nickte.

Dann wechselte er das Thema: „Was haben *Sie* denn eigentlich angestellt, um hier zu landen?"

Stutzig sah ich ihn an.

„Wie meinen Sie das?"

„Erzählen Sie mir nicht, dass das hier Ihre Berufung ist."

„Wieso das denn nicht?"

„Ach, Sie kommen doch nicht am Freitagabend motiviert und gut gelaunt nach Hause und können kaum den Montag abwarten. Wenn ja, dann stimmt was nicht mit Ihnen."

Er traf mehr ins Schwarze, als mir lieb war. Ich hatte mir aber eingeredet, das hier wäre meine Berufung gewesen. Jedoch war mal mein Traumberuf Polizist gewesen, schon im Kindesalter. Und ich hatte es aufgrund meiner mangelnden Selbstbeherrschung verbockt. Das alles sollte dieser Mörder nicht erfahren. So antwortete ich: „Irgendwer muss diesen Job auch machen."

Er rollte die Augen.

„Ja, wenn Sie der sind, der darauf achtet, dass jeder Posten in unserem Land belegt ist, wäre das die richtige Antwort. Aber ich unterstelle einfach mal, dass Sie ein Kind haben. So schalldicht ist dieser Laden nun auch nicht."

Ich antwortete nicht.

„Für welchen Familienvater ist so ein Beruf die erste Wahl, um seinen Kühlschrank zu füllen?", fragte er.

Ich schwieg. Gute Frage.

„Für einen, der möchte, dass die Bösen nicht entwischen."

Es herrschte Stille im Raum. Damit war das Gespräch beendet. Livingston riet mir, den Rest des Essens aufzubewahren und stand auf. Er ging in den Korridor, die Hände in den Hosentaschen, den Kopf gesenkt.

Langsam schritt er im Dunkeln davon.

Ich saß da und fühlte mich hundsmiserabel, während ich meinen Becher nahm und die letzten Wassertropfen auf meine Zunge tropfen ließ.

Zugleich war ich wütend darüber, mich miserabel zu fühlen, denn ich weigerte mich anzunehmen, dass ich einen Grund dazu hätte. Schließlich war das Verhältnis zwischen uns beiden unstrittig. Er war ein zum Tode Verurteilter, und ich hatte die

Aufsicht über ihn. Es begann mich zu ärgern, dass ich das Gespräch überhaupt zugelassen hatte und nun das Gefühl nicht loswurde, ein schlechtes Gewissen haben zu müssen.

Ich war nicht bereit zu erkennen, dass dieser Ausnahmezustand alles aus den Angeln gehoben hatte.

Und siehe da, tatsächlich stand ich auf und ging hinterher. Und zwar nicht aus Berufspflicht.

L ivingston ging Richtung „Rodelberg".
Er blieb dann stehen und sah sich den Schlamassel an, machte „seine" Taschenlampe an und leuchtete in alle Ecken. Der Schnee war kein bisschen geschmolzen. Hier und da Trümmer, Zweige, und Maynards Blut. Der Türrahmen war oben an der Spitze vom Schneegefälle leicht zu erahnen.

Ich kam dazu, meinen leeren Becher noch in der Hand, und schwieg. Ich wartete auf eine Idee von ihm.

Livingston ging in die Hocke und zog einen Tannenzweig aus dem Schnee. Diesen hielt er sich vor die Nase und atmete tief ein. Er genoss diesen Geruch, den er zweifelsohne mindestens 15 Jahre nicht mehr in der Nase gehabt hatte.

Dann drehte er sich zu mir um und teilte seine Gedanken mit: „Der Nadelwald liegt ziemlich weit oben. Es werden Tonnen von Schnee und Erde sein, die hier runtergerutscht sind."

„Was denken Sie?"

„Ich denke, ich weiß nicht so genau, wie sinnvoll es ist, von unten zu buddeln. Es könnte passieren, dass nur noch mehr

Schnee auf uns einstürzt. Man müsste von oben den Schnee wegnehmen, um das Gebäude freizulegen."

Ich schluckte. Und der Durst suchte mich wieder heim.

So griff ich mit dem Becher in den Schnee und holte mir ein Häppchen. Einen Klumpen nahm ich in den Mund, aber dieser war so kalt, dass ich ihn schnell wieder ausspucken musste.

Ich nahm etwas Schnee in die Hand und drückte ihn mit der Faust fest zu, sodass es in meinen Mund tröpfelte. Aber nichts konnte meinen Durst stillen. Und die Kälte machte es schlimmer. Ich sehnte mich nach dem heißen Tee, den mir Paula immer machte, mit einem Schuss Thymianhonig und einer frischen Zitronenscheibe.

Livingston sah mir zu, dann kletterte er vorsichtig den Schneeberg hoch, bis hin zum Türrahmen.

Dabei kommentierte er: „Meiden Sie gelben Schnee."

Unter gemütlicheren Umständen hätte ich ihm ein Schmunzeln gegönnt...

Meine Hand tat mir von der Kälte weh, so blies ich darauf und rieb beide Hände stark gegeneinander. Ich sah zu ihm auf.

„Sie müssen auch durstig sein!"

„Gerade geht's", antwortete er und tastete den Türrahmen ab.

Dann stocherte er mit meinem Schlagstock etwas Schnee lose, der ihm auf die Füße fiel.

Er versuchte, so tief hinter die Zarge wie möglich zu greifen. Aber „draußen" waren die Schneemassen zu fest vereist, um einfach weggeschaufelt zu werden.

„Also, was machen wir?", brannte mir auf der Seele, während ich mir die Hände zwischen die Beine steckte. Die Kälte war nicht auszuhalten.

Er stieg wieder ab, putzte sich die Hände.

„Also, das mit der Lawine unterschreibe ich."

„Das heißt?"

„Dass Schnee vom Berg gerutscht ist. Womöglich auch ein Erdrutsch. Da ist eine Menge Erde zwischen."

„Ja. Und was tun wir?"

„Als Erstes holen wir Ihren Onkel oder Vorgesetzten oder was auch immer hierher und legen ihn zur Ruhe, packen ihn schön kühl ein. Dann fangen wir an zu graben. Was wir hier wegschaffen, benutzen wir, um ihn abzudecken. Und dann graben wir weiter. Bis wir rauskommen oder sterben. Und wenn Sie Glück haben und ich weniger, kommt uns jemand auf halber Strecke entgegen."

Die Ungewissheit war schlecht für mich, aber gut für ihn. Aus irgendeinem Grund entschied ich, ohne meinen sonst typischen Zynismus, zu kommentieren: „Ich denke, der Sturm wird da draußen noch zu stark sein. Die werden sicher anderweitig alle Hände voll zu tun haben."

Livingston antwortete nicht.

Aber er verstand durchaus, dass die Antwort meine Version von „nett" war. Ein Trost war sie dennoch nicht, denn es gibt schönere Aussichten, als sich in einem orangefarbenen Overall durch einen Schneesturm zu kämpfen und zu hoffen, dass man nicht wieder eingesperrt wird, nur um einen neuen Hinrichtungstermin zu bekommen.

„Gibt es irgendwas, womit wir graben können? Habt ihr eine Haushaltskammer?"

„Woran denken Sie genau?"

„Ich denke an eine Schneeschippe oder eine Kehrschaufel. Bestenfalls zwei Spaten natürlich."

„Wir haben nur einen Feudel mit einem kleinen Eimer im Spind. Alles andere wäre draußen im Schuppen des Hausmeisters."

„Schade. Wäre auch zu schön gewesen."

„Könnte der Eimer was bringen?"

„Nicht gerade handlich, aber besser als nichts. Was haben wir sonst da?"

„Ich müsste schauen."

D as Gebäude wurde erst am Freitag freigelegt, soviel darf vorweggenommen werden. Bis dahin hätte es eigentlich eine weitere Hinrichtung gegeben, die selbstverständlich auch nicht stattfinden konnte. Aufgrund des Wetters und des daraus resultierenden Totalausfalls des Straßenverkehrs war auch in dieser Woche keine Last-Minute-Verlegung in ein anderes „Death House" in Montana oder in irgendeinen anderen benachbarten Staat möglich. So wurden vorerst alle Termine abgesagt, bis man die Lage wieder unter Kontrolle bekam.

Die Sanierungsarbeiten des Gefängnisses dauerten bis zum Herbst. Das Hinrichtungsgebäude wurde auf die Südseite verlegt und diesmal aus Beton gebaut, es befindet sich also nunmehr an der vorderen Front. Keine Geheimhaltung mehr, kein Verstecken in der letzten Reihe, jetzt kann man das graue Gebäude beim Vorbeifahren auf der Autobahn sehen.

Hin und wieder sehe ich es auf der Durchreise, und denke mir, dass es keine schlechte Abschreckung ist, als vorbeifahrender Bürger das Gebäude sehen zu können. Falls die Todesstrafe hierzulande überhaupt jemals abgeschreckt hat.

Während des Umbaus wurden über den Sommer alle fälligen Insassen in andere Gefängnisse zur Hinrichtung transportiert. Da Montana nur mit drei Gefängnissen ausgestattet ist und deren Kapazitäten nicht annähernd reichten, um alle Todeskandidaten in ihren Zeitplan unterzubringen, musste auf einige benachbarte Bundesstaaten ausgewichen werden, hauptsächlich Wyoming, Idaho und sogar Colorado. Nicht jede Vollzugsanstalt hatte schon immer eine Pritsche. Heute sind sie fast alle ausgestattet. Geht nicht mehr anders.

Mittwoch, 7:00 Uhr.
Livingston löste die Schnallen, die Maynards Leiche auf der Pritsche hielten. Brust, Bauch, Beine, Arme.

Ich half ihm und wunderte mich beim Lösen des Gurts, der das Handgelenk fixierte, wie schnell Maynard abgekühlt war.

Ich sah meinem Onkel ein letztes Mal in seine glasigen Augen, die halb offen waren. Dann schloss ich sie.

Die knisternde Wärmedecke zog ich vorsichtig von seinem Oberkörper und wickelte sie mir selber wieder um. Es half ein bisschen gegen die zunehmend kalte Luft in diesen Räumen.

Livingston nahm Maynard den Schlagstock ab und gab mir meinen zurück. Wohl als Zeichen des Vertrauens, und mit dem deutlichen Kommentar: „Das sind jetzt für uns Werkzeuge. Und wir beide sind jetzt auf Augenhöhe. Oder?"

Nach einem Augenblick nickte ich, und steckte mir meinen Schlagstock in den Gürtelhalfter.

Aber natürlich dachte ich darüber nach, wie schnell und effektiv ich ihm von hinten den Schädel einschlagen könnte, wenn es hart auf hart käme.

Wir hatten keine Tragbahre zur Hand, so breitete ich ein Laken auf dem Fliesenboden aus, das wir aus Livingstons Zelle genommen hatten, und griff Maynard dann unter die Achseln. Livingston zog sich erneut Gummihandschuhe über, ging zum Fußende und griff Maynard unter die Knie. Eines davon war eine blutige Sauerei.

„Eins... zwei..."

Auf drei hoben wir ihn hoch, und was war er schwer!

Ich bemerkte, dass sein nicht ganz erfolgreich durchtrennter linker Unterschenkel unnormal vom Knie baumelte und sich sogar drehte wie ein Mobile.

Ich sah wieder weg.

Wir legten ihn auf das Laken und zogen ihn dann durch den dunklen Gang, an Livingstons Zelle vorbei, und um die Ecke zu der Stelle, wo der Schnee ins Gebäude eingedrungen war.

Ich musste daran denken, wie dankbar ich ihm war, dass er es nicht geschafft hatte, die Tür zu schließen, bevor er von der Lawine verschlungen wurde. Denn sonst hätte ich die Tür niemals aufbekommen.

Wir legten Maynard in die Ecke und deckten ihn mit dem Laken zu. Ich blieb einen Moment vor der Leiche stehen und hielt inne.

Dann schnappte ich mir das noch herumliegende Metalltablett, mit dem ich Maynard freigeschaufelt hatte, und begann ihn damit nun wieder zu begraben.

Livingston ging ins Büro.

„Wo wollen Sie hin?"

„Wenn ich helfen soll, brauche ich auch was in der Hand, Einstein. In welchem Spind ist dieser Eimer?"

„Wir haben nur einen."

„Alles klar."

Ich hörte Gepolter im Büro und grübelte für einen Augenblick, ob es denn irgendetwas gäbe, was nicht frei für ihn hätte herumliegen dürfen. Ich kam nur auf seine Akte. Und vermutlich war sie für ihn nicht von Interesse.

Livingston kam mit dem Wischeimer und einem Klemmbrett wieder.

Den Eimer stellte er dann auf den Schneehaufen und begann ihn mit Schnee zu füllen, den er mit dem Klemmbrett löste.

Es wurde kein Wort gesprochen.

Wir begannen mit Maynards Gesicht, dann arbeiteten wir uns bis zu den Füßen herunter. Dann stellten wir fest, dass es Sinn machte, wenn einer den Schnee löste und der andere den gelockerten Schnee dann zur Leiche brachte.

Die improvisierte Beerdigungszeremonie dauerte nicht allzu lange. Wir bildeten relativ schnell einen Schneehaufen auf Maynard, der ein wenig an einen Maulwurfshügel erinnerte und ihn bis zu seiner Bergung gut konserviert hielt. Wir klopften den Schnee platt und fest, und verpackten Maynard gut.

I ch nahm mir einen Tannenzweig und rupfte die Nadeln ab. Dann brach ich das Holz in zwei ungleich lange Teile. Ich machte mir ein kurzes Stück und ein langes.

Ich ging zum Büro und stöberte durch den Erste-Hilfe-Kasten, holte eine Mullbinde aus der Verpackung und riss ein kurzes Stück ab. Damit verband ich die zwei nackigen Zweige so miteinander, dass sie ein Kreuz bildeten.

Das gebastelte Kreuz steckte ich oben in den Schneehaufen, wo in etwa Maynards Kopf lag. Die vorläufige Bestattung war nun vollendet.

„Sie kommen mir eher vor wie ein Agnostiker", sagte Livingston, während er am Schneehaufen weitermachte.

„Wie kommen Sie darauf?"

„Ich studiere Menschen gern."

„Aha. In welchem Semester denn?"

„Man lernt nie aus."

„Na, wenn Sie meinen."

„Und was soll dann das Kreuz?"

„Keine Ahnung. Fühlt sich richtiger an."

W ieder wurde über eine lange Zeit kein Wort gesprochen. Es gab auch nichts zu sagen.

Mir war kalt, dann heiß, dann kalt. Meine Oberarme zitterten, meine Zähne klapperten. Mir war nicht nach Ackern zumute.

Aber auch nicht nach Sterben.

So nahm ich mir das Tablett und stapfte durch den Schnee hoch bis zum gesperrten Ausgang. Ich begann zu kratzen und zu schaufeln. Es war eine müßige, zähe und langsame Arbeit.

„Streusalz wäre gut", sagte Livingston und kam hinzu.

Ich nickte. Hatten wir natürlich nicht da. Nur den Inhalt eines Salzstreuers, und das war ein Tropfen auf einem heißen Stein.

Das hier musste mit Händen abgetragen werden.

„Die härteren Brocken bearbeiten wir mit den Knüppeln", sagte Livingston und begann mit seinem Klemmbrett im Schnee zu stochern.

Wir beide legten dann los.

Was an Schnee zu lösen war, warfen wir so in die Ecke, dass der Korridor begehbar blieb. Wir klopften den verhärteten Schnee mit unseren Schlagstöcken lose, schabten den nun losen Schnee weg von der Tür und das Gefälle herunter.

Langsam aber sicher kamen wir in eine Art Arbeitsfluss. Teilweise gruben wir im Gleichtakt. Es war Teamwork.

Der Fortschritt war am Anfang noch nicht zu spüren, aber die körperliche Tätigkeit hielt uns warm. Kratzen, stochern, graben, lösen, wegwerfen, Hände aufwärmen.

Nach und nach legten wir die Türzarge frei.

Nach etwa einer halben Stunde hörte ich wieder dieses tiefe Grummeln, irgendwo über der Decke. Livingston und ich schauten auf und stoppten die Arbeit.

„Irgendwas ist da oben in Bewegung", sagte er.

„Ja. Aber was?"

„Es könnte nachrutschender Schnee sein."

„Kein Bagger vielleicht?"

„Nein. Nach Menschen hört es sich nicht an."

„Und was machen wir jetzt?"

„Na ja, rumsitzen und auf den sicheren Tod warten, darin

bin ich sicher geübter als Sie. Aber das macht nicht besonders viel Spaß."

„Also…?"

„Also würde ich sagen, wir machen einfach mal weiter."

„Einverstanden."

Und das taten wir.

Mittag. Und immer noch kein Licht außer den erdrückenden orangenen Notleuchten.

Inzwischen hatte ich Livingston eine Jacke aus dem Spind gegeben, damit er nicht weiter die Bettdecke beschmutzte. Auch er konnte nun seinen Kopf mit der Fellkapuze verhältnismäßig vor der Kälte schützen. Ich hätte auch früher darauf kommen können, ihm eine Jacke zu besorgen. Aber er hatte nicht gefragt.

Wir hatten uns darauf geeinigt, dass wir uns mit einem gelegentlichen Nickerchen abwechseln, aber das Graben stets vorangehen musste. Noch hatte sich keiner von uns schlafen gelegt.

Das oberste Fünftel des Türrahmens war inzwischen sichtbar, und ich verlor fast den Verstand vor Durst. Ich stieg vom Schneehaufen hinab, ging ins Büro und besorgte mir einen kleinen Topf.

Als ich wiederkam, sah ich Livingston in einer Ecke in den Schnee pinkeln.

„Muss das hier sein?", fragte ich angewidert.

Er antwortete nicht, sondern stand auf und ging.

Ich füllte mir möglichst sauberen Schnee in den Topf und hielt dann mein Zippo darunter, um den Schnee aufzuwärmen. Es dauerte eine Weile. Ich hüpfte ungeduldig auf der Stelle, mein Hals war trocken und brannte. Ich hätte genauso gut in einer Wüste sein können. Livingston kam zurück, hatte auch einen Topf geholt. Er ging zur Stelle, wo er gepinkelt hatte, suchte mit seiner Taschenlampe ausgerechnet den gelben Schnee und schaufelte diesen mit dem Topf auf. Perplex sah ich ihn an.

„Was wird denn das?"

Er zeigte dann auf mein Feuerzeug.

„Sehr klug, dass Sie den Schnee aufwärmen. Ihr Mund würde schnell einfrieren, wenn Sie das weiter so reingestopft hätten. Und Sie würden wertvolle Energie damit verbraten, das Zeug in Ihrem Magen aufzutauen. Sie könnten also quasi durch das Trinken verhungern, sozusagen."

„Ach, was. Sie sind doch nur Tierarzt, das denken Sie sich alles nur aus, um mich durcheinanderzubringen."

„Glauben Sie, was Sie wollen. Schnee kann tödlich sein."

„Wieso denn das? Kinder essen Schnee..."

„Aber, mein lieber Mr. Sosa, die gehen aber dann ins Haus und kriegen von Mami einen heißen Kakao eingeschenkt. Wir haben hier nichts als Schnee, und Schnee ist, wie Sie vielleicht wissen, destilliertes Wasser."

„Destilliertes Wasser ist doch gut, oder nicht?"

„Das heißt, da sind kaum Mineralien drin."

„Na, und?"

„Ihr Körper braucht Mineralien. Selbst wenn Sie also einen Kochtopf hier hinstellen würden und das Zeug auftauen würden, könnten Sie genauso gut vom Trinken verhungern."

„Erläutern Sie mir das."

„Vom Trinken müssen Sie logischerweise pissen, immer mehr, und die Mineralien, die Sie noch im Körper haben, spülen Sie beim Pissen wieder raus. Davon bekommen Sie dann immer mehr Durst und fressen nur noch mehr Schnee, pissen mehr, haben mehr Durst, Sie erkennen den Teufelskreis."

Ich schwieg und schluckte.

„Schnee hat außerdem wesentlich weniger Dichte als Wasser", fügte er hinzu. „Sie müssten also zehn Kilo Schnee essen, um etwa einen Liter Wasser zu bekommen."

„Das schafft man doch kaum."

„Genau. Erst recht, wenn Sie in einer Situation wie dieser mehrere Liter pro Tag brauchen."

„Jetzt bin ich verwirrt, was macht man dann?"

„Na ja, Sie brauchen nicht nur getauten Schnee, sondern auch Mineralien. Und die bekommen Sie nicht mit dem Schnee. Also haben Sie entweder immer genug zu essen und zu trinken dabei, oder... Sie holen sich Ihre Mineralien zurück."

„Wollen Sie etwa Ihre eigene Pisse trinken?", fragte ich.

Livingston sah mich an, zuckte mit den Schultern und antwortete: „Na ja, wenn auf lange Sicht die Optionen ausgehen."

Ich war kurz davor gewesen, aus meinem Topf zu trinken. Aber nun war mein brennendes Verlangen nach dieser Portion Wasser plötzlich abgetötet. All diese Informationen klangen für mich wie ein unvermeidliches Todesurteil. Ich wusste nicht korrekt zu handeln.

Ich senkte den Topf wieder, als wäre darin Gift gewesen.

„Aber auf einmal Trinken kommt das nicht an", scherzte Livingston und steckte sich etwas frischen Schnee in den Mund.

Dann grub er weiter.

Ich stand kurz verwirrt und unsicher da. Aber mein Durst war zu groß. Ich musste das Wasser trinken.

Nach einigen Schlucken hörte ich auf. Mein Durst war natürlich noch lange nicht gestillt.

„Ihr Humor, oder was das ist, ist ganz schön merkwürdig, wissen Sie das?"

„Wir sind das einzige Lebewesen mit Humor."

„Dann waren Sie wohl noch nie im Zoo und haben gesehen, was es alles für Affenarten gibt."

Livingston schmunzelte.

Ich fügte hinzu: „Aber gut, wir stammen ja von Affen ab."

„Den Quark glauben Sie wirklich?"

„Glauben Sie wirklich, dass die Welt in sieben Tagen gemacht wurde?"

„Sechs Tage. Der siebte war ein Ruhetag."

„Macht es Sinn, sich etwas Salz aufs Wasser zu streuen? Schmilzt doch auch."

„Haben Sie Salz da?"

„Nicht mehr viel. Aber für ein paar Rationen würde es reichen."

„Kann man machen. Aber wiederum entzieht zu viel Salz dem Körper Wasser."

„Hören Sie, heute wird nicht gestorben. Auch wenn Ihnen das mit Ihrer ganzen Treppen-Anekdote nicht gefällt."

Und damit war dieses merkwürdige Gespräch auch wieder beendet. Vorerst.

L ivingston arbeitete mit noch mehr Elan und Mühe, als er an der Türzarge Fortschritte verzeichnen konnte. Ich schloss mich ihm an, und wir legten die Zarge immer weiter frei.

Meine Hände waren jenseits von taub, obwohl ich ein Tablett benutzte.

Wir versorgten uns für eine Weile mit Schnee und einer Prise Salz. Irgendwann war der Streuer leer.

„Ich habe körperliche Arbeit ganz schön vermisst", kommentierte Livingston, während er versuchte einen längeren Ast aus dem Schnee zu lösen.

Er zog daran, drehte ihn hin und her.

Ich ging ihm zur Hilfe, wir beide ruckelten mit aller Kraft daran.

„Das Ding sitzt ganz schön fest", fluchte ich.

Wir schaufelten drum herum den Schnee weg, traten die größeren Brocken mit Füßen kaputt.

„Sie haben viel geschrieben in den letzten Jahren."

Mein neuer Anlauf, ein möglichst normales Gespräch zu führen. Hauptsächlich, um mich in Gedanken von der Kälte und meinem Durst abzulenken.

„Was haben Sie denn so geschrieben?"

Livingston, monoton und ruhig wie immer, zuckte mit den Schultern.

„Alles Mögliche. Briefe an meinen Sohn, wie Sie wissen. Sonst Studien oder Kurzgeschichten."

„Kurzgeschichten? Also, Fiktion?"

„Ja."

„Hat das geholfen?", fragte ich.

„Wogegen geholfen?"

„Na ja. Gegen die Isolation, und..."

„Gegen die Ausweglosigkeit? Gegen den sicheren Tod? Das sind doch die Begriffe, die Sie suchen, oder?"

Mehr oder minder bestätigte ich es ihm und behielt einen fragenden Blick.

Auf Livingstons Schlagfertigkeit war immer Verlass: „Hilft's Ihnen gerade gegen all das, mit mir zu plaudern?"

Ich musste leicht schmunzeln. Aber ja, irgendwie half es tatsächlich. Wäre ich in dieser Lage immer noch allein gewesen, hätte ich sicher längst den Verstand verloren. Und dabei waren gerade einmal erst elf Stunden vergangen. Livingston hatte 15 Jahre Einzelhaft hinter sich.

„Was hatten Sie mit den Geschichten vor? Wollten Sie sie veröffentlichen oder so?"

Er schüttelte den Kopf.

„Die habe ich einfach so geschrieben. Zum Zeitvertreib. Zur Ablenkung. Hunde kastrieren und Vater sein, konnte ich ja nicht mehr."

„Erzählen Sie mir eine."

„Warum sollte ich?"

„Einfach so", antwortete ich und schaukelte mich bei der Arbeit warm.

„Geschichten sind persönlich."

„Auch fiktive?"

„Alle Geschichten sind ein Teil von einem selbst."

Damit hatte er sicher recht. Aber er überlegte einen Augenblick. Und begann dann zu erzählen.

„Ein Junge namens Danny lebt in den 90ern in einer ärmlichen Familie in Los Angeles, umgeben von Kriminalität. Seine Eltern sind Versager, seine Mutter Alkoholikerin, sein Vater gewalttätig. Danny bekommt nie eine richtige Chance auf eine vernünftige Bildung. Er hat nur eine Sache, um seinem trostlosen Alltag zu entkommen."

„Und was ist diese Sache?"

„Actionfilme. Der Junge liebt Schwarzenegger und kennt jeden seiner Filme auswendig, zitiert die Sprüche, verzieht sich immer wieder in sein Zimmer, wenn seine Eltern sich anschreien, und dreht die ‚Ballerfilme' laut auf. Die Geschichte trägt übrigens den Namen ‚Hasta La Vista'. Wie dem auch sei, auf einer Premiere versucht er sein Idol zu treffen und ein Autogramm zu bekommen. Er hat leider kein Glück, da er zufällig ungünstig am roten Teppich gestanden hat. Dannys Fanpost wird nicht beantwortet, da der Actionheld kaum gegen die Briefberge ankommt. Wer weiß. Schließlich waren es damals keine Emails. Es waren echte Berge aus Briefen." Livingston schuftete beim Erzählen weiter. Ich stand still und hörte zu. Dann merkte ich es und packte wieder mit an.

„Eines Tages merkt Danny, in was für einer beschissenen Lage er steckt. Kein Geld, kein Job, keine Perspektive, einfach nichts. Und schlimmer noch: Keine Sau interessiert's. So will er weg von hier, aber dafür braucht er Kapital. Er klaut also Daddys Waffe und überfällt besoffen eine Tankstelle. Was er nur nicht bedacht hat: Hier gibt es die besten Donuts weit und breit. Er gerät in eine Schießerei mit zwei Cops, einen davon bringt er um. Klack, klack, die Handschellen schlagen zu, Danny kommt vor Gericht... und kriegt die Todesstrafe."

Livingston löste endlich den Ast und zog ihn weg vom „Rodelberg". Einige Schneebrocken implodierten im entstandenen Loch. Diese warfen wir in die Ecke des Korridors.

Livingston brachte dann seine Geschichte zu Ende: „Jahre über Jahre später bekommt Danny endlich das, was er schon immer haben wollte: Sein Autogramm, von keinem Geringeren als Arnie höchstpersönlich in seine Einzelzelle gebracht. Zu gut, um wahr zu sein, oder? Der Haken ist nur, dass Arnie inzwischen Gouverneur ist. Und das Autogramm... ist auf Dannys Hinrichtungsbefehl."

Ich stoppte meine Arbeit und sah ihn grinsend an.

„Ironisch."

„Wenn Sie's sagen."

Irgendwie war ich überrascht über Livingstons erzählerischer Kreativität. Und von seiner eindeutigen Pointe, die sicher nicht jedem Amerikaner passen würde. Denn schließlich sterben in den Vereinigten Staaten inzwischen um die 40.000

Menschen im Jahr durch den Einsatz von Handwaffen, und diese werden besonders in Actionfilmen oder auf Magazinregalen in den Kaufhäusern heroisiert. Handwaffen sind ein Teil unserer Gesellschaft, wie Livingston selbst auch nur zu gut wusste.

„Die Geschichte kommt von Ihnen, ja?"

Das musste er nicht beantworten. Er fügte nur hinzu: „Aber hey, ich mochte Arnie. Also Peace."

„Ja, der war cool."

„Lieblingsfilm?"

„Bei dem ist es doch egal, welchen Film man guckt."

„Das stimmt, es zählt nur die Anzahl der coolen Sprüche."

„Allerdings."

Man hätte meinen können, dass es allmählich zwischen uns menschlicher wurde. Ich muss zugeben, dass mich seine Gedankengänge durchaus faszinierten, aus denen er diese Kurzgeschichte gestrickt hatte. Verfilmen würde diese Geschichte aber sicherlich keiner.

Plötzlich musste ich so dringend urinieren, dass ich mir beinahe in die Hose machte. Ich fühlte mich wie ein Kleinkind. Zügig tanzte ich das Schneegefälle herunter und hüpfte Richtung Büro, konnte es aber kaum halten.

„Die Sextanerblase ist ganz normal", versicherte mir Livingston. „Ihr Körper fängt an verrückt zu spielen."

Ich konnte nicht anders, als mir direkt vor Ort die Hose zu öffnen und in eine Ecke zu pinkeln, wo von uns bereits Schnee aufgestapelt worden war. Es schoss unkontrolliert aus mir heraus.

„Merken Sie sich Ihre Ecke", scherzte Livingston.

„Damit ich nicht den falschen gelben Schnee esse, wenn wir richtig am Arsch sind, oder wie?"

Wir beide lachten. Fast wie zwei Bauarbeiter auf der Arbeit. Und ja, es tat gut.

Besser, als sich ernsthaft mit der Frage zu beschäftigen, ob unsere Graberei denn wirklich die Lösung zu unserem Problem wäre, oder ob wir gerade unsere kostbare Kraft und Zeit im großen Stil fehlinvestieren würden und bald mit unserem Leben dafür büßen müssten.

Und konnte ich diesem Mann vertrauen?

Wer er war, was er getan hatte, um von den USA für unwertes Leben erklärt zu werden, und wie groß der Ärger war, der mich bereits erwartete, wenn meine Vorgesetzten erfahren würden, dass ich den Löwen aus dem Käfig gelassen hatte, das alles schwebte über mir wie eine schwarze Wolke.

Aber erst einmal galt es zu überleben, was hatte ich sonst für eine Wahl?

Abwarten und Schnee trinken.

3

DIE PROBE

A m Vorabend vor der Hinrichtung war Livingston im „Death House" eingetroffen, als sein 24-Stunden-Countdown begonnen hatte. Trotz aller Berufungsinstanzen war es seinem Pflichtverteidiger nicht gelungen, einen zweiten Aufschub zu bekommen.

Wenn keine Hinrichtungen anstanden, absolvierte ich meine Schichten drüben im Todesblock, wo sich um die 50 Zellen befanden. Dass welche leer standen, war eher die Ausnahme als die Regel gewesen.

Mein Job war dort ähnlich wie im „Death House": überwachen, beobachten, kontrollieren. Zwischenfälle gab es im Todesblock so gut wie nie. Und wenn ja, waren es eher meine Hünen von Kollegen, die sich darum kümmerten.

Livingston hatte in seiner Zelle haufenweise Schreibzeug hinterlassen. Der Mann war fleißig gewesen. Seine Wände waren voller Fotos und Zeichnungen von seinen Kindern. Einen Fernseher besaß er in seiner Zelle nicht, und er hatte nie etwas dagegen unternommen.

Er hatte nie Extrawünsche, machte sich kaum bemerkbar. Auf den Fotos von seinem Prozess und seiner Verurteilung 2019 hatte er sich grundsätzlich die Hand vors Gesicht gehalten. Der Mann mochte keine Aufmerksamkeit.

Als Livingston abgeholt wurde, um wenige Meter neben seiner Todesstätte zwischengeparkt zu werden, wurde alles von seinen Wänden gerissen und in einen Karton gestopft, der an Livingstons Erben zu übergeben war.

Aber es gab niemanden, der das Paket entgegennehmen wollte.

Wenn es mit den Verurteilten zu Komplikationen kam, dann beim Einzug ins Hinrichtungsgebäude. Denn es gab immer wieder einige, denen es dann erst richtig dämmerte, dass die Endstation erreicht worden war. Das kleine Einzelbett in ihrer Zelle würde ihr letztes sein. Und geschlafen wurde in diesem Bett selten.

Das Einchecken begann grundsätzlich mit einer Begrüßung durch Maynard und seiner direkten Frage, ob der Häftling für Ärger sorgen würde.

Die meisten Verurteilten verneinten.

Aber hin und wieder gab es welche, die alles Mögliche taten, um jeden Prozess zu beschweren und zu verzögern. Dies war aber eine äußerst seltene Sache.

Maynard klärte dann mit den Todeskandidaten, ob sie das Sedativum wünschten. Meistens wurde es in Anspruch genommen. Livingston hatte verzichtet.

Der Priester war, sofern bestellt, auch zum Einzug anwesend, und nachdem der Häftling in seine Zelle gesteckt wurde, suchte der Geistliche mit ihm das Gespräch. Er las viel aus der Bibel, stellte Fragen, betete. Was den Verurteilten so bei Laune hielt.

Nach einigen Stunden wurde der Gefangene ärztlich untersucht. Gewichtsmessung, Blutdruck, Urinprobe, alles war dabei. Man leuchtete dem Häftling in die Augen und Ohren, tief in den Rachen und sogar ins Arschloch.

Es mag absurd klingen, aber hatte ein Häftling eine Grippe, dann wurde in der Regel verschoben. Er sollte zum Zeitpunkt seines Todes kerngesund sein. Inwiefern Krankheit den reibungslosen Ablauf einer Hinrichtung beeinträchtigt, konnte ich mir nie vorstellen.

Stellt euch mal vor, bei uns gab es sogar in der Woche vor der Exekution ein psychologisches Gespräch mit dem Verurteilten, hauptsächlich um festzustellen, ob er denn „mental bereit" war. Wenn ich mir das alles so vor Augen führe, dann kann ich durchaus verstehen, dass Livingston davon gesprochen hatte, innerlich mürbe zu sein und sich irgendwo nach dem Ende zu sehnen. Wenn es das ist, was er mir mit seiner merkwürdigen Treppen-Anekdote versucht hatte zu erklären.

Bekanntlich war ich nie ein Freund von diesen vielen Ritualen und lang gezogenen Prozessen zwischen einer Verurteilung und einer Hinrichtung gewesen. Nicht nur gab es Mördern meiner Meinung nach mehr Lebenszeit, als ihnen zustand, obendrein war es am Ende einfach unnötig teuer für den Steuerzahler.

Es gab einmal einen penetranten, hysterischen Menschenrechtler, der mich vor einigen Jahren auf dem Parkplatz anquatschte und alle möglichen Fragen stellte. Ich ließ mich an dem Tag auf eine Diskussion ein, nur zum Spaß.

Meiner damaligen Meinung nach hatte er seine Fakten nicht korrekt recherchiert, und er war nervig und verspannt, als hätte ich ihm persönlich etwas getan. Er warf mir und dem System vor, dass dieses lange Hinhalten vor dem Tod unmenschlich sei. Ich lachte ihn aus.

„Sie Experte, das lange Warten hilft doch bei der Vorbereitung zum Tod. Schon mal darüber nachgedacht? Wissen Sie, als man früher direkt vom Gericht zum Galgen geschleift wurde, hat man rumgeschrien, gestrampelt und sich in die Hose gemacht. Unsere Kundschaft aber ist so entspannt, so gut vorbereitet, dass Sie sich davon lieber eine Scheibe abschneiden sollten. Einen schönen Tag noch."

„Schämen Sie sich!"

„Morgen vielleicht. Und nun ziehen Sie Leine!"

„Gott wird Sie richten!"

Der Mann wollte nicht verschwinden. Das artete fast in einer Schlägerei aus. Aber ich hatte mich köstlich amüsiert.

Ja, ich war ein Arschloch.

Mittwoch, 18:00 Uhr.
Das Gebäude war zu einem regelrechten Kühlhaus geworden. Unser Atem dampfte wie verrückt. Es fehlten nur die aufgehängten Rinderhälften.

Die Wände waren frostig und dadurch etwas heller als sonst. Kam man mit der Hand dagegen, klebte sie sofort fest.

Fast 24 Stunden hatten wir bereits in diesem eisigen Inferno verbracht, und immer noch keine Spur von der Außenwelt. Ich fragte mich, ob man denn überhaupt wissen würde, dass wir hier Probleme hatten.

Ich weigerte mich, mich deswegen verrückt zu machen. Immer noch keine Rettung da.

Dennoch gab es in meinem Kopf einen pausenlosen Krieg der Gedanken. Wir waren ein kleines Containergebäude am nördlichen Ende des Komplexes. Also immer mit der Ruhe.

Aber Moment, es hatte eine Hinrichtung angestanden. Irgendwer musste sich fragen, ob bei uns alles in Ordnung sei. Irgendwer musste die Journalisten zu uns eskortieren, um der Hinrichtung beizuwohnen. Irgendwer musste also gesehen haben, dass wir lebendig begraben waren. Und was war mit dem Henker, dem EMT-Team und dem sogenannten Fesselteam? Es wäre doch aufgefallen, dass sie alle noch nicht an ihrem Posten waren, oder etwa nicht?

Vielleicht konnte aber dort gar keiner raus, da der Sturm so stark war. Vielleicht wusste also niemand von der Lawine...

Der Krieg hörte nicht auf. Die Gedanken und Fragen rasten mir ununterbrochen durch den Kopf.

Am Ende sagte ich mir, der Sturm sei sicher noch zugange. Ich war gezwungen, mich in Geduld zu üben, und in Geduld war ich grundsätzlich hundsmiserabel.

Livingston pfiff eine Melodie, um bei Laune zu bleiben.

Wir hatten bereits die obere Hälfte des Türrahmens ausgegraben und arbeiteten uns bereits in die Tiefe dahinter vor. Aber je tiefer wir in die eisige Masse vorstießen, desto härter und schwieriger war der Schnee zu lösen.

Und immer, wenn wir Schnee lösen konnten, implodierte die Hölle von oben, und umso mehr Schnee kam hereingeplatzt. Es war ein Kampf gegen Windmühlen. Die Arbeit wurde immer härter, unser Werkzeug immer ineffektiver.

Aber wir waren entschlossen und hörten nicht auf. Als die Höhle hinter der Tür tief genug war, steckte er den Kopf hinein und kommentierte trocken: „Kalt hier draußen."

Ich tastete den verhärteten Schnee ab, hielt die Taschenlampe drauf. „Ob wir nach vorne oder nach oben buddeln sollten?", fragte ich mich, laut denkend.

„Wir sollten dem Tageslicht folgen, sobald wir welches sehen", war sein Vorschlag.

Ich leuchtete auf meine Armbanduhr.

„Wir haben schon Abend."

„Hm. Zu blöd. Gibt es hier draußen irgendwelche Bauten, von denen wir wissen müssten? Irgendeinen Stromkasten, Schuppen oder sonst was?"

„Nein. Eine Treppe, die drei Stufen runterging. Und etwa zwei Meter in die Richtung ein Zaun. Nichts weiter."

„Schade. Wir könnten etwas gebrauchen, an dem wir hochklettern könnten."

„Was ist mit einem Baum?"

„Hier stehen keine Bäume. Wenn wir Glück haben, finden wir im Schnee einen, den wir als Rampe benutzen können."

Livingston gähnte. Und legte dann sein Klemmbrett auf den Schnee. Es war bereits an den Rändern abgenutzt.

„Hören Sie", murmelte er müde.

„Ja?"

„Ich brauche eine Pause. Ich löse Sie um 20:00 Uhr ab, gut?"

„Sie wollen schlafen?"

„Versuchen zu schlafen. Mal schauen."

„Und ich mache hier weiter?"

„Das war in etwa der Plan, ja."

„Soll ich Sie irgendwann wecken?"

„Ich glaube nicht, dass ich einschlafen werde, aber danke."

Ich sah ihn an. In diesem kurzen Augenblick spielte ich im Schnelldurchlauf alle Risiken und Eventualitäten im Kopf durch, die mir so einfielen, und ließ mir das möglichst nicht anmerken. Dann nickte ich zustimmend.

Livingston stieg dann aus dem Schnee und schritt erschöpft, aber pfeifend, zu seiner Zelle.

Ich grub dann weiter, und Livingstons Melodie ging mir wie ein Ohrwurm im Kopf herum. Ich kam nicht darauf, welches Lied es war, aber es war mir so vertraut. Eingängig. Je mehr ich grübelte, desto verrückter machte es mich.

Wie hieß denn dieses verfluchte Lied?

Ich war nicht weit davon entfernt, Livingston nachzulaufen und ihn zu fragen, was er da eigentlich gepfiffen hatte.

Ich wickelte mir die Wärmedecke fester um, und buddelte weiter. Dann bekam ich eine Idee.

I ch stieg vom Schnee herab, stampfte mir die Füße sauber und ging zum Büro...
        Ich räumte die Drehstühle beiseite...
    Mein Schließfach stand noch offen, das grüne Lämpchen leuchtete noch und war nach wie vor zwischendurch eine wohltuende Abwechslung zum allgegenwärtigen dunklen Orange.
    Ich wühlte, mit meiner Taschenlampe ausgerüstet, im Schließfach herum, fand dann meine Kopfhörer...
    Ich zog mein Handy aus der Hosentasche und checkte den Stand des Akkus. Er war bei 73 %. Perfekt.
    Da ich keinen Empfang hatte, war ich momentan nicht auf das Gerät angewiesen.
    So stöberte ich in meinen heruntergeladenen Musikalben herum, suchte mir eine Heavy Metal Playlist aus und machte sie an. Ich stöpselte die Kopfhörer an das Handy, regelte die Lautstärke und steckte es mir in die Tasche...
    Die Musik versetzte mich spontan in einen Adrenalin-Rausch. Plötzlich schöpfte ich neue Kraft. Laute elektrische Gitarren und brachiale Drums betäubten meine Ohren und katapultierten mich aus meinem Elend heraus...

I ch kletterte an der blockierten Ausgangstür den weißen Goliath aus Eis hoch, um diesem weiter den Kampf anzusagen.
    Zuerst hielt ich vorsichtshalber das Handy in die Türzarge, aber immer noch keine Balken.

Aber gut, dies könnte sich hier ändern.

Kratzen, schlagen, graben, treten, wegräumen. Schlagstock, Tablett, Schlagstock, Tablett.

Immer mehr Schnee bröckelte in die Höhle, je mehr ich hier herumrührte. Erneut alles aushöhlen, Schnee weg, weiter. Zwei Schritte vor, einen zurück, zwei vor.

Ich musste wieder pinkeln. Und wieder war es plötzlich so dringend wie bei einem Kleinkind.

Schnell stolperte ich in meine Ecke, öffnete die Hose und erschuf eine neue gelbe Pfütze im bereits abgetragenen Schnee. Der gelbe Schnee schmolz und dampfte.

Für einen Augenblick dachte ich, vielleicht wäre es effektiver gewesen, lieber in die Eishöhle zu pinkeln, anstatt dort mit meinem Tablett zu meißeln.

Vielleicht beim nächsten Mal.

Als ich fertig war, konnte ich leichte Vibrationen an den Füßen spüren. Ich machte die Musik aus, zog mir die Stöpsel aus den Ohren und lauschte.

Dann hörte ich ein tiefes Beben über mir, gefolgt von knackenden Geräuschen. Ich sah mit der Taschenlampe hoch.

An der Decke hatte sich bereits eine Frostschicht gebildet. Die teilweise leicht nach unten gewölbte Blechfläche sah wie ein gepuderter Kuchen aus.

Ich fuhr einmal mit dem Finger darüber und zog etwas Frost ab. Mein Finger klebte schnell fest, wie beim Anfassen von Tiefkühlware.

Das leise Knistern wanderte umher. Ich wartete auf irgendeine Bewegung. Doch es legte sich wieder.

Mein Durst schlug nun wieder zu.

Ich trank den getauten Schnee, der etwas gesalzen worden war, aus meinem Topf.

Aber mein Durst war nicht gestillt.

Und der Salzstreuer war bereits alle.

Es machte mich wahnsinnig.

Ich musste gähnen, konnte aber nicht. Es war frustrierend.

Hundemüde taumelte ich durch die offenen Gitter ins Büro zum Kühlschrank, holte die alte Milchtüte heraus, öffnete sie und roch wieder daran. Sie war immer noch ekelhaft sauer, mein extremer Durst konnte nichts daran ändern.

Dennoch hielt ich mir die Tüte an den Mund, und hielt mir mit der anderen Hand die Nasenlöcher zu.

In Zeitlupe ließ ich den sauren Quark in meinen Mund fließen und schluckte ihn rasch herunter. Ich musste würgen, als ich spürte, dass die Flüssigkeit leichte Klümpchen enthielt.

Ein Schluck reichte. Und nun war der eklige saure Geschmack in meinen Mund zurückgekehrt, den ich mit dem Burger und den Fritten eigentlich vertrieben hatte.

„Danke auch..."

Ich schloss die Milchtüte und stellte sie auf die Arbeitsfläche. Die Kühlschranktür ließ ich auf. Das Gerät hatte eh keine Stromversorgung, und der ganze Raum war gekühlt.

Ich nahm ein Kaffeepad und lutschte daran, um diesen ekelhaften Geschmack loszuwerden. Vielleicht würde dies auch gegen meine Müdigkeit helfen. Aber ich musste dann nur noch mehr würgen. Ich war ja kein Kaffeetrinker.

Ein Blick zur Toilettentür. Ich fragte mich, wann ich so verzweifelt sein würde, dass ich den Klodeckel öffnen und in meine eigene Kotze greifen würde, um meinen Hunger zu stillen.

Der Moment war glücklicherweise noch fern. Das mit der Pisse war schon nervig genug.

Ich ging zurück zu meiner Arbeitsstelle, wo inzwischen wirklich von Fortschritt die Rede war.

Um den widerlichen Geschmack aus meinem Mund zu bekommen, griff ich nach einer Handvoll Schnee und stopfte ihn mir zum Spülen in den Mund. Dann spuckte ich ihn wieder aus.

Und mein Durst war immer noch da, Hunger war dagegen nichts. Der Durst machte mich wahnsinnig.

Ich schnappte mir meinen Topf und füllte mir etwas von meinem gelben Schnee hinein. Ich roch daran, die Pampe war bereits wieder eingefroren. Dennoch spürte ich, wie dieser muffige Uringeruch meine Nasenhaare kitzelte, egal wie sehr ich an Zitronensorbet dachte.

Angewidert stellte ich den Topf beiseite.

Hatte Livingston recht? Musste ich mir meine Mineralien zurückholen und meine eigene Pisse trinken? Machte das überhaupt Sinn, oder verarschte er mich?

Ich hatte wirklich keine Ahnung, wie man sich in so einer Situation verhält – was man durchaus fahrlässig nennen kann, wenn man in den Rockies lebt.

Und ich ärgerte mich immer mehr darüber, dass ich am

Vortag die Milch nicht erneuert hatte sowie die Kaffeesahne „vergessen" hatte mitzubringen.

Ich steckte mir die Stöpsel wieder in die Ohren, wärmte meine Hände auf und griff nach meinem Tablett.

Weiter ging's.

Wie ein Minenarbeiter ackerte ich mich warm, geplagt von Durst und dröhnenden Krach in den Ohren...

Mittwoch, 20:00 Uhr.
Ich war immer noch allein. Wieder etwas Fortschritt. Meine ständig schwankende Körpertemperatur schwächte mich jedoch, und mir war immer wieder schwummerig.

Meine Nase lief. Und ich hatte kein Taschentuch dabei. Anstatt zur Toilette zu gehen, wischte ich mir die Nase mit dem Ärmel meiner dicken Jacke ab, aber dies erwies sich als dumme Idee, denn ich hätte mein Gesicht genauso gut in den Schnee stecken können.

Für einen Augenblick zog ich meine Fellkapuze herunter, da sie juckte. Aber die Kälte griff meinen Schädel sofort an, sodass ich mir den Kopf kratzte, und dann zügig die Kapuze wieder aufsetzte.

Ein Blick zur nächstgelegenen Wanduhr und dann zur Einzelzelle. Noch keine Spur von Livingston.

Ich war bereits jenseits von hundemüde. Ein Nickerchen war ein sehr verlockender Gedanke.

Aber ich machte weiter, fast wie ein Zombie. Ab und zu

schnaubte ich und spuckte meinen Schnodder in den Schnee. Oder ich rotzte ihn durch die Nase heraus.

Als ich dann im Schnee herumwühlte, spürte ich etwas Spitzes. Ich buddelte es mühsam aus.

Es war ein kaputter, spitzer Dachziegel, der eindeutig nicht zu diesem Gefängnis gehörte. Er musste von irgendeiner Berghütte kommen, die weiter oben lag. Aber das Ding eignete sich ideal als Spaten. Deutlich besser als mein Tablett.

Ich warf es beiseite und grub mit dem spitzen Ende des Dachziegels. Und siehe da, das war definitiv ein Upgrade.

Ich drehte die Mucke lauter auf und schnitzte mit neuer Motivation an dem Eisklotz vor mir.

Wieder ein Blick zur Einzelzelle. Und dann kam ich auf einen Gedanken, der mich plötzlich langsamer werden ließ: Mit diesem Dachziegel hier könnte ich Livingston erstechen! Das Ding war schärfer als die Brotmesser, die wir hatten.

Meine Gedanken veränderten sich...

Würde ich ab jetzt alleine klarkommen, da sich hinter der Tür allmählich ein Tunnel bildete?

Wie zuverlässig würde es funktionieren, wenn es hart auf hart kommen würde?

Wie viel Kraft müsste ich anwenden?

Wohin sollte ich stechen, um kurzen Prozess zu machen?

Würde ich mich vor dem Gesetz verantworten müssen, wenn ich ihn eiskalt ermorden würde?

Auch wenn er sowieso zum Tode verurteilt war?

Das ist übrigens tatsächlich ein ganz interessanter Konflikt. Würde ein Wärter einen verurteilten Häftling pünktlich auf die Pritsche schnallen lassen, aber dann einen Colt ziehen und den Häftling abknallen, könnte ihm vor Gericht ohne Wenn und Aber der Mordprozess gemacht werden.

Willkommen in der Menschheit.

Ich ließ mich in Gedanken in alle Richtungen treiben, aber ich handelte nicht. Es waren nur Gedanken.

Buddeln, kratzen, auf der Stelle hüpfen. Warm bleiben. „Du hast aufgerüstet", ertönte eine tiefe, gähnende Stimme hinter mir, mitten im Gitarrensolo. Ich erschrak, machte die Musik aus und drehte mich um. Sein Gähnen wurde ansteckend.

Livingston machte sich den Reißverschluss seiner geliehenen Jacke zu, stülpte sich die Kapuze über den Kopf und nahm mein Tablett in die Hand, anstelle seines armseligen Klemmbretts.

„Ja", antwortete ich, „damit geht das ziemlich gut."

„Willst du denn auch mal ein Auge zumachen, und ich schiebe die nächste Schicht?"

Ich schluckte. Denn mit diesem Dachziegel in der Hand könnte Livingston auf die gleichen Gedanken kommen wie ich eben.

Dann zuckte mein Bein schon wieder, dann mein Oberarm. Ich schlug mit einer Hand dagegen.

„Was sind das für scheiß Zuckungen?"

„Könnte Schüttelfrost sein. Dein Körper versucht Wärme zu produzieren."

„Wärme produzieren?"

„Ja. Um die Kerntemperatur konstant zu halten. Deswegen ist die Arbeit hier gewissermaßen gut."

Immer wieder war es ein verhältnismäßig beruhigendes

Gefühl, jemanden in dieser Situation dabeizuhaben, der mehr oder minder vom Fach war.

„Kann ich dich was fragen?", konfrontierte ich Livingston.

„Das tust du gerade."

„Du weißt, was ich meine."

„Meinst du?"

Livingston hatte Spaß daran, mich mit Worten zu schikanieren. Ich übte mich darin, es zu ignorieren.

„Du schließt von innen deine Zelle ab, wenn du da reingehst. Oder?"

„Kann sein."

„Warum eigentlich?"

Er pausierte. Dann antwortete er: „Privatsphäre."

Obwohl ich stutzig war, nahm ich die Antwort hin. Dann hielt ich ihm meine offene Hand hin.

„Gleiches Recht für alle", sagte ich.

Er sah mich prüfend an. Reichte mir aber dann die Schlüssel und hielt nun selbst die Hand auf. Ich war am Zug. Und gab ihm den Dachziegel, und damit wieder eine üppige Portion Vertrauen.

„Frohes Schaffen."

„Süße Träume."

Ich zielte mit meiner Taschenlampe auf ihn, während ich auf die Einzelzelle zuging, um ihn zu blenden, falls er in meine Richtung sah und auf dumme Gedanken kam.

Aber er nahm sich seinen Topf und begann von seiner gelben Pampe zu trinken.

Von dem Anblick kam mir fast die Galle hoch. Der Mann meinte es mit der Pisse scheinbar ernst. Aber ihm ging es sichtlich besser als mir. Vielleicht sollte ich es tatsächlich auch mal mit „Pisse on the Rocks" probieren.

Dann begann er in der Eishöhle zu graben. Er hackte auf die

zähen Brocken ein, löste sie und schmiss sie in den Korridor, der inzwischen langsam sperrig wurde.

Ich blieb stehen. Und drehte mich zu ihm um.

„Hey, Stanley."

Er sah zu mir.

Ich fragte: „Wie hieß die Melodie?"

Sein Blick wirkte perplex.

„Melodie?"

„Ja, dieses Lied."

„Welches Lied?"

„Das du vorhin gepfiffen hast."

Er grübelte. Und schmollte.

„Weiß ich nicht mehr. Wie ging die Melodie denn?"

Dann merkte ich, dass ich sie auch vergessen hatte.

Fuck.

Dies frustrierte mich dann umso mehr. Nun wollte ich es erst recht wissen.

Nur zur Info: Ich komme heute nicht einmal mehr darauf. Ich werde die Melodie aber sofort wiedererkennen, sobald ich sie irgendwo zufällig höre. Vielleicht höre ich sie auch nie wieder.

Von Stanley Livingston werde ich sie jedenfalls nie wieder gepfiffen bekommen, so viel steht fest.

Hätte ich ihn bloß sofort gefragt.

„Nicht so wichtig."

Ich ging dann zur Zelle, zitternd, fiebrig, Schnodder aus der Nase triefend.

I ch checkte den Akku meines Handys: 54 %.

Dann betrat ich die Einzelzelle. Ein Ort, wo ich mich äußerst selten zuvor aufgehalten hatte. Ein Ort, von dem ich nie gedacht hätte, dass ich ihn betreten würde, um ein Auge zuzutun.

Mit der Taschenlampe leuchtete ich durch die Gegend, um mich zu orientieren. Auf dem kleinen Tisch das leere Tablett, der kleine Fernseher, die Bibel und das Schachbrett.

Ich kramte in meinen Hosentaschen herum, in denen sich bereits einiges angesammelt hatte und zog das Diktiergerät heraus. Irgendetwas klimperte auf dem Boden, aber ich sah nicht hin. Ich fragte mich auch nicht, was das war. Das hätte mir womöglich später etwas Ärger erspart.

Klick. Ich drückte auf „Record" und sprach mit geschwächter, wackeliger Stimme...

„Mittwoch, 1. Februar 2034, 20:18 Uhr. Inzwischen wird am Personaleingang ein Tunnel durch die Schneemassen gegraben, die das Hinrichtungsgebäude umschließen. Anhand der Erde und Trümmer, die im Schnee vorgefunden worden sind, ist zu vermuten, dass die Lawine einen Erdrutsch weiter oben am Berg mit ausgelöst hat. Das würde die Wucht erklären, mit der das Gebäude getroffen wurde."

Ich pausierte die Aufnahme, zitterte vor Kälte, schüttelte mich einmal durch.

„Was noch?"

Dann nahm ich weiter auf.

„Lebensmittel sind sehr knapp. Wasser gibt es keins. Vom Schneeessen wurde ich zunehmend schwächer. Ab und zu höre ich überm Dach seltsame Geräusche. Als würde zwischendurch etwas nach rutschen. Ich weiß nicht, wie lange das Gebäude stabil bleiben wird. Die Wände sind extrem kalt. Es bleibt nur zu hoffen, dass eine Bergung bald gestartet wird. Ja."

Ich machte das Diktiergerät aus und steckte es wieder weg. Es war mucksmäuschenstill. Ich schloss die Tür, und hatte irgendwie kein Bedürfnis, sie abzuschließen. Ich sah mich in der Zelle um. Ich schaute auf das Bett, dem nun ein Laken fehlte. Livingston hatte das gemacht. Mir ging durch den Kopf, was alles von Menschenhand gemacht worden war. Technik. Tradition. Töten. Allein in dieser Zelle zu stehen, erweckte plötzlich ein komisches Gefühl in mir. Und dies überraschte mich in jenem Moment. Ein Gefühl der tiefen Trauer überkam mich, das ich nicht klar definieren konnte. Es war nicht direkt Mitleid mit dem Insassen, auch kein sofortiger Sinneswandel in meiner Einstellung zur Todesstrafe. Es war ein fragendes Gefühl. Was machen wir Menschen da alles?

Ich legte mich in Livingstons Bett, das noch vorgewärmt war. Die Jacke und Wärmedecke behielt ich noch an, die Bettdecke zog ich mir über und legte mich hin. Ich zog mir meine Fellkapuze über und verpackte mich, so gut ich konnte. Dass die Matratze nackt war, war vollkommen egal.

Es war ein unfassbar bequemes Gefühl, denn ich war unterkühlt, übermüdet, hungrig, durstig, seelisch geplättet. Es war eine verhältnismäßig angenehme Pause in meinem Albtraum, der noch kein Ende in Sicht hatte. Gegen mein Zittern und meine ständigen Muskelzuckungen konnte ich jedoch nichts unternehmen.

In einem Bett zu liegen, in dem unzählige Männer und keine

zehn Frauen gelegen hatten, die alle bereits unter der Erde lagen, war kein Trost für meine merkwürdige Trauer.

Immerhin musste ich mir mit ziemlicher Sicherheit keine Gedanken um Wichsflecken im Bett machen.

Ich vermisste Paula und Sonny, meine „Flocke". Ich machte mir Sorgen um sie, auch wenn sie sich glücklicherweise nicht in der Nähe des Bergfußes befanden. Wir wohnen einige Kilometer weiter im Tal, wo es etwas flacher ist.

Aber ich war nicht zum Frühstück an meinem vertrauten Esstisch neben Sonnys Kinderstuhl erschienen. Ich konnte nicht meinen traditionellen Tee trinken, den Paula mir zusammen mit ihrem Cappuccino machte. Ich vermisste es sogar, von Paula zu hören, ich solle meiner Gesundheit zuliebe langsamer essen und gründlicher kauen. Und ich bereute meine zickigen Antworten, die sie immer wieder wegstecken musste.

Sie machten sich bestimmt auch Sorgen um mich. Und bekamen sicher noch keine Antworten.

Meine Augen waren glasig und feucht, was ein leicht positives Zeichen war. Denn scheinbar hatte ich noch genug Wasser im Körper, um Tränen zu bilden.

Ich begann zu schniefen, dann zu weinen. Und das war merkwürdig, denn ich weinte extrem selten.

Aber es dauerte nicht lange, bis ich in einen leichten Schlaf fiel. Denn ich war körperlich und geistig ausgelaugt, und bereits in einer Art Delirium. Ich war seit 35 Stunden auf den Beinen und lag nun in einem Bett.

Da siegt die Natur.

M ein Schlaf war unruhig. Aber ich hatte einen recht kurzen und merkwürdigen Traum. Es war ein Blick auf den Außenbereich des lokalen Wellness-Centers, in dessen Mitte ein hölzernes Sauna-Badefass stand. Darin schwamm Livingston und sah mich an. Er hatte Blutspritzer im Gesicht. Ich stand vor ihm und war angezogen, hielt meinen Schlüsselbund in der Hand.

Bloß Wirrwarr?

Es heißt, dass Träume eine Art Datensortierung des Gehirns sein sollen. Vor Jahren hatte ich im Wartezimmer meines Therapeuten irgendeinen Artikel darüber gelesen. Darin stand, dass Eindrücke aus dem Tag verarbeitet werden würden, und es würde auch im Unterbewusstsein aufgeräumt werden. Nagelt mich nicht fest, ich hatte es danach nie gegoogelt.

Jedenfalls habe ich viel über diesen einen skurrilen Traum nachgedacht. Vielleicht sollte ich erklären, warum.

Und nein, meine Interpretation hat nichts mit dem Offensichtlichen zu tun, zum Beispiel mit Kälte oder unserem Mangel an Komfort, auch nichts mit Gefängnis und Todesstrafe. Mein Traum hatte nur mit dem menschlichen Charakter zu tun.

Dazu gibt es etwas Vorgeschichte. Und seid vorgewarnt, Erotik kommt vor.

Dieses Wellness-Center liegt in den Bergen und hat einen ausgedehnten, idyllischen Ausblick auf einen Nadelwald. Die Sauna hat sogar ein Panoramafenster Richtung Osten, sodass für viele kein Arbeitstag atemberaubender beginnen könnte, als bei Sonnenaufgang hier zu saunieren.

Ich war ein einziges Mal in dieser Sauna. An einem Sonntagmorgen bei Sonnenaufgang.

Es war Ende 2025. Ich war 31. Ich hatte wegen einer unüberlegten Bemerkung, die ich gemacht hatte, einen anstrengenden

Streit mit meiner damaligen Frau, Haley, und war am Samstagabend mit einigen Kollegen aus der Wache und deren Frauen durch die Kneipen gezogen. Es wurde viel getrunken, gelästert, gelacht. Nichts Verbotenes.

Ich spürte aber ein Knistern zwischen mir und Raquel, der Frau von Sergeant Rick Fuller. Sie war vier Jahre älter als ich und so ziemlich das Gegenteil von Haley. Dunkelhaarig, die Haare zerzaust, lockere Zunge. Vielleicht war es nur der Whiskey, vielleicht der Frust wegen meiner Ehekrise.

Aber ich erwiderte die Blicke.

Rick war später so betrunken, dass er kotzend in einer Ecke landete. Raquel wirkte unglücklich, Rick war ein häufiger Trinker. Und vermutlich hatten sie auch Streit, so wie ich mit Haley.

Die Runde wurde von Stunde zu Stunde immer kleiner. Irgendwann waren wir nur noch drei. Einige waren nach Hause gefahren, einen konnten wir nicht von der Barkeeperin losreißen, einige zogen weiter, und Rick nahm sich im Suff ein Taxi nach Hause.

Marvin, Raquel und ich zelebrierten unsere Unternehmungslust und bekamen den spontanen Einfall zu saunieren. Da wir alle sturzbesoffen waren, mussten wir uns am Empfang ordentlich zusammenreißen.

In der Umkleide postete Raquel ein Foto ins Netz und verlinkte Marvin und mich darauf. Ich dachte nicht darüber nach, dass es Konsequenzen haben könnte.

Wir lachten viel, alberten herum...

E s war außer uns niemand da. Wohl zu früh für den Rest der Stadt an einem Sonntag um diese Uhrzeit. Aber dennoch war die Sauna auf. Komisch, vielleicht hatten einige Geschäftsleute im Hotel eingecheckt. Marvin wollte ins Dampfbad und taumelte singend davon. Raquel und ich setzten uns in die hinterste Reihe der Sauna. Und die Sonne war am Aufgehen. Wir waren allein. Wir lallten uns gegenseitig mit unseren Problemen und unserer Unzufriedenheit voll. Wir genossen den Ausblick und machten dämliche Scherze, fassten uns gelegentlich dabei gegenseitig an. Alles natürlich ohne Hintergedanken. Nur eine alkoholisch bedingte Seelenverwandtschaft. Und ein gelegentlicher flüchtiger Blick auf ihre Brüste. Gucken, nicht anfassen.

Sie steckte mir, dass Rick aktuell keinen hochbekam.

„Das sind mehr Informationen, als ich wissen wollte", lallte ich.

Sie lachte und legte den Kopf auf meine Schulter.

Wir warteten auf den Aufguss und schmierten uns mit dem Honig ein, der neben dem Kohleofen lag.

Aber keiner kam.

Irgendwann wurde es uns zu heiß, aber natürlich nur im wörtlichen Sinne, versteht sich.

Als wir an die frische Bergluft herauskamen, je nur ein Handtuch um den Oberkörper gebunden, sahen wir den Badezuber und begannen zu lachen.

„Ach du Scheiße, ein riesiger Holzeimer."

„Den geben wir uns!"

„Der ist aber hölzern."

„Das ist ein Kühlbecken."

„Weil wir so heiß sind!"

Wir tapsten wie Kleinkinder zum hölzernen Badezuber und ließen die Handtücher fallen. Da wir vom Honig am ganzen

Körper klebrig waren, mussten wir uns waschen. Und das hier schien uns cooler, als in getrennte Duschen zu gehen. Wir waren doch so vertieft in unsere Gespräche, versteht sich.

Ihr wisst sicher schon längst, wo das alles hinführte. Mit Abstand betrachtet ein klarer Fall.

In dem Moment aber redete ich mir ein, bislang nichts Falsches getan zu haben, und entschied, nicht in die Dusche zu gehen. Auch kein Kapitalverbrechen, baden statt duschen, oder? Ich tauchte recht schnell ins kalte Wasser ein, es war erfrischend. Raquel stieg die Leiter hoch, stippte einen Fuß ins Wasser und bekam einen Schreck.

Ich riet ihr, schnell einzutauchen, alles andere wäre Folter.

„Ja, gleich, gleich", hielt sie mich hin.

Dann zog ich sie am Fußgelenk ins Wasser, sie stöhnte vor Schreck laut auf.

„Jetzt sind wir wohl im Eimer, was?"

Das Niveau unserer Sprüche war selbstverständlich dem Promillewert entsprechend.

Sie bat mich dann, sie aufzuwärmen, da ihr ja kalt war. Ich nahm ihren nackten Körper in meine Arme. Unsere Körper berührten sich. Wir wurden still.

„Ich sollte dich loslassen", versuchte ich zu sagen, ohne zu lallen, „ich bin nicht Rick."

„Das weiß ich doch."

„Nein, ich meine was anderes. Ich kriege sogar im kalten Wasser einen hoch, wenn mich was Verbotenes aufgeilt."

„Bin ich was Verbotenes?"

„Ernsthaft? Das fragst du?"

„Ich kann nicht gemeint sein, ich geile nicht mehr auf. Das glaube ich erst, wenn ich es..."

Sie fasste unter Wasser dreist vor sich.

Und schmunzelte.

Es war schon längst zu spät. Selbst jetzt noch redete ich mir ein, man würde nun einmal nackt in diesen Zuber steigen. Es gab kein Verbotsschild, zu zweit in das Fass zu steigen. Und Körperkontakt wäre unvermeidlich in so einem kleinen Kühlbecken.

Die Natur siegte. Und das, obwohl das Wasser in diesem Zuber erfrischende Temperaturen hatte und man eigentlich nicht ewig hier drinblieb. Aber das schien uns nicht zu stören, die Gründe waren offensichtlich.

Sekunden später vögelten Raquel und ich im kalten Wasser, ruppig und leicht aggressiv.

Es war nicht der angenehmste Sex in meinem Leben, aber der Reiz war unbeschreiblich. Probe nicht bestanden.

Bis ich dann Haley vor mir sah.

Ja, Haley stand angezogen da, den Autoschlüssel in der Hand. Das gepostete Foto hatte sie gesehen, es hatte eine Ortsangabe. Und sie war ihrem Gefühl gefolgt.

Dies war der letzte Nagel im Sarg unserer Ehe.

Danach war es nur noch eine künstliche Beatmung über knapp zwei Jahre. Ich beteuerte, „hackevoll" gewesen zu sein, und dann wäre ich halt in eine unglückliche Situation hineingeraten. Und dass es mir leid täte, war immerhin nicht gelogen.

Aber das Vertrauen war irreparabel gebrochen.

Meine Sünde war nicht der Seitensprung an sich. Viele Männer würden sicher zustimmen, dass eine Erektion kein Gewissen hat, egal, was für ein treuer Kerl man ist. Meine Sünde war es, nicht in die Dusche gegangen zu sein. Der kleine Fehler am Anfang. Das wäre eine deutlich einfachere Entscheidung gewesen, als Raquel davon abzuhalten, mich mit beiden Händen zu stimulieren.

Und der Alkohol war keine Ausrede, ich war klar genug, um zur Dusche zu torkeln.

Ab diesem Sonntagmorgen schloss mich Haley aus ihrem Herzen aus. Einmal ein Fremdgänger, immer ein Fremdgänger. Alles wurde auf die Goldwaage gelegt. Die kleinsten Dinge wurden mir zum Vorwurf gemacht. Es gab kein Gewinnen für mich auf diesem Spielfeld. Ich hatte den schwarzen Peter auf Lebenszeit. Wir waren dazu verdammt, dass nicht der Tod uns scheiden würde, wie wir uns geschworen hatten, sondern meine Untreue.

Haleys Nachfolgerin Paula wusste von diesem Vorfall und verurteilte mich nicht dafür, aber sie hegte dennoch in unruhigen Zeiten stets einen Funken Misstrauen mir gegenüber, den sie nicht abstellen konnte.

Ich hatte nicht vor, den gleichen Fehler zweimal zu begehen, und bin ihr bis heute loyal geblieben. Aber wer es einmal getan hat, hat es in sich. Ich musste mich mit dem Stempel arrangieren, den ich auf der Stirn trug.

Ich fühlte mich ab und zu von Paula unfair behandelt und spielte den Ball zurück. Bot sich mir eine Gelegenheit an, machte ich ihr die kleinsten Dinge zum Vorwurf. Um ihr umgekehrt zu zeigen, wie sich Misstrauen anfühlte. Ich stellte mit Absicht dämliche, vielleicht etwas paranoide Zusammenhänge her, darin wurde ich ziemlich gut. Angriff war meine beste Verteidigung.

Ich nehme vorweg: Seit der Lawine haben Paula und ich dieses Problem nicht mehr. Die Zeit in der kalten Dunkelheit veränderte mich.

In meinem seltsamen Traum stand Livingston genau dort,

wo ich von meiner Ex-Frau beim Fremdgehen erwischt worden war. Warum hatte ich ausgerechnet diesen Mann mit diesem Ort in Verbindung gebracht, den ich mit einer unschönen, sehr persönlichen Erinnerung in Verbindung bringe?

Vor nicht allzu langer Zeit kam ich auf die Interpretation, dass mir mein Unterbewusstsein sagen wollte, Livingston säße gewissermaßen im gleichen Boot wie ich. Für eine böse Tat verurteilt. Es gab für ihn kein Gewinnen mehr auf seinem Spielfeld. Und dabei war es egal, was er nach seiner Sünde tat oder nicht tat. Auch Jahre später. Er trug einen Stempel für mich. Und nun schürten die kleinsten Dinge mein Misstrauen gegen ihn.

Wollte mir mein Unterbewusstsein sagen, dass Livingston und ich uns nicht allzu unähnlich waren, und ich deswegen aufhören sollte, mich als etwas Besseres zu sehen?

Oder war es vielleicht nur ein bizarrer Traum und nichts weiter?

Manchmal stelle ich dämliche Zusammenhänge her.

Mittwoch, 23:00 Uhr.

Ich wachte zitternd auf, als die Decke ein wenig von mir runtergerutscht war. Meine Zähne klapperten, meine Gliedmaßen zuckten, wie durch Stromstöße stimuliert. Ich sah mich in der dunklen, kühlen Zelle um, mein Atem stieg wie Wasserdampf empor.

Ich stellte mir die Frage, was ich für Minusgrade ablesen würde, hätte ich ein Thermometer zur Hand gehabt. Auf der einen Seite fühlte es sich unerträglich an, aber auf der anderen Seite lebte ich noch. Vielleicht war ich auch nur ein Weichei.

Als meine Versuche weiterzuschlafen scheiterten, richtete ich mich gähnend auf und rieb mir mit meinen kalten Fingern die Augen. Ich sah auf meine Armbanduhr. Fast 24 Stunden war Livingstons Hinrichtung nun überfällig.

Meine Gefühle darüber waren inzwischen auf merkwürdige Weise gemischt.

Ich stieg träge aus dem Bett, richtete meine knisternde Wärmedecke, steckte sie mir fest in die Hose.

Dann stand ich auf.

Und bekam einen Impuls.

Ich ging auf die Hände und Knie und sah unters Bett. Als Vorsichtsmaßnahme sozusagen. Was für Waffen hätte Livingston schon hier verstecken können? Die Schlagstöcke waren verteilt, und mehr gab es in diesem Gebäude nicht.

Aber wie heißt es so schön, Vertrauen ist gut, Kontrolle ist besser.

Ich machte die Taschenlampe an und leuchtete unters Bett. Dort stand in der hintersten Ecke eine Coladose. Stutzig griff ich nach ihr, zog sie heraus und schaute hinein. Sie war offen, und ein letzter Rest Cola war noch drin.

Ich hielt meine Nase gegen die Öffnung und atmete tief ein. Hätte ich noch Wasser im Mund gehabt, wäre es mir sofort zusammengelaufen. Ich fühlte mich wie in einem Werbespot. Es gab kein Überlegen.

Ich trank die Dose sofort aus, und ich war für einen Augenblick im Paradies, zwischen Palmen, Wellen, Surfbrettern und gebräunten Bikini-Mädels mit Wassertropfen auf den Brüsten.

Aber es war zu schnell vorbei.

Ich lutschte und lutschte an der Dose, überlegte mir sogar, sie aufzuschneiden. Es war eine Kostprobe dessen, was ich womöglich nie wieder genießen würde. Es war wie eine Henkersmahlzeit.

Das war das Stichwort.

Ich fragte mich dann, was die Dose unter dem Bett machte. Sie musste ohne jeden Zweifel mit der Henkersmahlzeit gekommen sein. Ich hatte die Styroporbox nur beim Küchenchef abgeholt, der dicke Chuck hatte das Essen ausgepackt und serviert.

Hatte Livingston sie noch vor Einschlag der Lawine getrunken? Oder hatte er sie vor mir versteckt, damit ich verdurste? Warum stand die Dose sonst unter dem Bett?

Ein Funken Misstrauen war wieder da, der sich in meinem bereits benebelten Gehirn wie ein Virus breitmachte.

Andererseits war es seine Cola. Er hätte damit tun und lassen können, was er wollte.

Aber Moment, sie gehörte ihm nur, weil er um eine Minute nach Mitternacht hätte sterben müssen. Wie war nun die Rechtslage um diese Cola? Wie war die Rechtslage überhaupt, wenn der Mann innerhalb unseres kleinen klaustrophobischen Kosmos auf freiem Fuß war?

Mein Gehirn hörte nicht auf, dämliche Fragen zu stellen. Es war ein reines Durcheinander der Gedanken.

Ich steckte mir die Coladose in die hintere Hosentasche. Meine vorderen Taschen waren bereits voll.

Ruhig Blut, erst einmal wieder an die Arbeit. Aber schön alles im Auge behalten.

Ich schaltete meine Taschenlampe ein und öffnete die Zellentür, steckte mir den Schlüsselbund wieder ein schnaubte. Ich zog mir meine warme Fellkapuze über den Kopf.

Dann wanderte ich den schmalen Gang hoch Richtung Ausgangstür, Richtung Baustelle.

Dort saß Livingston auf einem Stuhl, den er sich geholt hatte, und aß einige seiner kalten Fritten.

Und die Pause war verdient. Man konnte bereits durch die Tür gehen und im Tunnel hocken. Dieser tendierte schräg nach oben. Livingston hatte sich sogar die Mühe gemacht, den Tunnelboden stufig zu formen. Der Anfang unserer Treppe gen Himmel.

Ein kurzes „Wow" ging mir durch den Kopf, aber ich sprach es nicht aus, sondern behielt ein Pokerface.

Als Livingston mich wahrnahm, bot er mir einige Fritten an. Ich lehnte ab. Dann nahm er sich seinen Topf, hielt sich mit einer Hand die Nase zu und trank einen deftigen Schluck daraus.

Es hatte sich in mir etwas verändert. Ich fühlte mich verarscht.

Mein Manko war, dass ich am Ende des Tages ein ignoranter Verbraucher war, dem man einiges hätte erzählen können, wenn man mir in einer Sache fachlich überlegen war. Ich wusste nicht, ab welchem Stadium der Dehydration man anfangen müsste, Urin zu trinken.

Ob man es überhaupt müsste.

War sein Gefasel vielleicht ein Staatsstreich? Schließlich wusste ich, wie man einen Mann auf den Bauch wirft und ihm Handschellen anlegt, aber nicht, wie man am Nordpol ohne Wasser überlebte.

Was für eine Probe war das hier für mich?

Ich ging zu meinem Topf und nahm ihn in die Hand. Dann sah ich ihn an.

„Das hier hilft dir wirklich gegen deinen Durst, ja?"

Er sah mich an und nickte. Stellte dann den Topf weg und ging zurück zum Berg. Mit dem Schlagstock hämmerte er im Tunnel weiter herum, den gelösten Schnee warf er mir entgegen.

Ich schnüffelte dann angewidert am gelben Slush-Eis in meinem Topf. Und hatte das Bedürfnis, meine Taschen zu durchsuchen. Mein Puls begann zu rasen.

Ich stellte den Topf beiseite und fuchtelte mit beiden Händen in meinen Taschen herum. Diktiergerät, Zigaretten, Handy, Kopfhörer, Schlüsselbund.

Kein Feuerzeug. Und keine Ampullen.

Livingston sah zu mir.

„Hast du Zeit?"

„Du..."

„Zum Graben? Damit wir nicht..."

„Du hast mich manipuliert!"

Livingston sah mich perplex an.

„Ja! Du, du hast dir langsam mein Vertrauen erschlichen, immer schön vor mir deine eigene Pisse gesoffen, damit ich es auch irgendwann tue!"

„Was redest du da?"

Er schien nicht folgen zu können, während ich mich immer mehr in Rage stotterte.

„Wie konnte ich so blind sein! Man muss doch nicht nach zwei Tagen schon Pisse trinken!"

„Man muss gar nichts, außer sterben."

„Die Kochsalzlösung! Was ist mit der Kochsalzlösung, die haben wir nebenan in Beuteln! Für die Leitungen, zum Spülen und so! Da sind bestimmt auch Mineralien drin!"

„Auf die hätten wir früher kommen müssen, verdammt. Das

mit Schnee gemischt, das wäre eine gute Lösung gewesen."

„Halts Maul, das sagst du nur so! Du verarschst mich!"

„Beruhige dich mal."

„Die ganze Zeit fickst du mein Gehirn!"

Ich kramte dann in meiner hinteren Hosentasche, holte die Coladose heraus und hielt sie ihm vors Gesicht.

Er schwieg.

„Du hast irgendein Fachzeugs von Mineralien gelabert, während du schön heimlich in deiner Zelle deine Cola gesoffen hast! Du wolltest, dass ich endlich aus dem Topf trinke und die Hufe hochreiße, damit du allein hier rauskommst! Du hast das Gift aus den Ampullen da reingetan! Gib's endlich zu!"

Ruhig und stoisch, wie immer, antwortete er: „Ich glaube, dein Urteilsvermögen ist durch die Hypothermie getrübt, das ist normal. Ich glaube, du solltest dich noch länger ausruhen."

„Das Gift hatte die gleiche Farbe wie ... wie Pisse! Du hast mir die Ampullen aus den Taschen geklaut und ... und ... und versucht mich zu vergiften!"

Bei meinem hysterischen Gefasel wühlte ich in meinen Taschen herum und zeigte ihm, dass die Ampullen weg waren.

„Da, siehst du? Weg! Wo sind sie hin?!"

Livingston blieb gefasst. Man sah ihn nie die Beherrschung verlieren. Er fragte seufzend: „Wann soll ich dir denn bitte in den Taschen herumgefummelt haben?"

„Als ... als ich ... als ich schlief, da, da musst du in die Zelle gekommen sein und, und hast mir die Dinger weggenommen!"

„Du hast doch abgeschlossen", sagte er irritiert.

„Nein, habe ich nicht!"

Er hob seine Augenbrauen an.

„Ach so, und das wusste ich jetzt, oder wie? Vielleicht sind dir die Dinger aus der Tasche gefallen?"

Die Diskussion begann Livingston zu nerven, aber ich ließ

nicht locker. Ich war bekanntlich gut darin, dämliche und paranoide Zusammenhänge herzustellen.

„Warum sollte ich so was machen? Wir haben eine Abmachung, oder nicht? Und außerdem würde ich dir einfach eine Spritze verpassen, wenn ich dich vergiften wollte."

„Aha? Du wolltest mich also nicht umbringen? Du hast mir nichts hier reingemischt?! Dann beweise es! Trink was!"

Ich hielt ihm den Topf vor die Nase.

Livingston lachte mich aus.

„Ich trinke deine Pisse nicht."

„Weil du was reingemischt hast!"

Livingston fing an immer lauter zu lachen.

„Junge, hör dir mal selbst zu! Du denkst nicht mehr klar!"

„Ach, ich denke nicht mehr klar?"

„Nein."

„Willst du etwa sagen, ich bin hier der Psychopath, oder was?"

Ich wurde immer aggressiver und ging auf ihn zu, er hob die Hände und hielt mich auf Distanz.

Aber ich griff dann nach dem Dachziegel und schlug ihm diesen über den Kopf...

W umms!
Livingston fiel in den Schnee.

Ich warf den Dachziegel beiseite, zog meinen Schlagstock und schlug auf ihn ein. Er hielt sich die Arme vors Gesicht, fing einige Schläge ab und warf mich dann von sich.

Ich war nicht mehr zu bremsen, und er merkte es.

Er zückte seinen Schlagstock, aber ich warf mit dem Stuhl nach ihm. Er fiel auf seinen Arsch, und ich trat ihm ins Gesicht.

„Du Scheißkerl! Du Lügner!"

Daraufhin stellte er mir ein Bein, und ich fiel flach auf meine Nase...

Knack!

Für einen kurzen Augenblick sah ich Sterne.

Dann tropfte Blut auf den eiskalten Boden, an dem meine Hände blitzschnell festgefroren waren. Das Blut taute den Boden kurz auf, dann hellte es auf und gefror.

Ich richtete mich keuchend auf, riss mir die Hände vom Boden frei und setzte mich neben Livingston, komplett außer Atem. Er selber spuckte auch Blut.

„Hör zu", sagte Livingston, schwer am Atmen, „so lange... ist es noch nicht... gewesen..., aber... wenn du jetzt schon... den Verstand verlieren willst..."

Er zeigte auf den Maulwurfshügel mit dem aus Zweigen gebastelten Kruzifix.

„...dann mach das wie die Bergsteiger... und probiere dich... als Kannibale aus. Es könnte dich... sogar stärken. Du schnappst langsam über."

„Fick dich..."

Ich versuchte meine blutende Nase zu richten. Es tat furchtbar weh. Da Kälte eigentlich eine betäubende Wirkung hat, fragte ich mich für einen Augenblick, wie stark die Schmerzen bei normaler Temperatur sein würden.

Er stand auf und suchte seinen Schlagstock, der im Schnee lag. Dann ging er wieder hoch zur Eishöhle.

Und grub weiter. Aber nun langsamer und geschwächter. Ein wenig außer Puste.

Ich saß da, fühlte mich wie Scheiße, und war zugleich innerlich wild vor Wut und Frust. Mir machten die Minusgrade immer mehr zu schaffen, ich hatte Hunger, wollte heiß duschen, in mein eigenes Bett. Nichts davon war kritisch, viele fasten tagelang. Aber die Kombination aus allem war das Gemeine. Es war reinster Psychoterror und nagte immer mehr an meiner Substanz.

Und ich hatte langsam nicht mehr die Geduld, mir mit Hammer und Meißel meinen Weg ans Tageslicht zu „tunneln", wie in all diesen fiktiven Gefängnisgeschichten.

Das bekam Livingston alles langsam ab, gemischt mit meinem ständigen Misstrauen. Was an meinen eigenen Vorwürfen dran war, konnte ich nicht sagen.

Vielleicht hatte ich beim Schlafengehen die Ampullen verloren.

Anstatt nachzuschauen, stieg ich aber zu Livingston hoch, nahm etwas Schnee und kühlte damit meine Nase.

Dann nahm ich mein Werkzeug in die Hand und begann zu helfen. Meine Finger waren bereits so taub, dass ich sie hätte abbeißen können. Es schien so, als wäre längst in meinem Körper eine Zentralisation zugange, wie sie Livingston genannt hatte. Mein Körper war dabei, das warme Blut im Kern zu halten und die Extremitäten mit kaltem Blut zu isolieren.

Livingston arbeitete kaum noch, sondern starrte nachdenklich auf den Schnee und zitterte.

„Weißt du", begann er sich erschöpft von der Seele zu reden,

„einmal nahm sich Emma ein Küchenmesser, um sich einen Apfel zu schneiden. Sie war damals fünf."

„Was soll dein scheiß Gelaber?"

„Carla war am Schlafen und hatte sie mit dem Fernseher abgefertigt. Ich war auf der Arbeit. Als Emma schreiend in die Stube rannte, weil sie sich in den Finger geschnitten hatte, bekam sie nur Ärger von ihrer Mutter, was ihr einfiele, so einen Lärm zu machen. Emma verband sich eigenständig den Finger mit einem Puppenkleid. Mit fünf Jahren! Und Carla beschimpfte sie außerdem noch, weil sie sich ein Messer genommen, und die Küche so eingesaut hatte."

„Ich weiß, was du da gerade versuchst. Und es wird nicht funktionieren. Du wirst mich nicht dazu kriegen, dass ich dich als Opfer von irgendwem oder irgendwas sehe."

Livingston atmete durch. Er ging nicht auf mich ein.

„Ich hatte mir den Arsch aufgerissen, ein anständiger Bürger zu sein. Meine drei Kinder sollten nichts von meiner Vergangenheit auf der Straße zu spüren bekommen. Ich holte meinen Schulabschluss nach, bin zur Army gegangen. Was war das für eine Gehirnwäsche! Der amerikanische Traum! Im Namen einer Flagge töten, nur um dann als Veteran mit Beinstümpfen und ohne Krankenversicherung am Straßenrand zu sitzen und irgendwelche Bonzen um Geld anzubetteln. Durchgekaut und ausgespuckt von der Gesellschaft, wie Einwegmüll."

„Wie bist du denn zum Beruf Tierarzt gekommen?"

„Na ja. Da kam einiges zusammen. Ich hatte mich für ein Medizinstudium beworben, aber ich wurde nicht angenommen. Und ich war einkaufen, meine Frau war mit Emma schwanger. Ich hatte tierische Existenzängste. Ich weiß es noch wie gestern. Wir wollten Thunfischsalat machen, weil sie Hunger auf Fisch hatte, aber keinen essen durfte."

„Ist das nicht ein Mythos?"

„Kann sein. Jedenfalls, als ich auf der Dose dieses Etikett

sah, auf dem garantiert wurde, dass kein Delfinfleisch dabei war, da musste ich einfach nachdenken. Was für Wichser sind wir Menschen eigentlich! Wo fängt Rassismus an? Delfine sind uns ähnlicher, und deswegen sympathisieren wir mit ihnen und wollen sie nicht essen, aber zu so einem glupschäugigen, kaltblütigen Thunfisch haben wir nicht den gleichen Bezug und können ihn deswegen ohne Bedenken massenweise mit Netzen fangen und essen. Je mehr man darüber nachdenkt, desto kränker wird's."

„Na ja. Hund würde ich auch nicht essen."

„Aber Rind geht in Ordnung, oder?"

„Außer in China, da ist es egal, ob Hund oder Rind."

„Ja, das stimmt wohl. Wir Menschen bauen uns unsere eigene Realität, unsere eigene Kultur, unsere eigene Moral. Und wer aus der Reihe tanzt, wird merkwürdig angeguckt."

Ich schwieg.

„Meine Ehe ging den Bach runter, als Carla anfing zu trinken, und sie sich einfach als eine schlechte Mutter herausstellte. Anders weiß ich es nicht zu nennen. Sie war mehr an sich selbst interessiert als an sonst was."

„Und du warst der perfekte Vater?"

„Niemand ist perfekt. Ich war bemüht. Ja, ich war mal cholerisch, und auch mal eifersüchtig. Wir sind ja Menschen. Und Menschen sind fehlerhaft."

„Menschen sind nicht alle Mörder."

„Kommt drauf an, wo für dich Mord anfängt."

Damit hatte er mich wieder.

„Carla rauchte, als sie mit Tyler schwanger war. Ich hob leider ein paarmal gegen sie die Hand, weil ich mich einfach machtlos fühlte. Sie wollte sich lieber selbst feiern und um die Welt ziehen, als mir den Rücken freizuhalten und Mutter zu sein. Ich bin durchgedreht. Wir ließen uns scheiden, und ich versuchte mir das Sorgerecht für die Kinder zu holen, aber du würdest dich wundern, wie männerfeindlich einige Richterinnen sein können. Es war so, als hätte ich schon den schwarzen Peter gehabt, nur weil ich auch nur daran dachte, den Kindern den Stress anzutun, dass ihre Eltern gegeneinander vor Gericht stehen. Aber ich wusste keinen anderen Ausweg. Und es klappte nicht mal."

„Einer Mutter das Sorgerecht wegzunehmen, ist ein Akt. Das schafft man nicht mal eben."

„Ja, das habe ich am eigenen Leib erfahren. Und ich weiß, wie du über mich denkst. Ich weiß, wie absurd es klingt. Aber ich liebte meine Kinder über alles. Ich war verzweifelt, ich konnte nicht mit ansehen, wie sie mit Carla und diesem kriminellen Arschloch nach New Mexico abhauen würden. Der Gedanke allein schnürte mir die Luft ab."

„Und deswegen hast du beschlossen, die Kinder zu töten."

„Ja. Ich... ich dachte mir, die Welt wäre ein zu grausamer Ort für sie. Ich dachte mir, sie wären bei Gott und Jesus besser dran als bei diesen beiden Menschen."

„Und du wolltest es ihnen zeigen."

„Was?"

„Deiner Ex, und ihrem Freund."

„Ich wollte meine Kinder verschonen."

„Keine Rachegedanken dabei? Das glaube ich dir nicht."

„Glaub, was du willst. Es war so, als würde die Natur übernehmen. Als wäre es plötzlich meine väterliche Pflicht, sie..."

„Einzuschläfern?"

Livingston pausierte. Aber er nickte, als würde es dieses Wort ziemlich gut treffen.

„Zu verschonen. Sagen wir's mal so. So war ich damals. Im Grunde genommen anständige Absichten, aber unverzeihliche Maßnahmen. Nur weil ich der gleiche Mensch bin, der das damals getan hat, heißt es nicht, dass ich niemals in der Lage sein werde zu begreifen, wie falsch es war."

Ich massierte mir die Schläfen, und tupfte meine Nase mit Eis ab.

„Stanley... es macht mich schon krank, mir die Scheiße anzuhören. Es ist wirklich eine sehr ergreifende Story, aber...“

„Ich verdiene den Tod. Das weiß ich. Ich will dein Mitleid nicht. Und ich will auch keine Gnade.“

„Aber du willst hier raus.“

„Wie gesagt, ich möchte meine Chance nutzen. Ich bin es Rodney schuldig, es bei ihm irgendwie wiedergutzumachen. Es zumindest versucht zu haben.“

„Und was genau willst du versuchen?“

„Ich weiß es nicht. Ich müsste ihn erst einmal finden. Dann denke ich, dass ich sehen würde, was sich ergibt und was nicht.“

„Er könnte dich aber sofort melden.“

„Natürlich. Vielleicht gibt er mir aber eine Chance, Frieden herzustellen.“

„Na ja. Was ist, wenn das nicht geht? Oder eben nur durch deinen Tod?“

Livingston schwieg. Womöglich hatte ich recht.

Er starrte vor sich, erinnerte sich.

„Rodney schoss das Blut aus dem Hals. Der Junge war erst neun. Er rannte panisch schreiend davon. Es riss mir das Herz raus, dass ich ihn nicht sauber treffen konnte, wie die anderen beiden. Es sollte schnell gehen. Und schmerzlos.“

„Alter...“

Die Geschichte kroch mir mehr unter die Haut, als mir lieb war. In seinen Augen konnte ich sehen, dass er das ganze Ereignis bis zum heutigen Tag nicht verarbeitet hatte.

„Gleich nach dem ersten Schuss hatte er die Hand schon am Türgriff. Keine Ahnung, warum dieses Kind so schnell reagieren konnte. Es sollte wohl einfach nicht sein, dass er an dem Tag sterben würde. Da bekam ich Panik. Er hätte nie so etwas sehen sollen und auch nur eine Minute damit leben müssen.“

„Was hast du dann gemacht?"

„Ich stieg aus und versuchte ihn schnell zu erlösen. Ich leerte das Magazin in seine Richtung aus. Kannst du dir auch nur vorstellen, was das für ein Gefühl ist, deinem eigenen Kind hinterher zu schießen?"

„Nein. Das will ich auch nicht."

„Als ich ihn wegrennen sah, wurde mir bewusst, was ich getan hatte. Das Ganze vorher durchzudenken, ist eine Sache. Das hatte ich getan, und das ließ sich im Gerichtssaal belegen. Daher mein Todesurteil. Es war geplant. Aber dann dastehen und zu realisieren, dass du einen unfassbaren Schaden angerichtet hast, das ist etwas völlig anderes. Na ja. Er kam davon. Und das war für mich in dem Moment schlimmer, als wenn ich ihn erwischt hätte. Nun lebt er mit diesem Trauma."

Livingston flossen Tränen aus den Augen.

„Was habe ich nur getan?"

Er begann bitterlich zu weinen. Ich hockte, wie versteinert, daneben und wusste nichts zu sagen. Es war einfach zu extrem. Ich konnte und wollte seine Tat nicht nachvollziehen. Sie mir vorzustellen, das war schlimm genug.

Livingston schluchzte und fuhr fort: „Dann versuchte ich, das Auto im See zu versenken, wie hirnverbrannt! Ich wollte Rodney finden und ihm alles erklären, ihn schnell töten, damit meine Kinder alle endgültig geschützt waren. Damit keiner ihnen was tun konnte. Wie krank ist das? Das war nicht irgendwer in einem abgefuckten Film, das war ich selbst, Mann! Du kannst dir nicht vorstellen, wie es ist, jahrzehntelang aus so einem Albtraum nicht aufzuwachen!"

Die Tränen schossen ihm ununterbrochen aus den Augen.

„Du denkst also kein bisschen mehr, dass du damals auch nur ansatzweise das Richtige getan hast?"

„Nein. Keiner darf ein Leben nehmen. Aber es ist doch völlig egal, was ich jetzt denke. Kommen Tyler und Emma dadurch wieder zurück, dass ich jetzt die Bibel lese und anders denke?"

Ich schwieg. Und fühlte mich irgendwie angesprochen.

„Ich teile mir nun mal einen Körper mit diesem 40-jährigen verzweifelten und moralisch kaputten Typen von damals. Alles war am Auseinanderfallen, und ich konnte es nicht retten. Also vernichtete ich es und kann es nie wieder reparieren. Damit musste ich jahrelang leben. Und damit muss ich sterben."

Er sah mich dann an, wohl wissend, mit wem er gerade sprach. Und wohl wissend, was jemand wie ich von jemandem wie ihm dachte.

„Nun stell dir vor, ich wäre dein Sohn. Und wir hätten dieses Gespräch gerade geführt."

Das traf mich. Ich dachte sofort an Sonny, dessen Zukunft ich in der Hand hielt. Was würde ich als Vater machen, wenn ich tatsächlich eines Tages von meinem Sohn zu hören bekommen würde, dass er so etwas Schreckliches getan hätte? Wenn er an die falsche Frau geraten würde, der falschen Moralvorstellung nachgegangen wäre? Wenn er einen so großen Fehler begangen hätte, wie Stanley Livingston?

Mitternacht. Der Donnerstag war angebrochen.
Livingston hatte einen ganzen Tag Lebenszeit dazu gewonnen. Der dritte Tag unserer Gefangenschaft war angebrochen.

Zwischendurch hatte ich Stuhlgang. Und das war ein kaltes

Erlebnis. Und irgendwie auch ironisch, im wahrsten Sinne auf einen Burrito zu scheißen, der in meinem Klo lag.

Okay, zu viel Information.

Wir gruben leise, jeder für sich, wie die Maulwürfe. So warm eingepackt, wie nur möglich. Hände und Füße taub, gefühlt abgestorben. Aber die stupiden Bewegungen hielten uns am Leben, hielten uns fern von der mittelgradigen Hypothermie, ganz zu schweigen von der schweren Hypothermie. Ich hatte inzwischen von Livingston gelernt, dass es mehrere Stufen der Unterkühlung gab.

Der Tunnel war bereits etwa zwei Meter tief, und das war definitiv als ein Fortschritt zu verbuchen.

„Hier draußen" waren wir aber völlig neuen Gefahren ausgesetzt, denn im Tunnel schützte uns kein Dach vor einstürzendem Schnee. Und ständig mussten wir schnell die Brocken, die uns entgegenfielen, ins Gebäude schmeißen, um nicht unterzugehen.

Ich konnte sehen, dass Livingstons Augenbrauen frostig waren und ihm kleine rote Eiszapfen aus der Nase hingen. Da konnte ich mir nur vorstellen, wie meine Nase ausgesehen haben musste. Sie pochte ununterbrochen und tat fürchterlich weh.

Dann hörten wir plötzlich Bewegung im Schnee über uns.

Wir stoppten sofort alle Arbeiten und lauschten.

Totenstille...

Dann stürzte der Tunnel über uns ein.

„Schnell wieder runter!"

Wir ließen unser Werkzeug fallen, fielen und rollten das Gefälle herunter und in den Korridor zurück, gefolgt von einer Schneemasse, die uns umhüllte. Eine Lawine in einer Lawine.

Ich zog Livingston schnell aus dem Schnee hoch, und wir retteten uns in die Nähe seiner Zelle.

Allmählich kam der Schnee wieder zum Stillstand. Außer Atem standen wir beide da, die Hände auf den Knien ruhend. „Fuck", schimpfte ich, schwer keuchend. „Die Schlagstöcke... die Sachen..."

Livingston schwieg.

Dann kickte er einige große Schneebrocken beiseite und näherte sich der Katastrophe. Ich folgte ihm.

Der ohnehin beklemmende Ausgangsbereich war nun so voller Schnee, dass wir die Ausgangstür gar nicht mehr sehen konnten.

„Es war... alles umsonst."

„Vielleicht nicht", grübelte Livingston.

„Wir werden nie wieder hier rauskommen. Wir werden beide hier drin sterben."

Livingston wühlte sich durch den tiefen Schneehaufen und suchte die Tür. Er hielt seine Hand nach vorne, versuchte zu fühlen, ob irgendwo ein Hauch Luft durchdrang. Aber er konnte mit seiner Hand nichts mehr spüren.

Weitere Brocken mussten beiseitegeräumt werden.

Er zückte seine Taschenlampe, die ihm wegen seiner tauben Finger fast aus der Hand fiel, und schaute sich alles genau an.

„Wir sollten unsere Kräfte sammeln, und uns das Ding bei Tageslicht mal anschauen. Vielleicht hat sich da was aufgetan."

„Was auch immer", murmelte ich.

Er kam mir entgegen, steckte sich die Taschenlampe wieder ein. Er wirkte dösig und erschöpft.

„Spielst du Schach?"

„Was?"

„Schach. Das Spiel. Ist gut für den Kopf."

„Ich kann nur Sudoku spielen", war meine Antwort.

„Dann bist du sicher gut mit Zahlen. Aber Schach ist ein gutes Strategiespiel."

„Also bist du Stratege?"

„Das habe ich nicht gesagt. Das Spiel macht einfach Spaß."

„Ach so."

„Was hältst du denn davon, wenn ich es dir beibringe?"

„Was, jetzt?"

„Nein, nächsten Monat im Verein, natürlich jetzt! Wir sollten eine Ruhephase einlegen und dann mit frischen Kräften ran. Eine Partie Schach wäre eine gute Ablenkung."

Ich gab auf. Warum nicht?

Wir betraten die Zelle, rieben uns kräftig die Hände. Wie kalt war es denn nur? Ich hatte nicht den leisesten Schimmer.

Livingston brachte dann aus dem Büro die mickrigen Reste seiner Henkersmahlzeit mit. Einzelne Fritten und zwei letzte Häppchen Burger.

Er stellte den kleinen Tisch vors Bett, dann den Stuhl auf die andere Seite vom Tisch. Dann schob er das Schachbrett in die Tischmitte und arrangierte die Figuren.

„Ein Bauer und ein Springer fehlen. Die müssen runtergefallen sein."

„Wie sehen die aus?", fragte ich und suchte mit der Taschenlampe den Boden ab.

„Wie Schachfiguren. Eine schwarz, eine weiß."

Ich ging in die Knie, schaute mich um. An einem Bettfuß fand ich eine weiße Schachfigur mit einem Pferdekopf. Ich reichte sie Livingston, er stellte sie aufs Brett. Jede Handbewegung war inzwischen unbeholfen und träge.

Ich suchte weiter.

Die schwarze Figur war deutlich schwerer zu finden, da der klirrend kalte Linoleumboden ein dunkelgraues Marmormuster hatte. Es frustrierte mich, nicht fündig zu werden.

„Nur noch der schwarze Bauer."

„Ich suche noch..."

„Ah, hier ist er."

„Da auch nicht..."

„Kommst du? Ich wäre so weit."

„Wo sind die denn..."

Ich fand auf dem Boden mein Zippo-Feuerzeug. Und steckte es mir schnell wieder ein.

Livingston tippte mich an. Ich zuckte zu seiner Überraschung zusammen.

„Sind?", fragte er. „Der Bauer ist aufgetaucht."

„Wer?"

Livingston setzte sich skeptisch in den Stuhl und rieb sich die Hände.

Ich stand langsam auf und stieg auf das Bett, setzte mich im Schneidersitz Livingston gegenüber, blies mir in die Hände, wippte leicht vor und zurück. Ich hatte eben nicht nach dem Bauern gesucht, sondern nach den Ampullen mit den tödlichen Chemikalien.

„Warum magst du keine Menschen?", fragte mich Livingston aus heiterem Himmel.

Ich stockte. Und sah ihn perplex an.

„Was soll die Frage?"

„Du magst eindeutig keine Menschen. Warum?"

„Ich... äh..."

Er sah mich erwartungsvoll an.

„Na ja. Ich würde nicht sagen, ich mag keine Menschen. Ich glaube nur, dass... die Natur oder Gott sie nicht mag."

„Wie kommst du denn darauf?"

„Wie findest du Erkältungsviren?"

„Wie ich sie finde? Ich hab mir darüber nie Gedanken gemacht. Die tun halt, was sie tun, nerven und sind dann weg. Aus menschlicher Sicht."

„Ich denke, die Natur denkt so über uns. Die Spielchen, die wir treiben, die sinnlosen Schlachten, die wir führen, das nervt alles. Wie geht das hier?"

Ich musterte das Schachbrett. Die weiße Armee war bereit, gegen die schwarze anzutreten. In den ersten Reihen standen 16 opferbereite Bauern, dahinter die Regierungen.

Livingston starrte mich an. Und begann die Spielregeln zu dieser Schlacht hier zu erklären. Dabei aßen wir zur Stärkung die Fritten und die Burger-Reste. Alles, was mir in den Mund kam, wurde so gründlich und lange wie nur möglich gekaut. Mir war bewusst, dass dies unsere letzten Lebensmittel waren.

„Beiß dir nicht auf die Finger", merkte Livingston an, „du wirst es nicht mehr merken."

„Danke für den Hinweis."

Als ich irgendwann das Spiel verstand, war nur noch eine Fritte übrig. Wer sollte sie bekommen?

„Nimm ruhig", sagte Livingston.

„Nimm du. Ich bin satt."

Livingston nahm sie dann und brach sie in der Mitte durch, gab mir eine Hälfte. Ich schmunzelte und aß sie.

Er aß ebenfalls seine Hälfte.

Diese halbe Fritte kaute ich besonders lange. Paula hatte oft gesagt, ich würde mein Essen schlingen.

Und dann war's das. Keine Lebensmittel mehr.

„Was machen wir jetzt eigentlich?"

„Also, deinen Onkel esse ich nicht."

„Na ja. Hoffen wir, dass das hier bald ein Ende hat."

„Du bist dran. Ich habe eröffnet."

Ich machte einen Zug.

„Nein, der Bauer kann nur einen Schritt nach vorn, beim ersten Mal auch zwei. Das da kann nur der Turm."

„Ach so. Ja, richtig."

Und so spielten wir zwei durchgefrorenen, verschrammten Kerle mit Blut im Gesicht und Frost an den Haaren stundenlang miteinander Schach. Ein sehr spannendes und anregendes Strategiespiel, das ich sicher irgendwann meinem Sohn beibringen werde, wenn er groß genug ist.

Immer wieder schaukelten wir beide hin und her, vor und zurück, um weiterhin warm zu bleiben, und auch um wach zu bleiben. Es sah eigentlich ziemlich albern aus. Irgendwann hüpfte jeder nach jedem Zug auf und ab. Nach zwei verlorenen Partien konnte ich aber kaum noch die Augen aufhalten. Wir saßen nur noch da, sprachen kein Wort.

Und irgendwann schliefen wir ein, er auf dem Stuhl und ich auf dem Bett. Und von weiteren unheimlichen Begegnungen an der Sauna träumte ich dieses Mal nicht.

D onnerstag, 10:00 Uhr.
Wir hatten es trotz der Minusgrade, trotz der Umstände, trotz des Hungers und Durstes tatsächlich geschafft, wie zwei Saufkumpels auszuschlafen. Und es war überfällig. Vermutlich ging es so gut, weil noch nichts im kritischen Bereich war. Schließlich war es „nur" unser dritter Tag ohne Ressourcen.

Ich wurde vor Livingston wach. Und für einen kurzen

Augenblick fragte ich mich, wo ich bin. Zwischendurch bekam ich wieder diese Zuckungsanfälle.

Dann hörte ich ein tiefes Grummeln über meinem Kopf. Ich sah hoch. Und erinnerte mich wieder. Ich war in der zugefrorenen Hölle.

Ich sah zur Tür und hoffte, sie zu öffnen und dann ein Bergungsteam anzutreffen, das mich in warme Decken legen und aus diesem Ort befreien würde. Ich hoffte, zu meiner Freundin nach Hause zu kommen und sie in den Arm zu nehmen. Ich hoffte, meinen Sohn auf den Schoß zu nehmen.

Ich stieg langsam vom Bett herunter, ging durch die kleine Zelle und öffnete die Tür.

Ich blickte in den Korridor. Und es war leise. Alles war im aktuellen „Normalzustand". Überall Schneebrocken. Die deprimierenden orangen Lichter.

Livingston wachte gähnend auf und setzte sich in seinem unbequemen Stuhl auf.

„Wie spät?"

Ich sah auf meine Armbanduhr.

„10:07 Uhr."

„Noch keine Kavallerie da?"

Ich schüttelte den Kopf.

Ich ging Richtung Baustelle, kämpfte mich durch den Schnee, der meine Beine von den Waden aufwärts angriff, wie tausend elektrisch geladene Nadeln. In den Füßen merkte ich kaum noch etwas.

Dann blieb ich stehen. Und traute meinen Augen nicht. Ein dunkelblauer Lichtfleck in der oberen Ecke des Ausgangsbereichs, nur umgeben von Schwärze und einem Orangeschimmer der Notlampen auf den Konturen der Schneebrocken.

Ich traute meinen Augen nicht. Und näherte mich.

Ich machte meine Taschenlampe an und leuchtete dahin. Es war dort, wo in etwa die Tür sein musste.

„Livingston!"

„Was ist?"

„Schnell!"

Livingston kam hastig dazu und sah hin.

„Großer Gott."

„Da kommt Licht durch."

„Womit könnten wir weiter graben?"

Knirsch...

Boom!
Die Decke sackte schlagartig ein, die Lichter gingen aus. Die Wände zerknüllten teilweise wie eine Blechdose.

„Lauf!"

Ich rannte weg von der ohrenbetäubenden Implosion, den Gang entlang und Richtung Hinrichtungskammer. Livingston folgte mir. Wir rannten und stolperten um unser Leben.

Gittertüren neigten sich unter dem Gewicht der Massen, die von der Decke zurückgehalten worden waren. Nun war das Blech, aus dem das Gebäude bestand, brüchig geworden.

Der Ausgangsbereich sowie das kleine Büro stürzten komplett ein. Durch die Risse bröckelte Schnee und Erde herein.

Ich fiel hin, rappelte mich schnell wieder auf, rannte weiter. Meine Taschenlampe ging dabei verloren.

Die Hinrichtungskammer lag auf der Südseite des Parterre-Containers. Wir platzten durch die offenstehende Doppeltür herein und nahmen Zuflucht unter der blutverschmierten Pritsche, hielten uns an ihrem breiten Sockel fest.

Ich blickte zurück und konnte sehen, wie der Flur in sich zusammensackte. Ich sah Schnee, Dreck und Trümmer durch die Decke platzen und den Korridor ausfüllen. Darüber deutlich weniger Blauschimmer, als ich gehofft hätte.

Im Zeugenraum, wo sich die zweite Ausgangstür befand, bogen sich Wand und Decke nach innen. Es knackte.

Dann riss die Wand auf, wie ein Kissen, und die weiße Masse füllte den Raum aus. Das breite Fenster und die Gitterwand davor hielten den Schnee zu unserem Glück zurück, das Glas bekam aber weitere Sprünge und Risse. Es knirschte und knackte.

Ich blickte auf und konnte sehen, wie die Gitterkonstruktionen um diesen Raum die Decke noch hochhielten. Aber Auswege gab es keine mehr.

Endstation. Wir saßen in der Hinrichtungskammer fest.

Alle orangenen Lichter erstarben.

Es war fast komplett dunkel, bis auf ein einziges rotes Lämpchen an der Wand hinter der Pritsche, das scheinbar eine eigene Stromversorgung hatte.

Livingston und ich sahen uns an und schwiegen, während um uns herum die Apokalypse nach und nach zu einem Stillstand kam.

Dann lauschten wir.

„Hast du deine Taschenlampe noch?", fragte ich ihn.

Nach einem Augenblick kramte er in seinen Hosentaschen herum, und holte sie raus. Er gab sie mir, und ich betätigte sie und sah mich um.

Die Doppeltür war von außen blockiert, hauptsächlich von der eingestürzten Decke. Die große vergitterte Glasscheibe, die uns vor der Schneemasse im Zeugenraum schützte, hielt noch stand, aber knirschte bedrohlich.

Auswege gab es nicht mehr.

Livingston und ich sahen uns an, zitternd. Unser dampfender Atem war im schwachen Rotlicht sichtbar.

„Ob der Sturm sich gelegt hat?", fragte er.

„Ich hoffe es."

Dann bekam ich eine Idee, und kramte in meinen Hosentaschen herum. Mit tauben Fingern zog ich die Zigarettenschachtel heraus, dann das Feuerzeug. Ich bot ihm eine Zigarette an.

Er nahm sie und sagte: „D-Die Dinger werden d-dich noch umbringen."

„D-Das hab ich oft gehört, b-besonders von Paula."

„Wem?"

„Meiner F-Freundin."

„Ach so."

„B-Blind sind wir schon f-fast."

Kurzes Schmunzeln.

Unsere Stimmen waren inzwischen hörbar geschwächt, unsere Zähne klapperten. Wir konnten hier keinen Sport mehr treiben.

Schwerfällig machte ich seine Zigarette an und dann meine. Das Feuer erhellte kurz den Raum ein wenig. Ich nahm einen tiefen Zug und pustete den Rauch in die Luft.

„Es ist s-so k-kalt."

Ich machte mein Zippo wieder an und starrte die Flamme an. Livingston auch, während er rauchte. Dann sah er mich an.

„Ein L-Lagerfeuer w-wäre jetzt w-was."

Wir sahen uns an. Und wussten, was dies bedeuten würde. Ein Feuer würde uns schnell den letzten Rest an Sauerstoff nehmen. Aber ich hatte das Gefühl, dass dieser Raum sowieso bereits unser Sarg war. Ich fragte mich, welcher Tod denn schöner wäre: verhungern, verdursten, erfrieren, oder lieber eine Rauchvergiftung, und das immerhin im Warmen? Es würde jedenfalls schneller gehen. Warum sich nicht einen letzten Hauch Gemütlichkeit schaffen?

Ich musste an einen Hausbrand vor einigen Jahren denken, bei dem ein betrunkener Bauarbeiter in Texas in seiner Wohnung mit brennender Zigarette eingeschlafen war und dessen verkohlte Leiche im Bett liegend geborgen wurde. Das heißt, er war im Schlaf ohne Schmerzen erstickt. Oder?

Aber wir alle wissen auch zu gut, dass der Erstickungstod im wachen Zustand keine angenehme Sache ist. Schließlich sprangen am 11. September 2001 buchstäblich Hunderte von Menschen aus den Fenstern in den sicheren Tod, um dem Rauch in den brennenden Türmen zu entkommen.

Wenn wir Menschen nicht mehr dem Tod ausweichen können, dann wollen wir wenigstens noch über ihn bestimmen. Deswegen musste man im Todestrakt gut darauf achten, dass sich keiner vorzeitig das Leben nahm. Gürtel wurden verboten. Besteck gab es nur aus Plastik. Und so weiter.

Ich grübelte, ob wir denn nicht einfach bei einem Lagerfeuer einschlafen sollten, und der Spuk wäre vorbei gewesen.

Ironischerweise waren wir jetzt aber mehr oder minder ausge-
schlafen und nicht mehr so übermüdet, damit dies noch so
leicht funktionieren würde.

Ich war mir ziemlich sicher, dass Livingston ähnliche
Gedanken hatte, während er seine Zigarette rauchte.

4

DURCH DIE HÖLLE

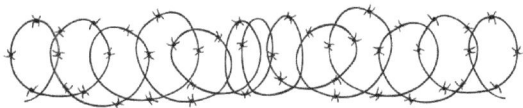

Ich verbrachte mein erstes Jahr im Überwachungsbüro des hiesigen Todestraktes, wo die Insassen ihre Jahre, im Kampf gegen einen Hinrichtungstermin, verbrachten. Ich verteilte die Mahlzeiten und die Post, meldete Störungen, half mit bei der Verlegung ins Hinrichtungsgebäude.

Als die Dichte an Hinrichtungsterminen weiter zunahm, sorgte Maynard für meine Aufnahme in seinem engeren Stab. Er setzte sich sehr für mich ein.

Meine erste Begegnung mit Stanley Livingston war am Tag seiner Verlegung in dieses Gefängnis. Er hatte schon zehn Jahre im Todestrakt von Englewood abgesessen. Ich war am Verteilen der Post und sah, wie er seine Zigarettenschachtel auspackte.

Todeskandidaten durften in ihren Zellen rauchen, es hielt viele von ihnen ruhig. Und Kettenraucher würden durchdrehen, wenn sie nur bei ihrem einstündigen Ausgang rauchen dürften.

Die Zigaretten und Streichhölzer mussten die Häftlinge selbst käuflich erwerben.

Als ich Livingston sein abonniertes Magazin durch die Gitter über den Boden schob, war er dabei, das Stück Silberpapier aus der Schachtel zu reißen, auf der in fetter schwarzer Schrift stand: „Kinder von Rauchern werden oft selbst zu Rauchern."

„Post", rief ich ihm emotionslos zu.

Er blickte zu mir, während er das Metallpapier zu einer kleinen Kugel zusammenrollte und dann sorgfältig auf sein Bettkissen legte. Der Anblick ähnelte einer Praline auf einem Hotelbett. Wollte er sich unter diesen Umständen einen kleinen Hauch von Gemütlichkeit schaffen?

Er kam dann nach vorn und nahm den Umschlag hoch.

„Sonst keine Post?"

„Nein."

„Okay."

Ich konnte ihm eine gewisse Enttäuschung ansehen, aber er schien sich damit abgefunden zu haben, dass sein traumatisierter Sohn die Kontaktversuche nicht erwiderte.

Ich zog weiter und wiederholte meine Aktion an der nächsten Zelle. Und an der nächsten.

Im Rückblick kann ich mich nicht mehr klar an alle Gesichter erinnern, die mir im Todestrakt unter die Augen kamen. Es waren schlichtweg zu viele. Einige Häftlinge wurden begnadigt, andere verlegt. Die meisten hingerichtet.

Aber an Livingston konnte ich mich deutlich erinnern, und das aufgrund einer kleinen Papierkugel. Der Mann schien sich seine eigene Realität zu bauen, als er keinen Ausweg mehr sah. Oder vielleicht mochte er einfach nur Pralinen. Hätte er bloß als Henkersmahlzeit eine Schachtel Pralinen bestellt, dann hätten wir beim Schneebaggern deutlich mehr Kraft gehabt.

Hätte, hätte, Zigarette.

Mittag.

Totale Finsternis, bis auf die rote Lampe an der Wand, und die Glut unserer Zigaretten.

Als meine Zigarette fast aufgeraucht war, zog ich mir eine neue und zündete sie mit der anderen an.

Ich hielt Livingston die Schachtel hin und bot ihm auch eine neue an. Er nahm sie und tat das Gleiche.

„Lagerfeuer?"

Ein langer Moment der Stille. Lagerfeuer hieß aufgeben, das wussten wir beide. Es hätte bedeutet, wir würden unseren Tod deutlich beschleunigen, aber immerhin selbst bestimmen.

Na ja, und da ich diese Zeilen schreibe, dürfte klar sein, dass ich überlebt habe. Aber das wusste ich in jenem Moment natürlich noch nicht. So hatte jede Entscheidung Gewicht.

„Lagerfeuer", antwortete er.

Ich schaltete dann die Taschenlampe ein und schaute durch die Gegend.

Dann fand ich ein Klemmbrett, mit einem noch nicht ausgefüllten Hinrichtungsprotokoll. Ich löste die Blätter, zerknüllte sie einzeln und legte sie auf die Pritsche.

Livingston sah sich um.

„Holz wäre gut."

„Das Laken wäre gut."

„Ja, verdammt."

Wir beide sahen zum Zeugenraum. Ich wusste, dass dort im Schnee zehn Holzstühle begraben waren, an die wir nun nicht herankamen. Mist.

Dann kam ich auf eine Idee. Ich taumelte mit der Taschenlampe zum kleinen Henkersraum, in dem sich ein einzelner Holzstuhl befand. Bingo!

Ich brachte den Stuhl zur Pritsche, legte die eingeschaltete Taschenlampe auf eine ihrer Armstützen und schlug mit dem Stuhl gegen die Wand, bis er zerbrach.

Livingston stand auf und half mir, die einzelnen Holzstücke wie ein Tipi über dem Papier zu arrangieren.

Dann schnappte ich mir eine herumliegende Flasche Desinfektionsmittel und goss die Flüssigkeit auf das kleine Kunstwerk.

Wir sahen uns dann ein letztes Mal an.

Ich zündete dann mit meinem Zippo das Papier an, und schnell erhellte ein Feuer zunehmend den Raum und ließ die Pritsche wie eine Art Altar aussehen.

Wir beide gingen einige Schritte zurück, als das Feuer heller und heller wurde. Wir hielten unsere Hände darüber, und es tat nicht so gut, wie wir es erhofft hatten. Es juckte und brannte in den Fingern.

Das Feuer knisterte und knackte, als das Holz begann zu brennen. Wir konnten uns nun erstmals im Raum umsehen und alles auf Anhieb erkennen.

„Nichts zum Nachwerfen", merkte ich an.

Dieses Feuer würde sowieso nicht lange halten, denn der Raum war vom Schnee isoliert worden, so war die Sauerstoffmenge überschaubar. Wir würden hier ziemlich bald ersticken.

Wie verzaubert schauten wir aufs Feuer. Ich war einerseits ruhig, andererseits unbeschreiblich traurig. Ich war dabei, mich damit abzufinden, dass meine letzte Stunde geschlagen hatte. Ein Gefühl, mit dem ich immer wieder konfrontiert worden war, aber das ich jetzt erst richtig verstand.

Was mich überraschte: Das Gefühl war einerseits nicht das schönste, aber andererseits war es nicht das schrecklichste. Es gab eine gewisse Akzeptanz in mir. Damit hätte ich nicht gerechnet. Der Mensch ist immer wieder ein überraschendes Wesen.

Meine Trauer lag nur daran, weil ich an meine Familie denken musste. Wie meine Freundin und mein Sohn auf die Nachricht reagieren würden, dass Papa sich auf der Arbeit angezündet hatte, weil es für ihn unter einem riesigen Schneehaufen kein Entkommen mehr gegeben hatte.

Ich zückte mit meiner gefühlt abgestorbenen Hand das Diktiergerät aus meiner Hosentasche, dann mein Handy. Das Diktiergerät schaltete ich ein, dazu brauchte ich einige Anläufe.

„Äh... Donnerstag, 2. Februar, 2034. Es ist 12:09 Uhr. Inzwischen... sitzen der Verurteilte, Mr. Stanley Livingston, und ich hier in der Hinrichtungskammer fest. Ich... ich hatte ihn aus seiner Zelle befreit, um mir bei Mr. O'Neill zur Hilfe zu gehen, und damit er mit mir nach einem Fluchtweg sucht. Alle Versuche sind gescheitert. Das Gebäude ist größtenteils implodiert, bis auf diesen Raum. Mir scheint, dass die Stahlgitter hier... den Raum stützen."

Ich pausierte. Und bekam glasige Augen.

„Wer auch immer uns findet, das hier findet... bitte richtet meiner Familie aus, dass ich sie liebe."

Dann sah ich zu Livingston.

„Willst du vielleicht auch noch was sagen?"

Ironischerweise bekam hier drin jeder Todeskandidat, direkt

vor der Exekution, die Möglichkeit angeboten, letzte Worte zu sagen.

Livingston überlegte. Seine Augen waren inzwischen auch glasig. Dann nahm er das Diktiergerät.

„Äh... Also, wenn Sie meinen Sohn Rodney Livingston vielleicht aufspüren könnten, wo auch immer er ist... bitte sagen Sie ihm, wie leid es mir tut, was ich angestellt habe. Nichts auf der Welt kann es wiedergutmachen, und nichts auf der Welt kann es rechtfertigen. Es war fürchterlich böse, was ich getan habe..." Livingston stockte dann.

„Ich erwarte auch nicht, dass du mich verstehst, mein lieber Rodney. Um Himmels Willen. Du hast allen Grund, mich zu hassen. Aber ich liebe dich über alles. Ich habe euch alle geliebt. Ich hatte immer gesagt, dass deine Mutter ein Monster war. Und wie es sich am Ende herausgestellt hat... war *ich* das Monster. Ich war damals ein anderer Mensch. Und jetzt weiß ich, wie falsch das war, zu glauben, ich hätte das Recht gehabt, euch von hier wegzuschicken. Ich wollte dir so sehr noch ein letztes Mal in die Augen schauen und dir sagen, dass ich dich wirklich liebe. Auch wenn du es nicht glaubst, was ich vollkommen verstehen kann. Aber vielleicht soll es nicht sein. Der Schaden ist zu groß. Vielleicht... muss ich einfach jetzt gehen. Ich hoffe, du konntest das alles irgendwie wegstecken, und etwas aus deinem Leben machen. Es bricht mir das Herz, dass ich kein Teil davon sein konnte. Ich bin der Böse. Aber wo auch immer ich hingehe, vielleicht begegnen wir uns irgendwann, irgendwo wieder. An einem Ort, wo es all das hier nicht gibt. Wo wir alle für immer glücklich sind. Vielleicht."

Livingston pausierte, schniefte. Alles war gesagt.

Er drückte auf „Stopp" und gab mir das Gerät zurück. Ich nahm es entgegen, dann ging ich in den Henkersraum und suchte auf dem Boden herum, schniefend, zitternd, schluchzend.

Ich fand einen Plastikbeutel zwischen den herumliegenden Utensilien und öffnete ihn. Das Diktiergerät stopfte ich hinein und versiegelte den Beutel.

Ich sah mich dann im gesamten Hinrichtungsraum um und grübelte kurz, wo ich diese Abschiedsbotschaften hinterlassen sollte. In meinem Brustkorb brannte ein Schmerz der Trauer, der Reue.

Alles war mir zu unsicher. So steckte ich mir den Beutel samt Diktiergerät in die eigene Hosentasche. Würde ich gefunden werden, dann ebenso die Kassette.

Dann sah ich auf mein Handy, der Akkustand war bei 22 %. Kein Empfang.

Nichtsdestotrotz öffnete ich den Nachrichtenverlauf mit meiner Freundin, darin sah ich eine noch nicht verschickte Sprachnachricht von mir und darüber eine Textnachricht von ihr: „Warum bist du nur so kalt zu mir?"

Das Display reagierte nicht sofort auf den Kontakt mit meinem Finger. Es war nicht einfach, aber mir gelang es dann, eine Sprachnachricht aufzunehmen...

„Hey, Püppchen, ich bin's. Wenn diese Nachricht zu dir durchkommt, dann hat das Handy wieder Empfang oder wurde gefunden. Bitte trauert nicht lange um mich. Bitte schaut nach vorn, und haltet zusammen, du und Sonny. Ich liebe euch, von ganzem Herzen. Auch wenn ich immer wieder ein zäher Brocken gewesen bin. Es war halt meine Art, und es war scheiße. Du hattest es nicht immer leicht mit mir. Bitte verzeih mir das. Ich liebe euch beide. Und ich hoffe, es gibt einen Gott und einen Himmel und all das, denn dann sehe ich euch sicher wieder."

Ich schluckte. Und schickte die Nachricht ab. Aber sie kam nicht an, sondern blieb unverschickt.

„Die wird irgendwann ankommen", versicherte mir Livingston.

Es war ein unfassbar intimer Moment, den ich in diesem Raum mit diesem Mann verbrachte. Wir beide hatten uns im Angesicht des Todes von unseren Familien verabschiedet. Und wir beide hatten versucht, unsere Vergangenheit aufzuräumen, für unsere Sünden um Vergebung zu bitten, auch wenn die Gesellschaft sie unterschiedlich gravierend einstufen würde. Unter solchen Umständen so ein Erlebnis miteinander zu teilen, das scheint mir etwas Elementares mit zwei Menschen anzustellen. Es war so, als wäre zwischen uns irgendeine Seelenverwandtschaft entstanden. Ich weiß, wie kitschig das klingt. Aber wie wäre es euch in so einer Situation ergangen?

Das Polster der Pritsche fing langsam Feuer. Ebenso die ledernen Riemen. Es begann zu knacken. Der Geruch vom Rauch wurde nun ekliger. Toxisch. Wie ein brennender Autoreifen.

Ich hustete stark, der Rauch klebte in der Lunge.

Die Luft wurde immer nebeliger. Ich hatte nicht mehr das Gefühl, dass dieser Abgang der angenehmste werden würde.

Livingston starrte das rote Lämpchen an der Wand an, daneben das Keypad und die Luke in der Wand. Wie im Büro.

„Was ist das?"

Ich hielt mir den Unterarm vor Nase und Mund und sah hin.

„Die Schließfächer haben ihre eigene Stromversorgung."

„Was macht denn ein Schließfach hier drin?"

Ich hatte mir vorher nie darüber Gedanken gemacht. Vielleicht diente es zur Aufbewahrung der Chemikalien, bis eine Hinrichtung losging?

Aber dann traf es mich wie ein Blitz!

Ich dachte an den Leichenwagen, den ich am Tag vor dem Einschlag der Lawine während meiner spontanen Raucherpause gesehen hatte, als ich hätte streuen müssen. Das Fahrzeug war mühsam rückwärts an eine breite Doppeltür an der Südfront des Gebäudes herangefahren.

Eine Tür, die ich in meiner Karriere nie benutzt hatte, sondern nur der Pathologe.

Wie kam man an diese Tür heran?

Sie hatte nicht zu den Fluchtwegen gezählt, die ich in diesen drei Tagen in der Hölle zu Gesicht bekommen hatte.

Dann dämmerte es mir, und das verdammt spät.

„Das ist kein Schließfach."

„Kennst du die Kombination?", fragte mich Livingston.

Maynard war für die Kombinationen zuständig gewesen. Im Büro war die Kombination 2409, der Geburtstag von seiner Tochter Caitlin, gewesen.

Ich ging hustend zum Keypad und betete, dass die Kombination hier auch funktionieren würde.

Ich tippte 2409 ein...

Und das rote Licht sprang auf Grün um.

Mit einem dumpfen Klicken öffnete sich die Luke und gewährte uns den Blick in einen weiteren Raum, den wir noch nicht betreten hatten. Dort stand eine Bahre, direkt an der Wandöffnung. Die Wände waren gekachelt, und auf einem Metalltisch standen diverse medizinische Utensilien herum. Hier wäre Livingston final abgefertigt worden.

Aber das alles war nicht annähernd so interessant wie der Anblick des Hecks vom Leichenwagen, rückwärts an die offene Doppeltür herangefahren. Die Heckklappe war geöffnet.

Der Wagen war im Schnee begraben, der auch ins Gebäude

hineingeflutet war. Aber nicht so intensiv wie an der Nordseite, die dem Berg zugewandt war, denn obwohl wir nichts außer Schnee um den Wagen sehen konnten, waren überall darin blaue Schimmer zu sehen. Das Hinrichtungsgebäude hatte scheinbar als eine Art Damm fungiert.

„Die Pathologie", staunte ich, „warum sind wir nicht früher darauf gekommen, hier nachzuschauen?"

„Weil hier nur Tote durchkommen."

Da hatte er recht. Scheinbar hatten wir diesen Fluchtweg komplett außer Acht gelassen, weil wir ihn unterbewusst verdrängt hatten. Dort wollte man nicht durch. Denn dort wurden nur die Toten zum Pathologen durchgereicht, der seinen Bericht dann erstellte und sie zur Bestattung freigab.

Heute war diese Luke unser Tor zum Weiterleben.

I ch reichte Livingston die Hand und half ihm durch die Luke.

„Los, komm!"

Er kroch auf die Bahre, deren Bremse nicht angezogen war, so rollte sie schräg weg. Er stieg ab und zog mich dann durch.

Ich plumpste auf den Fliesenboden. Der Rauch der brennenden Hinrichtungspritsche zog in den Raum, so griff ich durch die Luke und zog die Tür zu.

Das grüne Licht auf dieser Seite sprang auf Rot um.

Wir beide husteten stark, wedelten den Rauch weg von unseren Nasen. Dann ging ich zum Heck des Autos und sah in das Fahrzeug hinein.

„Kommt man nach vorn ins Auto?"

„Das werden wir gleich herausfinden."

Ich griff nach dem Billig-Sarg, der auf seiner Schiene im Auto lag. Livingston packte mit an. Wir rissen das Ding heraus und warfen es laut polternd in den Raum.

Dann stieg ich hinten ins Auto und kroch bis nach vorne durch, wo eine Trennwand das Cockpit isolierte. Ich schlug dagegen, ruckelte daran.

Livingston schaute sich beim Auto um und wühlte im Schnee herum. Er kickte einige Brocken beiseite, tastete die Umgebung vom Auto ab.

Dann fand er etwas.

„Andy!"

„Was?"

„Hier ist einer!"

„Ein was?"

„Hier liegt jemand!"

Ich drehte mich um und krabbelte durch das Auto, stieg dann aus dem Heck und ging zu ihm.

Er hatte eine Menschenhand ausgegraben, in der Nähe vom linken Hinterrad, von Schnee begraben. Die Hand trug einen Lederhandschuh.

Ich zog den Ärmel ein wenig hoch und entdeckte blau angelaufene Haut, die bereits hart gefroren war.

Ich schaffte dann mit Livingston so viel Schnee weg wie möglich, darin waren wir inzwischen gut. Aber es sackte von allen Seiten immer mehr Schnee auf uns ein.

„Brrrrr!"

Wir zogen uns schnell zurück. Es hörte nicht auf, von oben Schnee zu regnen. Teilweise war inzwischen Schlick mit dabei. In der Pathologie tropfte es von der Decke, und durch die geschlossene Luke kam noch leichter Rauch durch, rabenschwarz und giftig riechend. Scheinbar hatte unser Feuer das

Blechgebäude etwas erwärmt, und der Schnee begann zu reagieren.

Ich wagte mich wieder Richtung Schnee und griff hinein, um die Hand zu finden. Als ich sie dann fand, zog ich mit aller Kraft daran. Livingston reagierte schnell und zog mich an meinen Hüften, um mir zu helfen. Ich hatte kaum noch Kraft in den Händen. Es waren lange drei Tage gewesen.

Langsam konnten wir die Hand aus dem Schnee ziehen, ein lebloser, frostiger Arm folgte allmählich. Dann ein Kopf.

Irgendwann war der Torso des Toten freigelegt, und ich sah mir das Gesicht an. Es war Larry, der Fahrer des Leichenwagens. Ich hatte ihn am Tag der geplanten Hinrichtung flüchtig gesehen.

„Dein Chauffeur", sagte ich zu Livingston.

„Er muss im Schnee erstickt sein."

„Sieht so aus."

Ich sah dann zur Fahrerseite des Autos. Hier den Schnee wegzuschaffen, um an die Fahrertür zu kommen, war einfach inzwischen zu viel verlangt. Wir mussten schnell in die Wärme. In irgendeine Wärme.

Ich kroch wieder in den Leichenwagen, bis nach vorn zur Trennwand. Ich setzte mich dann auf den Arsch und trat mit dem Fuß immer wieder gegen die dünne Wand.

Ich drehte mich dann zu Livingston um.

„Liegt da irgendwas Spitzes?"

Er ging zum Arbeitstisch des Pathologen.

„Wird's ein Skalpell tun?"

„Da sind Skalpelle?!"

Livingston nahm ein Skalpell hoch und brachte es mir. Dass wir Maynard womöglich hätten retten können, wenn wir auf den Gedanken gekommen wären, diese Luke zu öffnen, darüber weigerte ich mich jetzt nachzudenken.

Ich nahm die scharfe Klinge, krabbelte zur bereits eingedellten Trennwand und begann an den Rändern mit vielen kleinen Bewegungen zu sägen.

Es war müßig, und meine Finger spürten nichts mehr außer Schmerz. Aber der Schnitt war irgendwann groß genug, sodass ich die Trennwand packen und ordentlich daran ziehen konnte.

Livingston durchsuchte die Taschen der Kleidung des Toten und fand dessen Schlüsselbund in der Jackentasche.

Er krabbelte ins Auto und zog die Heckklappe von innen zu.

Er kam dann zu mir gekrochen und zeigte mir den Autoschlüssel.

Ich lächelte. Es durfte schließlich auch zwischendurch etwas Gutes geschehen.

Livingston packte mit an und riss mit mir an der Trennwand, bis sie sich löste. Wir schmissen sie beiseite und stiegen dann mühselig zum Cockpit durch. Ich setzte mich auf die Fahrerseite, Livingston folgte und setzte sich auf den Beifahrersitz.

Wieder einmal hatten wir es geschafft, die Endstation weiter hinauszuschieben. Dem Tod einen Streich zu spielen. Dabei hatte Livingston stets einen Vorsprung, natürlich.

Erschöpft bliesen wir uns in die Fäuste. Um uns herum nur dunkelblaue Schneemassen, die jede Sicht durch die Fenster blockierten. Technisch gesehen war es deutlich klaustrophobischer als die letzten Tage im Gebäude, aber wir fühlten uns frei. Zumindest vorerst.

Noch war aber der Kampf gegen den Schnee nicht gewonnen. Der Moment der Wahrheit kam jetzt.

Livingston reichte mir den Autoschlüssel, ich atmete durch und steckte ihn ins Zündschloss.

Ja, ich weiß. Wir schreiben das Jahr 2034. Und dennoch fahren diese Bestatter noch Autos mit Zündschloss.

Am Rande sei erwähnt, dass in den meisten Schulen immer noch Kreidezeit herrscht. Wer hätte das gedacht?

Nun gut, zurück zu meiner Eiszeit.

Livingston und ich sahen uns an und hofften. Würde der Motor jetzt anspringen, dann hätten wir eine ernsthafte Chance, uns mit Vollgas durch den Schnee zu kämpfen. Denn dieser war hier deutlich aufgelockerter als drüben auf der Nordseite.

Ich drehte den Schlüssel um...

Aber der Motor reagierte nicht.

Ich probierte es noch einmal. Wieder das gleiche Ergebnis.

Enttäuschung. Aber irgendwie hatte ich bereits damit gerechnet. Die Heckklappe war seit über zwei Tagen offen, somit hatte vermutlich das dadurch kontinuierlich aktive Innenlicht des Autos die Batterie bis auf den letzten Tropfen leergelutscht.

„Was jetzt?", fragte ich erschöpft.

„Wir überbrücken."

Ich musste lachen. Den Galgenhumor konnte uns keiner nehmen.

Ich grübelte. Gab es einen Ausweg, der uns nur in den Sinn kommen musste? Oder war sitzen zu bleiben die einzige Option?

„Ob das Auto auch zerquetscht wird?"

„Hier scheint der Schnee nicht so kompakt zu sein."

„Schaffen wir's vielleicht, uns da durchzukämpfen?"

„Wir würden trotzdem ersticken oder erfrieren."

Ich probierte noch einmal die Zündung. Keine Chance.

So lehnte ich mich resignierend zurück. Wir hatten unsere Sackgasse nur nach draußen verlegt.

Immerhin eine reife Leistung.

Vorletzten Spätsommer saß ich einmal mit meinem Onkel Maynard in seinem Auto fest, und das über mehrere Stunden. Er hatte mich zur Arbeit abgeholt, da mein eigenes Auto in der Werkstatt war. Auf der Rückfahrt von der Arbeit gerieten wir in einen Stau, da es vor uns einen Unfall auf dem Highway gegeben hatte.

Maynard war genervt, da er gerade das Monday Night Football verpasste. Seine Kumpels waren mit Chips, Bier und Zigarren in den Startlöchern, während er und ich bei stickiger Hitze des Altweibersommers in seiner Karre saßen und keinen Meter vorankamen.

Maynards Klimaanlage war defekt, und das machte die Wartezeit umso anstrengender. Normalerweise ließ er im Sommer seinen Motor den ganzen Tag laufen, wenn er wusste, dass er in der Mittagspause nach Hause fahren würde oder später zu irgendeinem Termin müsste.

Maynard schaltete das Radio ein, als er sich selber nicht mehr fluchen hören konnte. Ich starrte auf die zwei Autowracks, die wie zwei Coladosen zerdrückt waren. Blut, Glassplitter und Motoröl waren auf der Straße verteilt. Die Polizisten und Rettungsassistenten sägten von einem Auto die Karosserie auf, um den schwer verletzten Fahrer herauszubekommen, der wie durch ein Wunder noch am Leben war.

„Na klasse, es hat angefangen", schimpfte Maynard, „jetzt hat das Spiel angefangen."

Ich reagierte nicht, sondern starrte weiter auf die Unfallstelle.

„Was bist du eigentlich für ein Weibsstück, dass dich Football so gar nicht interessiert?"

„Was bist du eigentlich für ein Weibsstück, dass du hier sitzt und permanent nörgelst, Onkel Maynard?"

„Ach, passt dir das nicht, ja? Da will wohl einer lieber nach Hause laufen oder wie?"

„Komm, sag schon. Was ist los, hast du deine Tage?"

„Fick dich. Du frecher kleiner Rotzlöffel. Meine Schwester hätte dir mal öfter den Hintern versohlen müssen."

Das war unsere Art, miteinander zu stänkern. Aber es war immer wieder ein Fünkchen Ernst dabei. Mich nervte sein permanentes Gejammer, und mich interessierte Sport nicht.

So stieg ich aus und begann Richtung Unfallstelle zu spazieren.

„Andy. Wo willst du denn jetzt hin?"

„Ich laufe nach Hause."

„Dein Ernst jetzt?"

„So weit ist es nicht."

„Und was soll ich jetzt machen?"

„Hör dir das Spiel an. Ich störe dabei nur."

Maynard stieg aus und folgte mir, bis ein Polizist mich zurückwies. Maynard versuchte mich zum Bleiben zu überreden.

„Jungchen, das ist stinklangweilig. Ich komme hier nicht weg, du kannst mich hier nicht einfach so hängen lassen."

Und er hatte recht. Ich sollte ihn nicht allein im Stau lassen, wenn er mich mitgenommen hatte. So ging ich wieder zurück zum Auto und stieg auf der Beifahrerseite ein.

Und es blieb nach wie vor die Hölle, es neben meinem

eigenen Onkel so lange in einem Fahrzeug auszuhalten. Stickig heiß, und ohne funktionierende Klimaanlage.

Was hätte ich da für einen Becher Eiswürfel gegeben.

Donnerstag, 13:00 Uhr.
Was hätte ich nun für die Temperaturen gegeben, die damals in Maynards Auto geherrscht hatten. Was hätte ich dafür gegeben, nicht mehr ständig unkontrolliert zu zittern und zu klappern?

Nun war ich mit einem verurteilten Kindermörder in einem Auto gefangen und konnte nicht mal eben aussteigen und davon spazieren. Ironischerweise hatte er damals versucht, sein Auto zu versenken, als er von der Polizei gefasst wurde.

Und nun saß er in einem erfolgreich versenkten Auto. Irgendwie war es Ironie des Schicksals.

Meine Nase pochte aggressiv vor Schmerzen. Ich versuchte sie mit dem Finger anzufassen, doch die bloße Berührung schickte mir Blitze ins Gehirn.

Livingston sah meine Nase an und bat mich, den Kopf in seine Richtung zu drehen.

„Die muss gerichtet werden. Soll ich dir das machen?"

Mir war mulmig.

„Kannst du sowas?"

„Wieso sollte ich es nicht können?"

„Na ja, welchem Tier hast du schon mal die Nase richten müssen?"

„Selbstverständlich den Nasenbären, einmal die Woche mindestens", scherzte er trocken.

Ich lachte trocken.

„Nein, im Ernst. Ich hab früher viel ‚Martial Arts‘ gemacht, und dabei mussten immer wieder mal ein paar Nasen gerichtet werden."

„Du verscheißerst mich nicht?"

„Sieh dich um, Kleiner, warum sollte ich das? Wir stecken in der Falle, und du hast Schmerzen. Soll ich dir nun helfen oder nicht?"

Ich schwieg. Dann nickte ich.

„Dann halt mal still, und kneif die Arschbacken zusammen. Schaffst du das?"

Wieder nickte ich.

Er setzte dann beide Daumen an, berührte das Nasenbein von beiden Seiten. Das allein brannte wie Hölle.

„Drei... zwei..."

Inzwischen wusste ich, wie der Mann tickte. Die Eins ließ er selbstverständlich weg.

Es fühlte sich an, als mir würde jemand den Schädel mit einer Axt spalten. Ich schrie laut auf, als es laut knackte. Mir schoss frisches Blut aus beiden Nasenlöchern.

Aber dann ließ der Schmerz langsam nach, und das Pochen war nicht mehr so aggressiv wie vorher. Der Druck war weg, nun konnte die Heilung beginnen. Kühlen war nicht nötig.

„Besser?"

Ich brauchte einen Augenblick, um zu antworten.

„Ja. Danke."

Livingston lehnte sich in seinem Sitz wieder zurück und starrte nachdenklich zur Frontscheibe.

„Ich hab dir die Ampullen geklaut."

„Was?"

„Die Ampullen. Du hattest recht. Ich hab sie dir zwar nicht

in die Pisse gemischt, aber ich hab mich in die Zelle geschlichen, als du geschlafen hast. Die lagen auf dem Boden, ich hab sie dann eingesammelt und mitgenommen."

Ich sah zu Livingston, einerseits etwas überrascht und andererseits wiederum auch nicht.

„Wieso hast du mich nicht umgebracht?"

„Wieso hast du *mich* nicht umgebracht? Ich weiß, wie das aus meinem Mund klingt, aber man geht nicht einfach durch die Gegend und bringt mal eben Menschen um."

„Das hast du also langsam verstanden, was?"

„Ja, das habe ich verstanden."

„Das ist gut. Immerhin."

Nach einer langen Pause fügte er dann hinzu: „Na ja. Vielleicht war es zumindest eine Option, dir das Zeug in die Pisse zu mischen. Ich hatte daran gedacht. Aber ich hab's nicht getan."

„Wo sind die Ampullen jetzt?"

„Ich hab sie dabei."

Er begann zu lachen. Und komischerweise lachte ich mit.

„Ich glaube, wir sind schon unter 32 Grad gerutscht. Ich glaube, wir leiden schon an Kälteidiotie."

Dies ließ mich vermuten, dass wir bereits an mittelgradiger Hypothermie litten. Mit schwerfälligen Bewegungen holte er die zwei Ampullen aus seinem Schuh, kurbelte sein Fenster einen Spaltbreit auf und schob sie tief in den Schnee, der uns umhüllte.

„Keine Intrigen mehr. Und keine Selbstmordgedanken."

Livingston öffnete das Handschuhfach und stöberte darin herum. Dann sah er mich an und sagte: „Heute ist Weihnachten. Weiße Weihnachten."

Er hatte einen Rest weiße Kinderschokolade gefunden. Er entfernte die Verpackung und brach das Stück in zwei Hälften, gab mir eine. Sofort verschlangen wir die Schokolade, und ich war sofort aus diesem zugeschneiten Auto direkt in Willy Wonkas Fabrik teleportiert.

Ich hörte nicht auf zu kauen. Ich wollte die Schokolade gar nicht runterschlucken. Den Geschmack so lange wie nur möglich im Mund behalten.

Randbemerkung: Seit diesem schicksalhaften Ereignis esse ich langsamer. Zu Paulas Freude.

Unsere Gespräche waren inzwischen leise und gelassen, unsere Körper zitterten nicht mehr. Auch ein Zeichen mittelgradiger Hypothermie. Unsere Reflexe, unsere Bewegungen, unsere Gedanken, alles wurde langsamer.

„Man ist nie zu alt für das Zeug", schmatzte Livingston.

„Das stimmt."

„Die hatten meine Praline nicht mit dabei."

„Praline?"

„Ja. Ich hatte als Dessert eine Praline bestellt."

„Ach, wirklich?"

„Ich liebe Schokolade."

„Warum dann nur eine Praline?"

„Weil Schokolade nur gut ist, wenn man sich damit nicht die Wampe vollstopft."

„Auch nicht beim... na ja, du weißt schon...?"

„Du meinst beim letzten Mal vorm Sterben?"

Ich nickte. Genau das hatte ich gemeint. Und da wir inzwischen irgendwie eine merkwürdige Vertrautheit zueinander aufgebaut hatten, konnte ich nicht mehr so zynisch über die

Dinge sprechen wie vorher.

Livingston murmelte, wie unter Drogen: „Beim letzten Mal ändert sich auch nichts daran, dass man Magenschmerzen bekommt, wenn man etwas übertreibt, oder?"

„Das stimmt wohl."

Livingston aß seinen Rest auf, kaute dabei langsam.

„Was alles so aus der Kindheit hängen bleibt", philosophierte er.

„Wie meinst du das?"

„Na ja. Wir Menschen wachsen auf, werden abgestumpft, kompliziert und langweilig. Aber viele Sachen aus der Kindheit nehmen wir mit und können sie nicht abstellen. Milch zum Beispiel. Unsere erste Nahrung. Wir sind die einzigen Lebewesen, die als Erwachsene noch Milch trinken."

„Hm. Das stimmt."

„Ich glaube auch, dass viele andere Sachen, über deren Herkunft keiner mehr nachdenkt, direkt aus der Kindheit kommen."

„Ein Beispiel?"

„Zum Beispiel Kopfschütteln als Verneinung. Ich glaube, die Babys haben's erfunden. Wenn du dein Kind fütterst, und es will nicht mehr, weicht es mit dem Kopf deinem Löffel aus. Es schüttelt den Kopf."

„Stimmt."

„Oder das Wort ‚Mama'. Meist das erste Wort eines Babys, weil es sehr leicht auszusprechen ist. Irgendeine Mutter hat das Wort bestimmt auf sich bezogen."

„Kann sein."

„Oder der Kuss. Woher kommt ein Kuss?"

„Na ja, wenn du schon so fragst, dann sicher von Kindern."

„Na ja, sie lernen zu nuckeln, so bekommen sie ihre Milch. Hält man ihnen einen Finger oder eine Lippe hin, schmatzen sie auch daran. Das wird bestimmt jemand als Liebkosung aufgefasst haben, und der Kuss war geboren. Ich kann natürlich nichts von all dem beweisen, das versteht sich."

„Ja, Kinder. Diese nervigen kleinen Biester haben wohl doch was auf dem Kasten."

„Du magst keine Kinder, was?"

„Du wohl auch nicht."

„Ich liebe Kinder."

„Ach, was."

„Diese ,nervigen kleinen Biester' sind eure Zukunft, Andy." Zwischen dem ganzen fast bekifft klingenden Gefasel drang immer wieder ein Fünkchen Vernunft durch.

„Ja. Kann sein", seufzte ich. „Du hast jedenfalls ein paar sehr witzige Theorien."

„Im Gefängnis hat man eine Menge Zeit, über die Dinge zu reflektieren."

Das glaubte ich ihm. Seine Gedankengänge zu hören, unterhielt mich, und lenkte mich von unserer Sackgasse ab.

„Hast du denn irgendeine Theorie zu Schokolade?"

„Zu Schokolade?"

„Ja, du magst Pralinen. Du musst dir sicher irgendwelche Gedanken zu Schokolade gemacht haben."

„Na ja. Du wirst sicher lachen. Tatsächlich habe ich eine."

Und ja, ich lachte.

„Jetzt will ich sie aber hören."

„Okay. Hast du dich schon mal gefragt, woher die Idee kam, die Kakaobohnen zu Brei zu mahlen, mit Milch zu mischen und daraus Tafeln zu machen, ohne die man sich heute keine Welt mehr vorstellen will?"

„Nein, tatsächlich habe ich noch nie darüber nachgedacht."

„Ich schon."

„So und woher kam deiner Meinung nach die Idee?"

„Vom Namen selbst."

„Das verstehe ich nicht."

Er erklärte: „Man würde meinen, der Name selbst sei vom Endprodukt abgeleitet, das man heute kennt. ‚Schoko' und ‚Latte', Kakao und Milch. Aber Fakt ist, dass bereits die Azteken die Bohnen zu einem Getränk verarbeitet hatten und das Ganze ‚Xocolatl' nannten. Das bedeutete ‚bitteres Wasser'. Also nichts mit Milch. Im 16. Jahrhundert kamen die Bohnen nach Europa, und keiner konnte was mit ihnen anfangen. Man kam auf die Idee, Honig oder Zucker mit Vanille dazuzutun, soweit ich mich recht erinnere. In Europa wurde der Name ‚Chocolate' benutzt. Erst im 19. Jahrhundert kam man auf die Idee, Milch beizumischen. Lange Geschichte, kurzer Sinn: Meine Vermutung ist, dass man durch den Namen auf die Idee kam, Milch beizumischen."

Ich versuchte zu folgen, aber ich war verblüfft.

„Stanley, das Superhirn", scherzte ich.

Livingston lachte leise in sich hinein.

„Was meinst du, wo deine Praline abgeblieben ist?", fragte ich.

„Du fragst mich?"

„Na ja, irgendwo muss sie ja sein. Du hast nichts darüber gesagt."

„Ich hatte zu dem Zeitpunkt andere Sorgen. Ich hatte kaum Appetit."

„Das verstehe ich."

„Die wurde vielleicht übersehen. Eine Praline ist ja klein."

„Oder der dicke Chuck hat sie aufgegessen."

„Ja, kann sein."

Da wir beide immer noch in der Ungewissheit lebten, ob oder wie lange wir noch leben würden, war jede Pietät gegenüber den bereits Verstorbenen durch Galgenhumor ersetzt worden.

D onnerstag, 14:00 Uhr.
Herumsitzen und warten. Und immer noch nicht
tot. Die Temperaturen, die es in diesem Inferno
gegeben hatte, werden mir wohl immer ein Rätsel bleiben.
Wir waren gerade noch bei Bewusstsein. Alles fühlte sich an,
wie in extremer Zeitlupe, wie ein Tagtraum. Zwischendurch
merkte ich, wie mein Körper langsam aufgeben wollte. Und das
will bei einem Körper etwas heißen, denn Körper sind Kämpfer.
So blieben wir so gesprächig wie möglich, um bei Bewusstsein zu bleiben.
Die Scheiben waren bereits beschlagen. Livingston wischte
tollpatschig und langsam über die Frontscheibe, mit seiner
bereits krustigen Hand, um hindurchzusehen.
Ich kurbelte staksig mein Fenster manuell einen kleinen
Spalt herunter, um etwas Luft hereinzulassen. Aber der dichte
Schnee, der uns umschlang, ließ es kaum zu. Ein weiterer Tag
war sicher noch im Auto auszuhalten, aber dann würde es um
die Atemluft definitiv eng werden.
„Wahnsinn, dass es keine zwei gleichen Schneeflocken auf
der Welt gibt", staunte Livingston, während er auf die Windschutzscheibe starrte. Unzählige fette Schneeflocken, so groß
wie Cornflakes, zu einer einzigen Eiswand zusammengepresst.
Man konnte schon mit dem bloßen Auge deren faszinierende
Muster erkennen, meistens irgendeine Variante des
Davidsterns.
„Hast du mal Mikroskopaufnahmen von den Dingern gesehen? Das sind total komplexe Kunststücke, jede einzelne

Schneeflocke. Und wie viele hat es schon gegeben? Wie viele wird es noch geben? Keine zwei Stück gleich."

„Wie Menschen", antwortete ich.

„Ja, wie Menschen."

„Mein Sohn Sonny hat von mir den Spitznamen ‚Flocke' bekommen. Ich habe oft zu ihm gesagt, er sei meine Zwillings-Schneeflocke. Der schlingt wie ich, ist oft launisch, mag nicht mit anderen Kindern in der Krabbelgruppe spielen."

„Mach dir keine Sorgen, er wird schon noch anders werden als du."

„Danke, dann bin ich beruhigt."

„Gott hat uns alle einmalig gebaut."

Ich sah ihn dann skeptisch an.

„Du glaubst wirklich an all den Hokuspokus, ja?"

„Na ja. Die Literatur in meinem Domizil war die letzten 15 Jahre relativ überschaubar. Und es machte für mich einfach alles Sinn, was ich weiter hinten in diesem Buch gelesen habe. Ganz anders, als meine Eltern mir das damals versucht hatten einzuprügeln. Es ist wirklich simpel."

„Du findest also, es gibt einen Gott, der sich diese ganze Nummer ansieht und duldet, ja?"

„Ich glaube an einen Gott, der diese ganze Nummer duldet, ja. Ist das so abwegig? Kann es nur einen Gott geben, wenn das schlimmste Leid auf der Welt eine Grippe wäre?"

„Na ja... schöner wär's. Krieg ist scheiße, Verbrechen sind scheiße. Dass ein Staat gezwungen ist, Gott zu spielen, das ist scheiße."

„Ist aber alles von Menschen gemacht, nicht von Gott."

„Aber nicht die Grippe", scherzte ich. „Dennoch nehme ich lieber die Welt mit nur Grippe."

„Dann glaub mir, mein Freund, dann würden wir alle über die Grippe wehklagen und an Gottes Existenz zweifeln, sobald wir sie kriegen."

„Meinst du?"

„Nein, das weiß ich fast."

„Aber nur fast."

„Genau. Wir Menschen wissen nichts. Dass wir überhaupt behaupten, irgendwas zu wissen, ist eine ziemliche Anmaßung. Wir wissen eigentlich gar nichts."

„Warum bist du eigentlich nur Tierarzt geworden? Warum nicht Philosophielehrer oder so was?"

„Tiere brauchen viel Hilfe. Und sie können nichts dafür, dass es uns gibt."

„Da hast du wohl recht."

Ein Moment der Stille verging.

„Falls es für dich ein Kompliment ist", sagte ich ihm dann, „mit dir sitzt es sich deutlich besser in einem Auto fest, als mit meinem eigenen Onkel."

„Falls das ein Kompliment ist, danke."

„Das ist es. Du bist ein Mörder. Er war mein Onkel."

„Ich bin mehr als nur ein Mörder."

„Ja. Ich weiß. Das bist du wirklich."

„Tut mir leid, dass er es nicht geschafft hat."

„Mir auch."

Schweigen.

„Wie kalt ist das hier, sag mal? Warum leben wir noch?"

Livingston schmollte nachdenklich.

„Also, jedenfalls irgendwo unter null Grad."

Wir schmunzelten.

Ich gähnte und rückte auf meinem Sitz umher. Wir konnten nichts anderes tun und entweder auf Rettung oder Tod warten. Zu essen hatten wir nichts mehr, zu trinken auch nicht.

Livingston fuhr seine Lehne etwas zurück und schloss die Augen. Er rieb sich die Oberarme, um warm zu bleiben.

Ich lehnte mich dann auch zurück, und schloss die Augen.

Wozu im wachen Zustand warten? Im Schlaf würde die Zeit schneller verstreichen.

Aber dann schoss mir der Gedanke durch den Kopf, dass ich in dieser Situation auf keinen Fall einschlafen sollte. Ich sagte mir, dass dies mein Tod wäre.

Minuten vergingen, die sich wie Stunden anfühlten.

Ich wurde immer zittriger, ich klapperte wie eine kaputte Maschine. Livingston war verhältnismäßig ruhig.

Warten. Folter. Irgendwie wachbleiben.

Was wir beide zu diesem Zeitpunkt noch nicht wussten, war, dass inzwischen der Sturm vorübergezogen war. Die blauen Schimmer, die durch die Schneemassen schienen, kamen von der Sonneneinstrahlung. Der Himmel war aufgeklart und saphirblau. In unserem Städtchen sah es aus, wie auf einem Eisplaneten.

Der Todesblock sowie ein Teil des Haupttraktes, wo die Insassen zehnjährige oder lebenslange Haftstrafen absaßen, war an der Nordseite zugeschneit, aber noch intakt. Im ganzen Gefängnis waren die Heizung und der Strom ausgefallen. Und da dort die Gittertüren elektrisch betrieben waren, waren alle Wege gesperrt. Immerhin konnte kein Häftling entkommen.

Es wurden in den Zellen und Büros zusätzliche Baumwolldecken verteilt, da sich kollektiv über die klirrende Kälte beschwert wurde. Man hatte mehrfach versucht, mit der Außenwelt Kontakt aufzunehmen, aber während des Sturms war die

Stadt offline. Niemand hielt sich draußen auf, niemand konnte telefonieren. Alle saßen fest.

Etwa zu der Zeit, als das kleine Hinrichtungsgebäude dem Druck der Lawine nachgegeben hatte, waren die Rettungskräfte inzwischen dabei, auf dem Gefängnisgelände den Schnee beiseite zu baggern und an den Außenzäunen aufzustapeln. Am Mittwoch waren bereits die ersten Bergungsarbeiten in der Stadt losgegangen, da unzählige Häuser zugeschneit waren. Man war vollkommen überfordert und unterbesetzt. Und man kam nur schwer von A nach B.

Nun, einen Tag später, hatten einige Bagger und Helfer das Gefängnis erreicht. Sie brachten heiße Getränke und Burritos fürs Personal mit. Sie sollen im Kampf gegen die überwältigenden Massen an Schnee und Trümmern ausgesehen haben wie Ameisen, die versuchten eine Sandkiste zu leeren. Das wurde mir später so von meinem Kollegen Ricky berichtet.

Da alle Insassen in ihren Zellen eingesperrt waren, konnte man die hier zugeteilten Arbeiter relativ sorglos auf dem Gelände schuften lassen. Alles, was sie brauchten, wurde durch die Gitter geschoben. Niemand kam raus.

Ironischerweise gab es nur einen einzigen Gefangenen, der nicht in seinem Käfig war. Und man könnte argumentieren, dass es sich dabei ausgerechnet um den gefährlichsten von allen handelte – wenn man bedenkt, dass er kurz vor der Hinrichtung gestanden hatte.

Auf dem Innenhof waren die Bagger bereits dabei, den Schnee abzutragen, um nach dem Hinrichtungsgebäude zu suchen, das unter einem riesigen Gefälle von Schnee, Erde und entwurzelten Tannen verborgen war. Die Lawine war aber immer wieder in Bewegung, so dauerte der Prozess lange und war hochgefährlich. Immer rutschte etwas nach, sodass es sich nie nach Fortschritt anfühlte, so wurde mir später berichtet.

Livingston, ich sowie Maynard, Chuck und die anderen

Kollegen waren bereits abgeschrieben. Niemand hätte gedacht, hier Überlebende zu finden. Dennoch arbeiteten die Helfer unter praller Sonne und bei extremen Minusgraden, wie fleißige Ameisen, um das zerquetschte Gebäude freizulegen und zumindest unsere Leichen zu bergen.

Von alldem bekamen Livingston und ich noch nichts mit. Der Schnee, der uns umhüllte, dämpfte jeden Schall. Und wir befanden uns beide in einem grenzwertigen Zustand. Aber wir hatten uns damit abgefunden.

Wir saßen eine Ewigkeit im Auto, während man draußen versuchte, auf dem Gefängnishof wieder eine Ordnung herzustellen. Der Schnee durfte an den Zäunen nicht zu hochgestapelt werden, da er dann über die nächsten Wochen tausend Fluchtwege für die Insassen bieten würde. Die Tannen mussten kleingesägt und abgetragen werden.

Dass irgendwo in diesem enormen Schneehaufen ein Leichenwagen mit zwei Überlebenden steckte, ahnte natürlich keiner.

Der Abend brach an, und irgendwann fanden die Rettungskräfte Zugang zum Personalausgang, wo auch Chucks Leiche sowie die Leichen von zwei weiteren Wärtern geborgen wurden.

Man konnte nicht besonders gut ins Gebäude gelangen, da die gesamte Konstruktion in sich zusammengesackt war. Aber die Rettungskräfte konzentrierten sich während ihrer Nachtschicht auf diesen einen Bereich des Gebäudes, exakt schräg gegenüber von der Stelle, wo Livingston und ich mit immer weniger Kraft in der Kälte des begrabenen Leichenwagens ausharrten. Dort, wo alles begonnen hatte, war Hilfe angekommen. Einmal wieder Ironie.

Es war sicher die längste und mit Abstand brutalste Nacht meines Lebens.

5

NEUGEBURT

D er Abend vor der geplanten Hinrichtung von Stanley
Livingston war kein schöner Abschied mit meiner
Freundin Paula. Ich kam von einem Briefing spät
nach Hause. Maynard hatte mit uns und dem sogenannten Fesselteam
alle letzten Einzelheiten besprochen. Da keine Angehörigen
angemeldet waren, war im Zeugenraum nur mit Journalisten zu
rechnen gewesen. So waren alle darauf eingestellt gewesen, dass
wir trotz des Wetters mit der Hinrichtung fortfahren würden,
solange die Telefonleitungen noch funktionierten. Denn man

musste immer bis zuletzt mit plötzlichen Begnadigungen rechnen.

Paula hatte die Garage genutzt, um einige alte Kisten zu sortieren, da sie sich im Frühling auf einem Flohmarkt in Loveland von möglichst viel altem Zeug trennen wollte. Sie liebte es, zu entrümpeln.

Die Garage war schon seit Langem so vollgestopft. Und ich hatte daran grundsätzlich nichts auszusetzen, außer dass ich seit dem Schneefall morgens eine halbe Stunde früher aufstehen musste, um das Auto vorzuwärmen und den Frost von den Fensterscheiben zu kratzen.

Am Wochenende hatte ich Paula gebeten, Sonnys Vormittage in der Spielgruppe dafür zu nutzen, um das Garagenprojekt zu Ende zu bringen, da ich das Auto wieder über Nacht in die Garage stellen wollte.

Am Montagabend, als ich von der Dienstbesprechung zurückkam, war ich entsetzt, dass sich in der Garage nichts geändert hatte.

Auf der Auffahrt betätigte ich mehrmals die Hupe, um deutlich zu signalisieren, dass ich sauer war.

An der Haustür wurde ich zunächst damit konfrontiert, was mir denn einfiele, um diese Uhrzeit so herumzuhupen, während unser Kind schlief. Aber darauf ließ ich mich nicht ein, sondern meckerte über die Garage. Paula hatte Sonny zu Hause behalten und konnte mit dem Sortieren nicht weitermachen.

„Das war ja klar, selbstverständlich war er heute nicht in der Gruppe!", war meine patzige Antwort auf ihre Erklärung.

„Die Busse sind ausgefallen, Schatz, die Straßen sind gerade nicht so sicher."

„Ach, was! Ich komme gerade von der Straße, schau auf die Uhr! Deswegen wäre es nett gewesen, wenn ich diese eine nervige Scheiße nicht auch noch obendrauf bekomme! Oder stehst du morgen früh für mich auf und kratzt?"

„Andy, es tut mir leid!"

„Was ist denn mit einem Taxi gewesen? War das für dich keine Option?"

„Ist das dein Ernst?! Soll ich unseren zweijährigen Sohn in ein Taxi setzen, nur damit er um jeden Preis in diese blöde Spielgruppe kommt?"

„Ach, auf einmal ist es doch eine blöde Spielgruppe, wenn sie zwischendurch ein Problem für uns lösen könnte?"

„Schatz, du übertreibst!"

„Außerdem hab ich nicht gesagt, du sollst das Kind alleine in ein Taxi setzen. Du hättest mitfahren können. Die Dinger haben nämlich in der Regel Platz für vier Passagiere."

„Ich sollte also insgesamt viermal diese Strecke fahren, bei dem Wetter, nur damit du das Auto reinstellen kannst?"

Wir schaukelten uns immer weiter hoch. Irgendwann brach ich die Diskussion ab, ging zum Kühlschrank und holte mir ein Bier. Ich setzte mich vor den Fernseher und drehte die Lautstärke so auf, dass sie fast hätte schreien müssen, um von mir gehört zu werden.

Verletzt und kopfschüttelnd ging sie dann in die Garage und begann die vielen Kisten wieder ins Haus zu holen.

Zuerst ignorierte ich das Gepolter, aber dann sah ich hin. Etwa eine Stunde brauchte sie, um alle Kartons ins Haus und die Treppe hoch zum Dachboden zu bringen.

Immer wieder bekam ich den Impuls aufzustehen, mein Bier wegzustellen und sie in den Arm zu nehmen. Wegen so etwas hätte ich nicht mit ihr streiten sollen.

Aber der Stolz siegte an jenem Montagabend. Ich ging irgendwann die Treppe hoch und an den vielen Kisten vorbei, während sie wütend die Dachbodentreppe herunterzog.

„Lass den Scheiß jetzt, ich stell den Wagen heute eh nicht mehr rein", teilte ich ihr noch mit und legte mich schlafen. Sie blieb fassungslos stehen und seufzte laut.

Das war meine letzte physische Begegnung mit ihr, bevor ich in der Hölle aus Eis gefangenen gehalten wurde.

Am nächsten Morgen war der Schneesturm bereits am Toben. Ich trank im Gegensatz zu sonst meinen Tee allein und stand am Küchenfenster. Der Ausblick auf die Straße ähnelte dem aus einem Flugzeugfenster über den flauschigen Wolken. Nur tanzten unzählige dicke Schneeflocken in alle Richtungen.

Paula und Sonny schliefen. Ich nahm keinen Abschied, bevor ich das Haus verließ. Ich füllte den Wasserkocher und schaltete ihn ein, während ich mein Hemd zuknöpfte und meine Krawatte richtete. Dann stieg ich in meine Hose und schloss die Gürtelschnalle, drehte meinen Schlagstock und meine Taschenlampe zurecht.

Als das Wasser zu blubbern begann, stieg ich in meine Schuhe. Ich wollte es eigentlich nicht zu heiß werden lassen, aber beim Anziehen meiner Schuhe war ich bereits gedanklich woanders. An diesem Morgen war mir nämlich egal, gegen Paulas Regel - im Haus keine Straßenschuhe zu tragen - zu verstoßen. Das war meine eigene kleine Retourkutsche.

„Fuck!"

Das Wasser war kochend heiß. Ich goss etwas davon ins Waschbecken und füllte etwas kaltes Wasser nach. Warm sollte es aber noch bleiben.

Ich ging mit dem Wasser nach draußen und kippte es auf die Frontscheibe des schneebedeckten Autos, dessen Motor bereits lief. Ich hatte das Auto bereits im Bademantel gestartet, um es vorzuwärmen.

Knack!

Vom warmen Wasser schmolz schnell der Schnee auf der Windschutzscheibe, aber das Wasser selbst gefror relativ schnell zu einer dünnen Eisschicht, und die Scheibe bekam einen langen Sprung diagonal durch die Mitte.

Offensichtlich war mein Wasser doch noch zu heiß gewesen. Was für ein Depp ich war. Dass man so etwas gar nicht erst versucht, weiß eigentlich jeder. Ich war an diesem Morgen scheinbar nicht in der Lage, vernünftig zu denken.

„Na, klasse. Große Klasse. Alles einfach klasse hier."

Schimpfend stieg ich in meine Jacke und brachte den Wasserkocher zurück in die Küche, stellte ihn ruppig auf dem Esstisch ab und ging wieder zur Haustür. Ich hatte mir eigentlich das Kratzen ersparen wollen, aber das war wohl nichts.

Ich zog meine Handschuhe an, knallte die Haustür zu und schnappte mir aus dem Seitenfach den Eiskratzer.

Das Eis auf der Frontscheibe war zäher als sonst. Vermutlich hätte an diesem Morgen ein Besen gereicht, um den Schnee von der Scheibe zu bekommen. Ich musste nun hämmern, stochern, schrammen, fluchen. Es dauerte länger als sonst.

Als ich dann endlich ins Auto stieg, um zur Arbeit zu fahren, taten mir die Finger weh. Ich war so wütend, dass ich wieder mehrfach hupte, als ich rückwärts von der zugeschneiten Auffahrt herunterfuhr.

In dieser Nacht kam ich nicht nach Hause, wie ich es für selbstverständlich gehalten hatte. In dieser Nacht würde ich Dinge erleben, die mich komplett verändern würden.

Meine Schicht im Hinrichtungsgebäude begann am Dienstag um 10:00 Uhr. Ich rauchte auf dem Parkplatz und schützte mir den Kopf mit der Fellkapuze meiner Jacke.

Dann löste ich im Büro meinen Kollegen Mike ab. Herumsitzen, Sudoku spielen, zwischendurch einen Rundgang machen, ins Diktiergerät protokollieren. Däumchen drehen. Zu Beginn meiner Schicht war Livingstons ambitionierter Pflichtverteidiger Gustavo Rodriguez zugegen, der ihn über den aktuellen Stand des Berufungsverfahrens beim Obersten Gerichtshof informierte. Ich hörte vom Büro aus nur den jungen Anwalt reden und reden. Von Livingston kam kein einziger Ton.

Irgendwann rief Rodriguez nach mir, dann bekam ich endlich etwas zu tun.

Schlüssel zücken, Zelle aufschließen, Anwalt rauslassen, Zelle abschließen, Anwalt zum Personalausgang begleiten, Schlüssel zücken, Stahltür aufschließen, Anwalt rauslassen, Stahltür schließen, Schlüssel einstecken, zurück ins Büro, Sudoku.

Ich griff zum Bürotelefon und rief im Haupttrakt an. Dort bat ich meinen Kollegen Ricky, mir einige Snacks und einen Eistee mitzubringen. Ricky war der einzige Wärter im Gefängnis, zu dem ich einen guten Draht hatte, sogar ein freundschaftliches Verhältnis. Er würde bald mit Pater Wilson auftauchen, der sich für Livingston viel Zeit nehmen würde.

Ich nahm einige Pillen wegen meines flauen Magens und spülte sie mit etwas Leitungswasser herunter. Dann setzte ich mich hin, nur um wieder aufzustehen, weil mir meine Hüfte von der Taschenlampe im Sitzen wehtat. So zog ich sie aus dem Halfter, tippte 2409 ins Keypad und öffnete das Schließfach. Die Taschenlampe legte ich hinein.

Dann brummte es in meiner Hosentasche. Ich zog mein Handy heraus und sah aufs Display. Paula hatte mir eine Nachricht geschickt: „Warum bist du nur so kalt zu mir?"

Ich nahm mir einen Moment und überlegte, ob ich den Verlauf öffnen sollte. Dies würde aber Paula darüber in Kenntnis setzen, dass ich die Nachricht gelesen hätte.

Im Dienst durfte man sein Mobiltelefon nicht am Leib tragen, sondern war verpflichtet, es ins Schließfach zu legen. Da wir Kollegen uns aber nicht untereinander filzten, wurde generell auf Vertrauen statt auf Kontrolle gesetzt.

Ich nutzte aber die Tatsache, dass Paula sehr wohl wusste, dass ich im Dienst war, als Grund, das Handy wegzulegen und nicht auf die Nachricht zu antworten.

Wäre ich nicht dem Tod so knapp entkommen, dann wäre das die letzte Kommunikation zwischen Paula und mir gewesen.

Und gegen 11:30 Uhr kam auch schon die Lieferung. Mein Lunch bestand aus Chips, einem Schokoriegel und einer Dose Eistee. Kollege Ricky brachte außerdem den Priester mit, den ich zu Livingstons Zelle führte.

Aufschließen, Priester reinlassen, abschließen. Smalltalk mit Ricky übers Angeln, über unsere Frauen, und eventuelle Urlaubspläne, je nach Wetter und Budget.

Gegen 12:00 Uhr kam Livingstons Mittagessen, Kartoffeln und Erbsen mit einem Stück Brot. Zum Mittag bekam man an seinem Todestag das Kantinenmenü.

Gegen 16:00 Uhr wäre Besuch zugelassen worden. Niemand kam.

Und gegen 18:00 Uhr kam Rodriguez, dessen ambitionierte Energie nun auch langsam gegen Null tendierte. Als ich ihm die Tür aufschloss, hatte er einen Blick im Gesicht, den ich an etlichen Anwälten zuvor gesehen hatte.

Zelle aufschließen, Anwalt reinlassen, Zelle abschließen. Rodriguez setzte sich neben Livingston aufs kleine Bett, legte einen Arm um ihn und sprach ihm leise zu. Livingston nickte, eine müde Akzeptanz im Gesichtsausdruck.

Rodriguez blieb dieses Mal nicht lange. Er verabschiedete sich mit den Worten: „Gott segne dich, Stanley."

Ich kann mich heute noch an mein Augenrollen erinnern.

Kurz darauf kamen Maynard und Chuck aus der Besprechung mit dem EMT-Team und dem Fesselteam. Aber bekanntlich blieben sie nicht lange, denn der Direktor, Mr. Hammersmith, hatte zu einer persönlichen Besprechung gebeten.

Aber zu dieser Besprechung kam es nie. Denn um kurz nach 19:00 Uhr mischte sich die Natur in unser Treiben ein.

F reitag, 9:00 Uhr.
Leichte Spuren von kaltem Rauch waren zu riechen, die durch irgendwelche Ritzen ins Auto gelangt waren.

Eine ganze Nacht hatten Livingston und ich in diesem beklemmenden Grab aus Eis verbracht. Dass ich immer noch am Leben war, erschien mir wie ein Wunder. Als wäre meine Zeit zu sterben noch nicht gekommen. Und die von Livingston dann folglich auch nicht. Warum?

Die Rettungskräfte wurden aufgestockt, und die Bergungen gingen überall weiter. Am Personalausgang war über Nacht ordentlich Schnee abgetragen worden, und man hatte auch Maynards Leiche bergen können. Mit Pritschen wurden die Leichen zügig von der Unfallstelle abtransportiert.

Ich befand mich irgendwann in einem äußerst ungemütlichen Halbschlaf. Ich spürte meine Beine kaum noch.

Zwar schlief ich nie richtig ein, aber ständig erschienen mir irgendwelche absurden Bilder, die ich im Nachhinein nur als merkwürdige Träume einstufen kann...

Ich sah mich selbst über eine endlose weiße Fläche spazieren, der Sonne entgegen...

Ich hörte die sanfte Stimme von Paula ein Schlaflied singen...

Ich sah das Wegschmelzen des Schnees im Frühling, in einem Zeitraffer, während die Knospen und Blüten sich öffneten...

Ich sah meinen Sohn im Alter von etwa zehn Jahren in einer Sandkiste voll von rotem Sand, zusammen mit einem kleinen Mädchen spielen, das ihm sehr ähnlich sah...

Er zeigte ihr, wie man Sand in Formen füllt...

Eine Farm mitten im Nirgendwo, weit und breit roter Sand...

Pferde, Kühe, Hühner...

Eine rote Sandburg...

Dann sprang ich in meinem Sitz auf und sah mich desorientiert um. Die Fenster waren allesamt beschlagen, und die Luft war trotz der Kälte extrem stickig. Mir fiel das Atmen schwer.

Ich war nass im Schritt und musste feststellen, dass ich mich eingenässt hatte. Mein Urin war bereits abgekühlt. Mein Körper war bereits in einem sehr kritischen Zustand, und ich hatte immer noch Durst.

Das Verlangen nach einem heißen Bad.

Ich sah zu Livingston, der regungslos auf der Beifahrerseite lag. Seine Hände waren bereits grau und frostig. Nach Luft ringend, stupste ich ihn an.

„Hey. Stan."

Keine Reaktion. Und er war kalt.

„Stanley! Wach auf."

Er rührte sich nicht. Mein Herz begann schneller zu schlagen. Und zugleich fragte ich mich, warum. Er war doch ein Verbrecher, der zum Tode verurteilt worden war.

„Stanley!"

Dann konnte ich unter seinen geschlossenen Augenlidern Bewegung verzeichnen. Ich atmete erleichtert auf. Scheinbar hatte ich ihn gerade noch rechtzeitig „vom Licht weggeholt". Aber seine Atmung war so flach, dass ich sie weder sehen noch hören konnte. Und auch ein Puls war schwer zu finden.

„Wir brauchen Luft", sagte ich zu ihm.

Livingston begann dann stark zu klappern und zu zittern.

„Shh, ruhig, Stan. Ruhig."

Auch er war nun am Schnappen, wie ein frisch geangelter Fisch an Deck eines Bootes.

Ich kurbelte mein Fenster einen Spaltbreit auf, um irgendwie an frische Luft zu kommen. Schnee bröckelte ins Auto. Ich hielt meine Nase gegen den Spalt und holte tief Luft. Aber diese Aktion schien nicht viel zu bringen.

Stanley war inzwischen zu schwach, um sich großartig zu bewegen. Er sah langsam kritisch aus. Ich wollte mir in dem Moment nicht vorstellen, wie ich ausgesehen haben musste. In den Innenspiegel hatte ich nicht geblickt, und das war vermutlich auch gut so.

Ich kroch über den Sitz nach hinten und auf die Schiene, wo

Livingstons Sarg gelegen hatte. Dies war nun schwerer denn je, da meine Beine so gut wie gelähmt waren.

Ich setzte mich auf den Hintern und versuchte Kontrolle über meine Gliedmaßen zu bekommen, schlug mir auf die Oberschenkel. Meinen linken Fuß konnte ich mit viel Mühe dazu bringen, gegen die Fensterscheibe zu treten. Ich wiederholte den Tritt, immer wieder, und hielt mein Knie dabei mit beiden Händen fest...

Bam! Bam! Bam! Bam! Bam!

Immer wieder trat ich zu, bis dann die Scheibe zersprang.

Der Schnee kam ins Auto gequollen und füllte den hinteren Bereich gut aus. Über dem Auto konnte ich Bewegungen in der Schneemasse hören. Es waren plötzlich deutlich mehr blaue oder helle Schimmer auszumachen.

Ich stieg wieder nach vorne. Livingstons trüber Blick wanderte langsam zu mir hinüber, seine Pupillen geweitet, keine körperliche Bewegung.

„Was... was machst... was machst du da?"

Ich setzte mich wieder auf den Fahrersitz und atmete tief durch die Nase ein.

„Die Luft auffrischen... Der Schnee..."

„Ah... Ja... Gute Idee... Er enthält... Sauerstoff..."

Ich dachte dann über etwas nach. Und drehte mich dann zu Livingston.

„Hör... hör mal..."

Meine Zähne klapperten unkontrolliert, ich versuchte klare Worte zu finden.

„W-Wenn der... Schnee hier so... reinfällt..."

Klapper, Klapper...

„D-Dann m-muss die... Luft... entweichen..."

„W-Was denkst du?"

„Ich denke... Vielleicht... können wir uns... n-nach oben... d-durchkämpfen..."

Livingston sah mich perplex an, als würde er mich fragen wollen, ob ich denn endgültig Selbstmord begehen wollte.

Ich fuhr fort: „V-Vielleicht ist es... n-nicht mehr so... v-viel Schnee über uns..."

Wir sahen uns lange an. Die Fenster herunterzukurbeln und uns durch den Schnee zu kämpfen, die Vorstellung allein war ein Albtraum. Aber was blieb uns?

Zitternd und bibbernd dachte Livingston darüber nach. Er schaute hoch durch die Windschutzscheibe, zu den sichtbaren Blauschimmern überall im Schnee.

„V-Vielleicht hast du... recht..."

„W-Was... m-meinst du? Sitzen und w-warten... oder n-noch einmal... kämpfen?"

Ich war körperlich und seelisch bereits so zermalmt, dass ich ihn ohne Weiteres hätte laufen lassen, wenn wir es schaffen würden. Ich hätte es ihm gewünscht, dass er sein Glück versuchen würde, um seinen Sohn Rodney zu finden.

Aber wir waren beide schon so geschwächt, dass ich mir ziemlich sicher war, dass wir kaum eine weitere Aktion überleben würden.

Freitag, 11:00 Uhr. Was tun? Herumsitzen und darauf warten, in Eisblöcke verwandelt zu werden? Oder noch ein letztes Mal kämpfen, auch wenn dies eher einen noch schnelleren Tod bringen würde?

Ich fühlte mich unfähig zu denken. Die Fragen fühlten

sich an wie Reste von irgendwelchen Gedanken der letzten Tage. Und diese waren voller Abwägungen von Optionen gewesen.

Livingston und ich sahen uns lange an. Dann nickte ich ihm zu. Und nach einem Augenblick nickte er zurück.

Dann begann ich mein Fenster immer weiter herunterzukurbeln. Er auch. Immer weiter, immer weiter. Der Schnee bröckelte uns auf den Schoß. Meine Atmung wurde immer lauter. Es fühlte sich so an, als hätte man meinen Körper bis zu den Hüften langsam in Stickstoff getaucht.

Livingston musste sich irgendwie wieder hochfahren, da er fast komplett bewegungsunfähig war. Er atmete schwer auf, versuchte sich mit seiner letzten Kraft durch ruckelnde Bewegungen in Wallung zu bringen.

Dann begann er durch den Schnee zu krabbeln, er schrie dabei mehrfach auf. Müde, träge und sicherlich bereits taub vor Schmerzen, kämpfte er sich hoch aufs Dach des Autos, trat um sich, buddelte sich durch die Eishölle.

Es war der letzte Todeskampf.

Ich hörte auf zu kurbeln und sah zu, als Livingstons Füße aus dem Fenster verschwanden, und sich der Schnee weiter auf der Beifahrerseite des Leichenwagens auftürmte und den Wagen langsam von außen verschlang.

Ich sah über mir das Autodach nachgeben. Ein bröckelndes Getöse war um mich herum zu hören. Aber ebenso Livingstons gedämpfte, erstickende Schreie.

„Bleib drin! Bleib drin!"

In seiner Stimme war eher Angst zu hören als Schmerzen. Ich griff um die A-Säule des Autos und versuchte ebenfalls rauszuklettern, während mir der eiskalte Schnee entgegenkam und mich am ganzen Körper angriff. Ich schnappte und schrie laut auf. Es war nicht auszuhalten. Es war Selbstmord.

„Komm wieder rein!", rief ich durch den Schnee und

verschluckte mich fast dabei. Aber meine Rufe wurden durch den Schnee gedämpft, genau wie seine.

Die Qualen waren zu groß. Ich stieg zurück ins Auto, kam dabei einmal gegen die Hupe, die scheinbar nicht elektrisch betrieben war, denn sie hupte. Ich kurbelte mühselig das Fenster wieder zu, kletterte zur Beifahrerseite hinüber, kämpfte mich durch den Schnee und griff durch das Fenster und aufs Autodach. Ich wühlte durch den Schnee und suchte nach Livingston, aber ich fand nichts.

„Stanley!"

Ich grapschte umher, verzweifelt. Meine Finger waren aber schon längst zu taub, um richtig zu fühlen. Sie waren bereits lila.

Ich tastete nach irgendetwas Festem auf dem Autodach. Irgendeinem Widerstand.

„Stanley! Wo bist du hin?!"

Dann streifte etwas meine Hand. Ich griff danach, und bekam etwas zu packen. Es schien mir ein Hosenbein zu sein.

Ich holte tief Luft...

Dann zog ich mit aller Kraft dieses Etwas zu mir herunter. Um das Auto herum wirbelte der Schnee umher, wie eine Wolkendecke im Zeitraffer.

Der Schnee bröckelte immer heftiger ins Auto hinein. Ich verkrampfte mein Gesicht und sah weg, da die gefühlten Messerstiche auf der Haut nicht auszuhalten waren.

Ich griff mit beiden Händen zu, und zog immer stärker, stemmte mich mit einem Fuß gegen die Beifahrertür.

Und siehe da, es war orangefarbener Stoff. Es war Livingstons Bein. Als ich das Knie dann sehen konnte, griff ich dort fest zu und zog weiter.

„Stanley! Hilf mir! Komm wieder ins Auto rein!"

Aber es gab keine Kooperation.

Ich bekam dann das andere Bein und den Oberkörper zu fassen, und zerrte den leblosen Mann immer weiter zurück ins Auto, wo man allerdings nicht mehr richtig sitzen konnte, da es nunmehr im Auto schon viel zu viel Schnee gab.

Livingston plumpste dann hinein, das Gesicht bereits blau angelaufen.

„Stanley! Wach auf! Oh, Gott!"

Ich ohrfeigte ihn mehrfach. Horchte nach seinem Atem, fühlte nach seinem Puls.

„Stanley, rede mit mir!"

Ich wusste nicht, was ich tun sollte. Sollte ich ihn wiederbeleben? Mund-zu-Mund-Beatmung durchführen? Ich war hilflos.

Dann bekam ich ein merkwürdiges warmes Gefühl im Brustkorb. Es klang wie eine Art innere Stimme. Sie forderte mich zum Beten auf. Als würde irgendwer zu mir sprechen.

Ich musste diesem Gefühl folgen.

So schloss ich die Augen und hielt inne. Ich wusste nicht, was ich sagen sollte. Zu wem ich sprechen sollte.

Nach einem langen Moment stotterte ich zitternd: „B-Bitte... hilf uns."

Ich hatte nicht um Hilfe für mich gebeten, sondern um Hilfe für uns beide. Wir waren zu einer merkwürdigen Einheit geworden, die ich mir selber nicht einmal so richtig erklären konnte.

„H-Hilf uns."

Meine Zähne klapperten laut. Mein Blick wurde immer schwummeriger.

„V-Vergib mir... Vergib mir..."

Meine Atmung war schwer und hektisch.
Dann öffnete ich die Augen und sah nach vorn
zur Frontscheibe des Leichenwagens.

Und dies war entweder ein göttlicher Eingriff oder ein verdammt gutes Timing...

Der Schnee bewegte sich, und das durchschimmernde Blaulicht wurde immer heller. Ich hörte die gedämpften Geräusche von Motoren und Hydraulik.

„W-Was..."

Irgendetwas passierte wenige Meter vor der Motorhaube des Leichenwagens.

Mein Puls hätte in diesem Moment sicher angefangen zu rasen, wäre ich nicht so unterkühlt gewesen.

Ich begann Hoffnung zu spüren. Ich begann innerlich zu flattern. Mein Leben könnte weitergehen! Dies war vielleicht doch nicht mein Ende! Vielleicht bekomme ich meine Familie wiederzusehen! Das Gefühl war unbeschreiblich.

Ich griff zitternd zum Lenkrad und begann brachial auf die Hupe zu drücken.

Dann konnte ich hören, wie die Geräusche stiller wurden, als würde irgendwer nach dem Geräusch der Hupe lauschen.

„Hier drin! Wir sind hier drin! Hilfe! Hilfe!"

Ich rief, so laut ich noch konnte. Mein Hals brannte, meine Stimme krächzte. Ich erkannte sie kaum wieder.

Ich hupte immer weiter. Und die Geräusche wurden immer lauter.

Immer mehr Licht kam durch den Schnee.

Ich kurbelte das Fenster auf der Fahrerseite etwas herunter, kalte Schneebrocken hagelten mir entgegen und prügelten auf mich ein. Ich rief durch den Schnee, immer wieder.

Es begann zu ruckeln...

Ich merkte ein wenig, wie meine Augen Tränen produzieren wollten, aber dazu nicht fähig waren, während ich meinen Kopf von den hereinfallenden Schneebrocken wegdrehte.

„Hier drin! Bitte! Hilfe!"

Und dann öffnete sich ein blendender Lichtspalt und durchbohrte das Innenleben des Autos. Ich musste die Augen zukneifen, da ich seit Tagen kein so helles Licht gesehen hatte.

Es erinnerte mich an eine Geburt. Und im Nachhinein musste ich daran denken, wie mir Paula erzählt hatte, dass Kinder, die per Kaiserschnitt geboren werden, angeblich eines wichtigen Erlebnisses in ihrer Entwicklung beraubt werden würden.

Dies war nun meine natürliche Geburt, wenn auch 40 Jahre später, als sie hätte stattfinden müssen.

Ich hörte mehrere Stimmen und Maschinen.

Ab jetzt ging alles schnell. Der Schnee an der Fahrertür wurde weggebaggert, und Hände griffen nach mir. Ich ließ mich durch das Fenster aus dem Auto ziehen, die Augen zugekniffen.

Man trug mich durch den Schnee, hinaus ins Freie.

„Da... da ist noch einer... im Auto..."

Ich sah Schatten über mir vorbeisausen. Es herrschte Hektik.

Ich öffnete ein Auge, und blickte auf meine Hand. Erst im knalligen Tageslicht konnte ich sehen, wie kaputt meine Haut war.

Später würde ich noch erfahren, dass ich von der Unterkühlung bereits lichtstarre Pupillen hatte, so konnte ich das Tageslicht nicht abblenden und sah alles extrem hell.

Ich blickte mit zugekniffenen Augen zurück zur Stelle, wo

ich geborgen worden war. Der Schneehaufen war kolossal und reichte mehrere Hundert Meter bergauf. Überall ragten umgestürzte Bäume heraus, aufeinandergestapelt, wie geernteter Weizen. Vom Gebäude sowie vom Leichenwagen war nichts zu sehen, bis auf das gegrabene Loch zur Fahrertür.

In dem Moment wurde mir bewusst, aus was für einer Hölle ich gerettet worden war. Das hier zu überleben, war ein reines Wunder, ein Stinkefinger an den Sensenmann.

Ich konnte dann gerade noch registrieren, wie ein lebloser Livingston aus dem Auto gezogen wurde. Die Rettungsassistenten stürzten sich in hektische Wiederbelebungsversuche, bis hin zur Schockbehandlung.

In dem Moment wusste ich nicht, was ich mir für den Mann wünschte. Sollte er erfolgreich wiederbelebt werden, nur um erneut auf den sicheren Tod durch die Justiz zu warten, oder hatte er hier und jetzt seinen eigenen friedlichen Abgang bekommen?

Ein Krankenwagen fuhr rückwärts auf mich zu, die Hintertüren sprangen auf. Ich wurde hastig auf eine Bahre gelegt, warm zugedeckt, mit Schläuchen und Kabeln verbunden. Es passierte um mich herum, wie ein Stummfilm in Zeitlupe. Und endlich konnte ich mich dabei komplett fallen lassen.

Ich war draußen!

Ich war frei!

Ich durfte weiterleben!

Es folgte eine lange Phase merkwürdiger Träume, zwischendurch unterbrochen durch grelle Eindrücke weißer Räume. Ärzte sprachen zu mir, dann verschwanden sie wieder, und die Träume gingen weiter. Dann folgte irgendwann Schwärze. Dann hörte ich sanfte Musik aus einem Radio ertönen. Und irgendwann öffnete ich die Augen. Dann sah ich das Schönste, was je von Gottes Hand erschaffen worden war. Meine Freundin und mein Sohn saßen vor mir. Sie las ihm aus einem Buch vor.

Ich rief mit gebrochener Stimme nach ihnen, und sofort sprangen sie euphorisch auf und kamen zu meinem Krankenbett. Freudentränen schossen Paula aus den Augen.

„Ich dachte, wir hätten dich verloren!"

Ich war zu schwach, um zu sprechen. Aber ich hielt ihre Hand fest. Ich konnte sie kaum spüren, meine Hand fühlte sich noch taub an. Aber mein Herz schlug wie verrückt.

Es war das intensivste Gefühl, das ich je hatte. Es war eine Lawine der Gefühle. Mein Körper war zwar wie durchgekaut und ausgespuckt, aber zum ersten Mal in meinem Leben fühlte ich mich lebendig und verstand, wie besonders das war.

„Es tut... mir leid..."

„Shh, du brauchst nichts sagen."

„Doch... es tut mir leid... dass ich so kalt zu dir war."

„Schon längst vergessen, Schatz."

„Tut mir leid..."

„Und mir tut's leid, dass ich die Garage vollgestellt habe. Und jetzt ruh dich aus, Schatz."

Meine Körpertemperatur war auf sage und schreibe 31 Grad Celsius gesunken, somit war mein Zustand in einen sehr kritischen Bereich einzustufen, den man mittelgradige Hypothermie nennt. Ich konnte nur von einem Wunder sprechen, dass mir keine lebenswichtigen Organe versagt waren.

Ich hätte tot sein müssen, so direkt wurde mir das auch gesagt. Glücklicherweise ist der Bergrettungsdienst in meiner Stadt generell gut geübt bei der Behandlung von unterkühlten Patienten, da so gut wie jeder Unfall in den hiesigen Bergen während der Winterzeit irgendeine Form der Hypothermie mit sich bringt. Man ist hier ständig der Kälte ausgesetzt. Immer wieder verunglücken Bergsteiger oder Wintersportler, also war ich bei meiner Bergung schnell in guten Händen.

Ich verbrachte etwa zwei Wochen im Krankenhaus und wurde hervorragend aufgepäppelt. Um mich wieder auf meine 37 Grad Celsius zu bringen, erhielt ich einige Tage lang eine Wärmebehandlung. Etwa ein Grad Celsius ist da pro Stunde zu schaffen.

Paula und Sonny verbrachten viel Zeit bei mir auf Station. Ich erzählte ihnen natürlich von den Ereignissen der letzten Woche, aber in kindgerechter Form.

Der Besuch von Caitlin O'Neill war dagegen hart. Sie wusste um den Tod ihres Vaters und war am Boden zerstört. Mich fragte sie, was genau passiert war. Ich versuchte ihr alle blutigen Details zu ersparen und gab ihr nur die groben Eckdaten der Ereignisse. Aber es gab keine schonende Formulierung für das, was passiert war. Nur die Zeit konnte gewisse Wunden heilen.

Als der Gefängnisdirektor, Mr. Hammersmith, mich besuchte, fragte er mich selbstverständlich darüber aus, wie es der Verurteilte denn mit mir zusammen in den Leichenwagen geschafft hätte. Ich entschied mich trotz der möglichen Konsequenzen dafür, bei der Wahrheit zu bleiben.

Mr. Hammersmith zeigte sich überraschend verständnisvoll, dennoch gab er deutlich zu verstehen, wie fahrlässig es war, Livingston aus seiner Einzelzelle zu lassen.

Ich nutzte den Anlass, um nach Livingston zu fragen. Denn ich musste unbedingt wissen, wie es ihm ging.

So wurde mir berichtet, dass er nebenan auf der Intensivstation lag, da sein Zustand zu kritisch war, um in der Krankenstation des Gefängnisses behandelt zu werden.

Ich nickte und sagte nichts dazu.

„Bin ich gefeuert?", musste ich meinen Vorgesetzten fragen.

Mr. Hammersmith schien keine Antwort parat zu haben. Womöglich war er noch dabei, meine Geschichte zu verarbeiten. Und wie war denn in so einer außergewöhnlichen Situation überhaupt zwischen richtig und falsch zu entscheiden? Wie brachte man da nachträglich die Justiz ins Spiel, um überhaupt zu ermitteln, wer korrekt gehandelt hatte und wer kriminell?

Als ich nach etwa einer Woche wieder in der Lage war, eigenständig durch das Krankenhaus zu spazieren, nutzte ich einen Abend, an dem ich keinen Besuch von meiner Familie hatte, um einen Abstecher zur Intensivstation zu machen und nach Livingston zu schauen.

Sein Krankenzimmer war leicht zu finden. Davor wachten zwei Polizisten, wie „Beefeater". Ich humpelte zu ihnen und sprach sie an. Ich erklärte, wer ich war, und fragte nach seinem Zustand. Seine Körpertemperatur war weit unter 27 Grad Celsius gesunken, er war also bereits der schweren Hypothermie zum Opfer gefallen. Sein Kreislauf war komplett kollabiert, und auf dem EEG war kaum Gehirnaktivität zu verzeichnen. Er wurde in ein künstliches Koma versetzt und musste zusätzlich künstlich beatmet werden.

Aber man hatte es geschafft, sein Leben zu retten.

Durch die Jalousien im großen Fenster konnte ich ihn in seinem Krankenbett sehen. Er trug eine Sauerstoffmaske und war an etliche Geräte angeschlossen.

Es war ein ziemlich bizarres Bild, ihn so zu sehen, denn hier wollte man ihn am Leben erhalten. Ich war es gewohnt, erwachsene Menschen in dieser Position liegen zu sehen, angeschlossen an ein EKG. Aber hier würde eine Nulllinie auslösen, dass die Ärzte den Raum stürmen würden, um zu behandeln. In meinem Alltag war die Nulllinie das Ziel.

Ich sah Livingston an, und wieder einmal wusste ich nicht, wofür ich beten sollte. Der Mann war mir nicht mehr egal. Ohne ihn hätte ich nie diese Extremsituation überlebt. Und irgendwie gelang es mir nicht, ihn einfach als Mörder abzutun, auch wenn er etwas so Schreckliches getan hatte. Selbstverständlich steht es niemandem zu, ein Leben zu nehmen, und schon gar nicht das eines Kindes. Dennoch empfand ich eine Empathie, die mir vorher fremd gewesen war.

L ivingston wurde zurückgeholt. Es dauerte aber deutlich länger als bei mir. Zwei seiner Finger waren abgestorben und mussten amputiert werden. Als sein Zustand ausreichend stabil war, versetzte man ihn in den Todestrakt des Bundesgefängnisses von Wyoming, wo er einen neuen Hinrichtungstermin im Frühsommer zugeteilt bekam. Denn laut Gesetz musste er möglichst kerngesund zu seinem Date mit dem Sensenmann erscheinen.

Willkommen in der Menschheit.

Ich wurde dort ebenfalls zugeteilt und bat um Verlegung in einen anderen Block, wo Häftlingen irgendwann die Freilassung bevorstand und kein Termin mit dem Tod. Denn ich hatte genug vom Tod gesehen. Mein Plan war es, in einem der anderen Trakte, den Häftlingen bei jeder Gelegenheit Vernunft einzureden, damit sie möglichst positiv und mit Perspektive ihr Leben von vorn anfangen konnten, sobald sie auf freien Fuß kamen.

Da jedoch einige andere Staatsgefängnisse unseren Bestand vorübergehend dazubekamen, aber dafür so gut wie kein Personal, war man mit meiner Versetzung überfordert. So konnte mir Mr. Hammersmith meinen Wunsch nicht erfüllen, zumindest nicht sofort. Zudem hatte er Sorgen um die öffentliche Reaktion, denn damit könnte ich die hiesige Todesstrafe in ein ziemlich schlechtes Licht rücken.

Aber er respektierte meine Entscheidung. Dennoch hieß es für mich: Entweder weiterhin die Verdammten betreuen, oder das Spielfeld komplett wechseln und kündigen.

In einer perfekten Welt hätte ich meinen Job hingeschmissen und wäre sorglos Richtung Sonnenuntergang spaziert in der guten Zuversicht, „das Richtige" getan zu haben. Aber im echten Leben mussten weiterhin Rechnungen bezahlt werden, eine Familie musste zu essen haben.

So behielt ich zunächst meinen Job, und Mr. Hammersmith drückte ein ordentliches Auge zu, was meine Handlungen, zwischen dem Einschlag der Lawine und meiner Bergung, betraf. Ich hatte bereits mit dem Schlimmsten gerechnet. Aber ironischerweise kannte ich die zwei Ordnungshüter, die mich über den Ablauf der Ereignisse befragten, und Mr. Hammersmith gab mir Rückendeckung. Er stufte die Umstände, denen ich ausgesetzt gewesen war, als mildernd ein, und er wollte seine Pietät gegenüber meinem Onkel beweisen.

Nach Cheyenne in Wyoming hatte ich einen längeren Dienstweg, aber ohne die gruseligen Straßenverhältnisse des Winters kann eine Fahrt zur Arbeit in den „Rockies" eine äußerst schöne Angelegenheit sein. Erst recht, wenn man vor kurzer Zeit das Leben völlig neu zu schätzen gelernt hat.

Einmal fuhr ich einen Umweg, über das Krankenhaus, nach Cheyenne, um möglichst genau Livingstons letzte Fahrt nachzuvollziehen. Und es machte mich besonders andächtig, all die Eindrücke aus der freien Welt zu sehen, die Livingston zu sehen bekommen hatte, nur um dann wieder in einem Wartekäfig zu landen und wie ein toter Mann behandelt zu werden.

Drei Seen, viel Wald, diverse Dörfer. Freie Menschen in ihrem Alltag. Atemberaubende Berge, bis hin zu Flachland. Alles war dabei. Eine Portion Freiheit zum Beschnuppern, dann die ernüchternde Rückkehr zu beklemmenden vergitterten Räumen, zurück zum Gestank von Schweiß, Urin und Rost.

Anfang Mai erhielt die Verwaltung vom Wyoming-Staatsgefängnis per Post den endgültigen Befehl, die Hinrichtung am 2. Juni 2034 um Mitternacht zu vollstrecken.

Ich verbrachte daraufhin viel Zeit mit ihm. Ich begleitete ihn täglich zu seinem einstündigen Aufenthalt unter freiem Himmel und hielt mich immer wieder länger bei seiner Zelle auf. Diese war nicht gespickt mit den vielen Fotos von Livingstons Kindern. Jener Karton war bereits entsorgt worden, nachdem ihn niemand in Anspruch genommen hatte.

„Wie geht's dir damit?", diese Frage konnte ich mir nicht verkneifen, nachdem ich diesen Mann unter äußerst ungewöhnlichen Umständen kennengelernt hatte.

„Ein zweites Mal will ich die Treppenstufen nicht falsch zählen."

„Ja, die Stufen. Das heißt, du schließt ab, ja?"

„Andy, sieh mich an. Ich bin 55 Jahre alt, mir fehlen zwei Finger, ich habe zwei meiner Kinder ermordet, und ich hatte vor einigen Monaten einen Probelauf, von der Einzelhaft bis hin zum Leichenwagen. Ich bin fertig mit diesem Ort."

„Hast du denn deinen Frieden?"

„Meinen Frieden?"

„Ja."

„Ich weiß nicht. Ich kann nur hoffen, dass das, was ich gewählt habe zu glauben... stimmt."

„Woran glaubst du?"

„Dass wir alle an einen Ort kommen, wo es Vergebung gibt. Wo es Versöhnung gibt."

„Du meinst Himmel und all das?"

„Wie auch immer du's nennen magst."

Ich hatte bekanntlich viele Probleme, als ich von der Lawine verschlungen wurde. Ich war mit gerade einmal 40 Jahren ein Wrack von Mensch, geplagt von Apathie, Nihilismus und Depression. Ich hatte Angst um mein ungeplantes Kind, vor der noch bevorstehenden Verantwortung für diesen Menschen auf diesem so grausamen Planeten.

Meine Liebe zu meiner Freundin und meinem Sohn fühlte sich an wie eine Bürde, die mich irgendwann noch sehr viel Schmerz kosten würde. Ich hielt es für einen Fehler, einen Menschen zu lieben. Ich sah mich als kleinen, aber immerhin vorhandenen Teil des globalen Problems, so machte mir das Leben keinen Spaß.

Das war ich am Dienstag des 31. Januar 2034.

Nachdem ich drei Tage in der Hölle verbracht hatte und aus jener Lawine erneut „geboren" wurde, veränderten sich sehr viele Dinge für mich.

Zunächst einmal veränderte sich meine Denkweise über Menschen – auch, oder insbesondere, über die besonders unmenschlich erscheinenden Menschen. Es gab keine Stempel mehr, mit denen ich auch nur irgendeinen Menschen zum Stereotypen erklären konnte. Jeder Mensch wurde für mich zu einer Geschichte, auch wenn bekanntlich nicht jede Geschichte glücklich endet. Aber Geschichten haben mehr als nur ein Ende.

Dann veränderte sich mein Charakter zum Besseren, zumindest ist Paula dieser Ansicht. Ich will mich ja nicht selbst rühmen. Ich bin im Alltag angeblich deutlich umgänglicher, verständnisvoller und entspannter. Ich zeige deutlich mehr Interesse an Sonny, meiner „Flocke", und ich unterhalte mich häufiger mit Paula, als früher. Ich höre ihr besser zu. Wie gesagt, das zitiere ich nur.

Was ich aber durchaus von mir selbst behaupten kann, ist, dass ich das Leben schätze, wie nie zuvor. Ich schätze die Sonne, den Sauerstoff, das Trinkwasser, und jede Mahlzeit. Ich schätze mein warmes Bett, meine heiße Dusche. Gerade, weil jedes Leben mit einem Tod endet, versuche ich das Beste daraus zu machen und distanziere mich bestmöglich von negativen Dingen.

Ich bin sehr ernährungsbewusst geworden und esse kontrollierter, gesünder und vor allem langsamer. Mahlzeiten kommen mir nicht mehr hoch.

Und zu guter Letzt habe ich gelernt, für meine Fehler geradezustehen und nicht ständig das Opfer von irgendwas oder irgendwem zu sein, sondern der Herr meines eigenen Schicksals. Der Autor meines eigenen Buches.

Ich kann also getrost sagen, dass mich dieser unglaubliche Schicksalsschlag auf vielfache Art zu einem besseren Menschen gemacht hat.

Wer hätte gedacht, dass ich mit einem Verurteilten ernsthafte Gespräche führen würde oder gar mit ihm Witze reiße?

Dass ich selber eine Henkersmahlzeit essen und durch eine buchstäbliche Hölle gehen würde, um in einem Leichenwagen fast zu verrecken?

Dass ich darüber nachdenken würde, meine Kotze zu essen oder meine Pisse zu trinken?

Dass ich freiwillig in einer Gefängniszelle schlafen würde?

Und das sind nur einige Momente, die mir einfallen, wenn ich zurück auf diese Erfahrung blicke.

Zwei meiner Lebenseinstellungen änderten sich jedoch nicht an diesem Tag: Ich wurde kein rigoroser Gegner der Todesstrafe, und ich wurde nicht besonders religiös.

Die Vorstellung eines Gottes sowie eines Lebens nach dem Tod, mit Himmel und Hölle, Engeln und Dämonen, ging mir nicht so leicht in den Kopf. Und ich war ein ziemlicher Kopfmensch.

Was immerhin passiert war: Ich beschäftigte mich mehr mit Religion. Denn schließlich stellte sich für mich, als Vater, das Thema auch zu Hause, wie man Sonny erziehen sollte. Ob er zur Sonntagsschule gehen würde oder nicht. Was Paula und ich ihm über Weihnachten und Ostern ins Hirn pflanzen würden und was nicht. Aber unsere Verhandlungen waren nicht abgeschlossen, obgleich Paula für eine religiöse Erziehung war und ich eher nicht.

Nun war ich ein Stück weit offener für jede Variante geworden. Und das war für mich auf jeden Fall ein Schritt nach vorne. Denn egal, was man glaubt, man sollte immer offen dafür sein, unrecht zu haben. Auch wenn man an nichts glaubt.

Was die Todesstrafe angeht: Ich konnte für mich, auch nach diesem extremen Kontakt zu Livingston, nicht den Sinn darin erkennen, sich gegen die Todesstrafe zu äußern, denn es änderte nichts.

Mir war schon immer bewusst, dass die Tatsache, dass wir hier in Amerika legal morden, in Europa bloß verständnisloses Kopfschütteln auslöst. Aber soweit ich informiert bin, hat

Europa nicht annähernd die „Quantität" oder „Qualität" an Mördern, die hierzulande ihr Unwesen treiben.

Wenn man also bedenkt, dass es sogar noch im Jahr 2034 Länder gibt, die Verbrecher öffentlich von Kränen baumelt lassen, dann stellt sich schnell die Frage, wie man eine Regierung umstimmen kann. Das alles schien mir auch nach jener Schicksalsnacht ein zu großer Kampf, den ich nie hätte gewinnen können. Und bei dem ich mich nicht für eine Seite hätte entscheiden können.

So ignorierte ich das Thema Todesstrafe weiterhin. Wer auf amerikanischem Boden ein Kapitalverbrechen beging, wusste meiner Meinung nach von den amerikanischen Konsequenzen. Und weiter wollte ich es auch nicht bewerten.

L ivingston und ich gönnten uns eine gemeinsame Zigarette im Außenkäfig.

„Was bringst du eigentlich deinem Kind bei, Christmas oder Xmas?", fragte mich Livingston. „Weihnachten mit Christus oder mit all dem anderen Stuss?"

„Die Frage haben Paula und ich noch nicht geklärt."

„Weil du dem Jungen lieber beibringen willst, dass der Nikolaus durch den Schornstein gekrochen kommt."

„Was hätte ich bloß für einen Schornstein in der Bude gegeben? Wir wären sofort da rausgekommen."

„Das bezweifle ich. *Du* wärst dann da rausgekommen."

Da hatte Livingston womöglich recht.

Ich fragte ihn, ob es irgendetwas gäbe, was ich für ihn tun könnte. Aber darauf hatte er keine Antwort.

Und aus irgendeinem Grund schien es ihn zu beschäftigen, dass ich nicht gläubig war. Wer weiß, warum. Vermutlich war ich der erste Mensch seit vielen Jahren, der mit ihm so normale Gespräche geführt hatte. Vielleicht war ich damit mehr als qualifiziert, um mich als seinen einzigen Freund bezeichnen zu können. Und wenn er an Himmel und Hölle und all das glaubte, war es ihm womöglich ein ernsthafter Herzenswunsch, später mit mir im gleichen Level des Jenseits zu landen.

Wer weiß.

Zugegebenermaßen fand ich Livingstons Auffassung dieser vielen verstaubten Vorstellungen ziemlich erfrischend, gar faszinierend. Er betrachtete dieses Leben hier, diese Welt, als eine Art Videospiel. Wir waren die Figuren darin, die ab einem gewissen Punkt einfach losgelaufen waren und nicht sagen konnten, woher wir kamen. Wir trafen unsere eigenen Entscheidungen und lernten mit den Regeln und Gefahren des Spiels klarzukommen. Eine Art Matrix, wenn man will, programmiert von einem Genie und gespielt von Gamern. Die Figuren schafften es entweder durch das Spiel zu kommen oder erlitten vorzeitig ein „Game Over". So oder so würde aber jede Spielekonsole, oder was auch immer man außerhalb von Raum und Zeit benutzen würde, irgendwann mit einem Lerneffekt weggelegt werden. Ich fand das Beispiel irgendwie interessant.

Aber mehr nicht.

Scheinbar lag Livingston viel daran, neben mir zu sitzen, irgendwo, irgendwann, außerhalb von Raum und Zeit, wenn meine Zeit kommen würde, meine Spielekonsole wegzulegen.

Ich ließ heimlich einen alten Freund aus der Polizeiwache einige inoffizielle Ermittlungen anstellen, um nach Rodney Livingston, dem noch lebenden Sohn, zu suchen. Livingston wusste hiervon nichts. Und relativ schnell erfuhr ich, dass der inzwischen 24-jährige als selbstständiger Autopfleger in Denver lebte und noch ledig war. Und der junge Mann sah seinem Vater verdammt ähnlich.

Natürlich fragte ich mich, ob ich den Mann besuchen sollte, oder gar dazu bringen könnte, Livingston in seinen letzten Wochen zu besuchen.

Aber sollte ich mich so in Livingstons Privatleben einmischen?

Würde es irgendetwas bringen, oder sogar mehr Schaden anrichten?

Und hatte ich das Recht, mich einzumischen?

Keine der Fragen konnte ich beantworten.

So sprach ich mit Paula darüber. Sie hatte immer gute Ratschläge, und inzwischen hatte ich gelernt hinzuhören. Als sie eines warmen Abends in der Wohnstube saß und Wollsocken häkelte, unseren schlafenden Sohn via Babyfon im Blick, setzte ich mich zu ihr und erklärte ihr mein Dilemma.

„Soll ich etwas unternehmen? Was meinst du?"

Paula hatte eine einfache Antwort auf alles, in Form einer Gegenfrage: „Was würde Livingston seinem Sohn noch sagen wollen? Tun kann er ja nicht mehr viel."

Das stimmte. Livingston hätte seinem Sohn nur eine Einladung zu seiner Hinrichtung schicken können. Zu geben hatte er nichts mehr. Was sollte also ein physisches Wiedersehen dem jungen Rodney nachhaltig fürs Leben mitgeben, außer einem letzten Blick in die Augen seines Vaters? Hätte er dies gewünscht, dann hätte er sicherlich selbst seinen Vater im letzten Jahrzehnt aufgesucht. Oder etwa nicht? Was könnte Rodney umstimmen, seinen Vater vielleicht doch noch zu besuchen?

Und da fiel mir ein, was ich tun könnte. Ich suchte das Diktiergerät heraus, das mir beim Auschecken aus dem Krankenhaus, zusammen mit anderen geborgenen Gegenständen aus meinen Hosentaschen, mitgegeben worden war.

Die Abschiedsnachricht von Livingston an seinen Sohn konvertierte ich in eine Audiodatei um, die ich dann per E-Mail an die Adresse schickte, die ich im Impressum von Rodneys Autopflege-Webseite ausfindig machen konnte. Ich stellte mich flüchtig vor und ließ die Erklärung aus, wie diese Aufnahme zustande gekommen war. Alles Weitere beinhaltete die Nachricht selbst.

Dann hielt ich mich aus diesem Vater-Sohn-Drama heraus.

Ich beantragte Urlaub für den Tag der Hinrichtung, und besorgte mir eine Vertretung, da mein Job in diesem „Death House" wieder am Schreibtisch gewesen wäre. Ich ließ mich auf die Zeugenliste setzen und beschloss, einmal mit Abstand einer Hinrichtung zuzusehen.

Und ich hoffte auch, Livingston durch meine Anwesenheit als bloßer Zeuge irgendwie Beistand leisten zu können. Die Anträge waren zwar kurzfristig, aber dank der Hilfe von Mr. Hammersmith wurde mein Vorhaben gewährt.

Während Livingston in seiner letzten Einzelzelle erneut Besuch vom Priester erhielt, machte ich einen langen Spaziergang am See mit Paula und Sonny im Kinderwagen. Wir sprachen kaum ein Wort miteinander. Paula respektierte meine Entscheidung, am späten Abend in Zivilkleidung ins Gefängnis zu gehen, um jemandem beim Sterben zuzusehen.

Vielleicht würde es eine der beiden noch offenen Baustellen in meinem Leben lösen, so Paula. Denn sie war der Meinung, dass ich ein noch besseres Leben führen würde, wenn ich an irgendeine Gottheit glauben würde und die Todesstrafe ablehnen würde.

„Was auch immer", das war meine Antwort auf ihre These.

6

ZURÜCK ZUR SANDKISTE

Man schrieb den 1. Juni 2034, 23:30 Uhr.
Es war eine warme Nacht, und auf dem
Gefängnisgelände strahlten mehrere Scheinwerfer.
Auf dem Parkplatz trudelten Fahrzeuge ein. Es wurde dort
geraucht und mehr gesprochen, als ich es zuvor erlebt hatte.

Nachdem ich mein Handy abgegeben hatte und mich
gründlich durchfilzen lassen musste, wurde ich mit neun Journalisten hinten um das Hinrichtungsgebäude geführt, wo uns
eine Stahltür geöffnet wurde. Die Journalisten machten ständig
Notizen.

In letzter Minute kam ein schwarzer junger Mann dazu, der
mir sofort auffiel. Er war kein Journalist. Er war ein junges
Ebenbild von Livingston.

Ich war mir nicht sicher, ob es mich mit Freude erfüllen sollte, diesen jungen Mann dort zu sehen. Warum er erschienen war. Was er vorhatte. Was er erwartete. So oder so, scheinbar hatte diese E-Mail irgendeine Auswirkung gehabt. Ich sprach mit niemandem. Ich beobachtete alles mit anderen Augen, da ich offiziell nicht involviert war. Ich konnte das Erlebnis auf mich wirken lassen.

Im relativ dunkel beleuchteten Zeugenraum war der große dunkelblaue Vorhang noch zugezogen, so konnte man nicht in die Hinrichtungskammer dahinter schauen. Der Wärter klärte uns routiniert über den Ablauf der Hinrichtung auf und gab uns die Standardanweisungen.

„Bitte vermeiden Sie jegliche Gespräche sowie direkten Blickkontakt zum Verurteilten, und machen Sie keine plötzlichen Bewegungen. Ich empfehle auch, das Schreiben von Notizen einzustellen, bis wir den Vorhang wieder schließen."

Als dann der Wärter die letzten Minuten abwartete, bis er den Vorhang öffnen durfte, stellte ich mir den Ablauf nebenan vor, den ich bis ins letzte Detail auswendig kannte.

Livingston wäre in diesem Moment dabei gewesen, in eine übergroße Windel zu steigen und sich dann wieder die Hose anzuziehen. Er würde seine Turnschuhe endgültig abgeben und in Pantoffeln steigen. Und er wäre, wenn gewünscht, bereits unter dem Einfluss des Sedativums.

Dann wäre er gegen 23:45 Uhr mit Hand- und Fußschellen in die Hinrichtungskammer geführt worden. Man würde ihn auffordern, auf der Pritsche Platz zu nehmen, dann würde das vierköpfige „Fesselteam" loslegen. Die Wärter würden ihn aus den Ketten befreien, während zwei Männer seine Arme festschnallen würden, einer seinen Oberkörper und einer seinen Bauch. Dann würde man die Beine fixieren, die bis dahin von den Wärtern festgehalten werden würden. Es war eine Art einstudierter Tanz. Zuletzt würde man alle Gurte überprüfen und dann beiseitetreten. Das EMT-Team würde dann die Unterarme desinfizieren und abschnüren, um jeweils eine Vene zu suchen. Beide Arme würden dann gestochen werden, Kanülen würden gelegt werden. Diese würde man an die intravenösen Leitungen anschließen, die durch die Wand in den Nebenraum führen. Dort würde man dann die Leitungen mit einer neutralen Kochsalzlösung spülen, und alles wäre bereit.

Ziemlich genau so musste es verlaufen sein, als dann pünktlich um 23:55 Uhr der dunkelblaue Vorhang geöffnet wurde und Livingston aufrecht in der hochgefahrenen Pritsche des grell beleuchteten Hinrichtungsraumes zur Schau gestellt wurde wie eine Zirkusattraktion, die Arme ausgebreitet wie auf einem christlichen Gemälde. Aus seinen Armen kamen zwei Schläuche, seine Brust war mit einem EKG verbunden.

Dieser Anblick aus nächster Nähe war mir vertraut, da ich in der Regel die Gefangenen zur Pritsche eskortierte und dann für den Fall eventueller Zwischenfälle bereitstand.

Aber in jener Nacht war der Blickwinkel ein anderer. Aus dieser Perspektive hatte ich einen Todeskandidaten noch nie gesehen. Ich konnte mit einer gewissen Neutralität einfach beobachten. Das Geschäft des Tötens im Namen der Nation wurde mir vorgeführt. Es war merkwürdig, bestenfalls.

Ein Priester in Schwarz zitierte aus der Bibel und hielt dann inne, als alles vorbereitet war. Er machte ein Kreuz über Livingston und verließ dann den Raum.

Livingstons Hände sahen verbraucht und vernarbt aus, und ihm fehlten zwei Finger. Ich konnte mir gut vorstellen, dass der Mann hiermit für die Presse das perfekte Erscheinungsbild einer brutalen Bestie abgegeben hatte. Seine Hände sahen kampferprobt aus. Spätestens einem Kind hätte er Angst gemacht.

Als ich dasaß und Livingston durch das Fenster erblickte, erinnerte er mich an eine Rakete in Startposition. Dann erkannte ich, dass er mich erblickt hatte. Er wirkte etwas überrascht. Vermutlich ein wenig erfreut.

Sein Blick wanderte dann durch den Zeugenraum, jeden Journalisten musterte er genau...

Dann erkannte er ein vertrautes Gesicht in der zweiten Reihe. Und sein Ausdruck veränderte sich. Seine Augen wurden glasig. Er konnte seinem Sohn Rodney nach 15 Jahren endlich einmal wieder in die Augen schauen.

Und es musste zwischen Vater und Sohn nichts gesagt werden, was die anderen Anwesenden in irgendeiner Weise etwas anging. Alles war bereits gesagt.

Ein Blick zurück zu mir. Mir schien, als würde er sich ohne Worte bei mir bedanken, wohl wissend, dass ich zweifelsohne etwas mit Rodneys Erscheinen zu tun hatte.

Das nervtötende Piepen einer Rückkopplung hallte durch den Zeugenraum. Einige Journalisten hielten sich irritiert die Ohren zu.

Dann hörte man ein dumpfes Klopfen.

Ein engstirnig aussehender Mann mit Anzug und Krawatte stellte sich dann vor Livingston, in der einen Hand den Hinrichtungsbefehl, in der anderen ein schnurloses Mikrofon, sodass wir im Zeugenraum seine Stimme hören konnten.

„Stanley Livingston", sprach er den Verurteilten an, „Sie sind am 16. August 2019 von einem Geschworenengericht des zweifachen vorsätzlichen Mordes für schuldig befunden worden, und von einem Richter des Bundesstaates Montana zum Tode durch letale Injektion verurteilt worden. Die Hinrichtung hat zu erfolgen in der heutigen Nacht des 2. Juni 2034, um 0:01 Uhr, hier im Staatsgefängnis von Wyoming."

Diese lange trockene Einleitung ging einem sehr nahe, wie ich aus Zeugensicht feststellen musste. Es schien so, als würde dieser „verkalkte" Typ nicht aufhören zu reden...

Dann kam er endlich auf den Punkt: „Möchten Sie vor der Urteilsvollstreckung noch etwas sagen?"

Der Mann hielt Livingston das Mikrofon vor den Mund. Dieser sah ihn flüchtig an, dann seinen Sohn Rodney, und dann mich. Ein Moment der absoluten Stille verging.

Und Livingstons Augen blieben bei mir.

Dann schien er sich für Worte entschieden zu haben. Und es wurde eine Kurzgeschichte.

Mit Kurzgeschichten war Livingston bekanntlich gut, auch

wenn er sie nie zu Geld gemacht hatte. Diese hier war zwar nicht von ihm selbst, aber an mich gerichtet. Mit seiner ach so stoischen und fast muffigen Art begann er zu erzählen.

„Zwei Babys unterhalten sich im Mutterleib darüber, ob es denn ein Leben nach der Geburt geben würde. Einer davon ist felsenfest überzeugt, dass dies der Fall ist. Der andere dagegen ist sich sicher, dass dies absoluter Humbug sei. ‚Es ist doch nie ein einziger Säugling aus dem Licht zurückgekehrt, das kann alles nicht sein! Wie soll denn so was überhaupt aussehen, bitte?!' Der andere Zwilling ist zuversichtlich, dass es ein warmer, heller Ort sein wird, wo sie beide frei und ohne Nabelschnur herumlaufen werden. ‚Laufen?! Kein Säugling kann laufen! Und wie sollen wir uns ohne Nabelschnur überhaupt ernähren? Das geht doch gar nicht!' Zweifel über Zweifel, aber der gläubige Zwilling lässt sich nicht aus der Ruhe bringen. ‚Ich glaube, wir werden das alles lernen. Ich glaube, wir werden dann endlich unsere Mutter sehen, und sie wird uns alles zeigen.' Nun platzt dem ungläubigen Zwilling der Kragen: ‚Mutter?! Du glaubst doch nicht ernsthaft an eine Mutter? Wo ist sie denn bitte, wenn du so an sie glaubst?! Niemand hat sie je gesehen!' Der ungläubige Zwilling kann sich das alles einfach nicht vorstellen. Aber sein gläubiger Bruder hat auch darauf eine Antwort: ‚Ich glaube, sie ist überall, um uns herum. Und wenn du manchmal ganz leise wirst, kannst du hören, wie sie zu dir spricht. Du kannst fühlen, wie sie dich streichelt.' Der ungläubige Zwilling bleibt stur, aber nicht lange. Beide werden selbstverständlich geboren.“

Diese Kurzgeschichte war wohl aus Sicht der müden Hand des Beamten gar keine so kurze Geschichte. Denn der Mann musste die ganze Zeit das Mikrofon halten. Aber er wagte es nicht zu unterbrechen, denn auch er hörte zu. Alle klebten an Livingstons Lippen.

Und es war, als ob ein Samen bei mir eingepflanzt worden

wäre, alles andere wäre gelogen gewesen. Ich konnte mir in dem Moment auf einmal regelrecht vorstellen, dass ein Leben nach dem Tod tatsächlich eine sehr denkbare Option sein könnte.

Am Ende des Tages sind wir Menschen ganz schön egozentrische Wesen. Alles, was uns nicht in den Kopf passt, klammern wir als Unmöglichkeit aus. Zum Beispiel haben wir unsere Probleme mit der Vorstellung einer räumlichen oder zeitlichen Ewigkeit. Könnt ihr euch wirklich vorstellen, dass das Universum womöglich in alle Richtungen unendlich weitergeht? Diese Vorstellung scheint mir für unsere Festplatte wie eine unlesbare Datei.

Was wir alles in unserem Alltag von unserer eigenen Wahrnehmung abhängig machen, ist auch ziemlich gruselig, wenn man darüber nachdenkt. Wir bauen uns daraus eine Moral. Delfine sind Säugetiere, wie wir, und haben zudem ein Lächeln, das unserem ähnelt, so können wir sie doch nicht essen! Pflanzen haben gar kein Gesicht, können aber nachweislich fühlen und leben sogar teilweise noch, wenn wir sie verspeisen, und dennoch scheint uns dies kein Problem zu bereiten.

Weil wir nach dem urteilen, was wir wahrnehmen.

Aber wer soll es uns Menschen verdenken? Schließlich baut jeder gewissermaßen seine eigene Realität.

Meine war gebaut. Sie war kalt und aussichtslos. Und Livingston hatte es mit dieser kleinen Geschichte tatsächlich geschafft, mir einen glaubhaften Funken Hoffnung zu geben, dass das Leben womöglich nicht sinnlos sein könnte. Dass es danach womöglich weitergehen könnte.

Und ich muss sagen, daran zu glauben, ist ein deutlich schöneres Gefühl, als anzunehmen, dass nach dem Tod des Körpers der Geist einfach ausgelöscht werden würde.

Am Ende des Tages muss ich also fast diesem Geschichtenerzähler, der leider eben auch ein verurteilter Mörder war, danken.

Als Livingston dann nicht mehr sprach, schien ein Moment der Ungewissheit aufzukommen. Man war aus der Bahn geworfen. Ich war ergriffen und begann ganz anders als je zuvor über den Tod nachzudenken.

Später würde ich noch erfahren, dass man diese Geschichte relativ einfach googeln kann, wer auch immer sie verfasst hat. Aber das alles ändert nichts an dem Zauber, den ich in jenem merkwürdigen Moment erlebte.

Der Beamte sah dann zum zuständigen Chefwärter, der an der Wand neben den vier Telefonen stand, und nickte ihm zu.

Der Chefwärter nahm den schwarzen Hörer an sein Ohr, am anderen Ende der Leitung war der Gouverneur persönlich.

„Williamson hier im DOC in Cheyenne, checken grünes Licht."

Alles wartete. Am anderen Ende der Leitung wurde gesprochen.

„Verstehe. Danke."

Der Chefwärter legte auf.

Der Mann im Anzug fragte: „Gibt es irgendeinen Grund, warum diese Exekution nicht zu diesem Termin stattfinden sollte?"

„Nein, gibt es nicht."

„Vielen Dank."

Der Mann im Anzug trat beiseite, und die Pritsche wurde dann maschinell in die Waagerechte gebracht und so gedreht, dass Livingston im Profil vor uns lag, wie eine Art William Wallace. Er starrte etwas verspannt zur Decke, befeuchtete seine trocken Lippen, blinzelte viel. Seine Atmung war deutlich sichtbar. Zweifelsohne war sein Puls am Rasen.

Meiner war es jedenfalls.

Das „Fesselteam" verließ den Raum, ebenso einige Wärter. Die Runde wurde kleiner. Insgesamt wurde es ruhiger.

Alles wartete.

Ich wusste, wo ich hinsehen musste, um den Stand der Hinrichtung zu beobachten. Man hatte dort ein ähnliches kleines Fenster wie unseres, wo die drei Ampullen mit gelber Flüssigkeit nebeneinander sichtbar waren.

Ich wartete, bis sich dort etwas bewegte.

Livingston sah um sich, einerseits relativ stoisch, andererseits aufgewühlt. Seinen Sohn nach 15 Jahren wiederzusehen, und das unter solchen Umständen, das war sicherlich äußerst emotional für ihn. Womöglich war er auch innerlich frustriert, dass Rodney nun doch aufgekreuzt war, und sie keine Chance bekommen würden, miteinander zu sprechen und die Vergangenheit aufzuarbeiten.

Aber das sind alles nur Vermutungen meinerseits. Denn in erster Linie hatte der Mann mit dem Wissen, dass er in wenigen Minuten endgültig diesen Planeten verlassen würde, sicherlich die Hände voll zu tun. Da kann man noch so gläubig sein, es heißt ja glauben, und nicht wissen. Ein gewisser Funke Ungewissheit wird sicherlich dabei gewesen sein.

Livingston sah dann durch die Glasscheibe in den dunklen Zeugenraum. Die Journalisten verhielten sich leise und mieden brav den Blickkontakt.

Rodney dagegen starrte seinem Vater direkt in die Augen. Dieser starrte zurück, Reue und Schmerz in den Augen.

Dann aber überkam Livingston ein gewisser Friede. Er war bereit zu gehen. Sicherlich fürchtete er eventuelle Schmerzen, aber es gab nun keinen Weg mehr, außer hindurch. Je schneller also alles vonstattengehen würde, desto besser. Komplikationen beim Anbringen der Kanülen schien es jedenfalls nicht gegeben zu haben, da alles bis dahin äußerst ruhig und pünktlich abgelaufen war.

In wenigen Minuten würde es endlich vorbei sein. Das ewige Warten. Die beklemmende Monotonie des Alltags im Knast. Das Leben im Wissen, etwas Unverzeihliches getan zu haben und deswegen nie wieder von der Gesellschaft akzeptiert zu werden. Das alles war kurz vor dem Ende.

I ch hatte in meinem Leben schon drei Vollnarkosen, und es wird sicher andere Erfahrungsberichte geben, aber ich persönlich kann nur von meinen Erlebnissen sprechen. Und diese waren bei mir ein kühles Kribbeln im Arm, gefolgt von einem äußerst süßen und tiefen Schlaf. Ich träumte bei einer Vollnarkose jede Menge wirres Zeug, und die anderen zwei waren wie merkwürdige Zeitsprünge vom OP-Saal zurück ins Patientenzimmer. Wie ein Filmriss.

So kann ich nur davon ausgehen, dass ein Todeskandidat relativ friedlich einschläft. Wie sich die beiden Gifte auf den Körper auswirken und wie viel man davon in irgendeiner Weise spürt, darüber mag ich nicht nachdenken. Denn abschaffen kann ich es nicht.

So dachte ich an meine eigenen Erfahrungen mit Barbituraten, als ich sehen konnte, dass die erste Ampulle sich leerte. Die intravenösen Schläuche nahmen eine gelbliche Farbe an, und Livingstons Augen begannen zu flimmern.

Ich musste in dem Moment an alles denken, was er und ich

innerhalb weniger Tage zusammen durchgestanden hatten. An die Todesängste, die Überlebenskämpfe, und die schleichend entstandene Loyalität untereinander. Es erschien mir nun irgendwie pervers und äußerst unbefriedigend, dass alles dann am Ende nur auf diesen Moment hinausgelaufen war.

Aber ich musste es akzeptieren. Welche Wahl hatte ich? Livingstons Augen flimmerten immer mehr, bis die Augäpfel nach oben rollten und weiß wurden. Dann schlossen sich die Augen.

Stille. Livingston lag friedlich und regungslos da, den Kopf in unsere Richtung geneigt. Man hätte denken können, das wäre es gewesen.

Aber das war erst der Anfang. Der Mann schlief nur. Die Brust bewegte sich noch auf und ab.

Nun galt es, sein Leben auszulöschen.

Ich starrte auf die zwei noch vollen Ampullen, mein Blick wanderte zu den Telefonen. Es war in meiner Karriere bereits zweimal vorgekommen, dass ein plötzliches Klingeln den Hinrichtungsraum in eine Notaufnahme verwandelt hatte. Alles war hektisch geworden, um die Hinrichtung abzubrechen und das Leben des Verurteilten auf einmal zu retten.

Paradoxe Welt.

Einer der beiden Häftlinge wurde begnadigt, der andere später erneut auf die Pritsche gelegt.

Für Livingston klingelte kein Telefon. Er hatte seinen Aufschub durch einen epischen Eingriff von Mutter Natur erhalten, und hierdurch konnte er womöglich einen gewissen Frieden mit seinem Sohn machen. Und das war sicher mehr, als der Mann in der Nacht des 31. Januar jemals erträumt hätte.

D ie zweite Ampulle begann an Flüssigkeit zu verlieren. Livingston reagierte natürlich nicht. Es gab noch ein kurzes Zucken in seinem linken Bein, aber danach war kein Lebenszeichen mehr zu erkennen.

Ich konnte sehen, wie Livingstons Brust implodierte, wie eine Luftmatratze mit gezogenem Stöpsel. Die Lunge hörte auf zu arbeiten. Von ihrem Dienst gewaltsam entlassen.

Nun wäre es immer noch nicht zu spät für einen Anruf gewesen, da die Ampulle erst halb leer war und Livingstons Muskeln gerade erst anfingen, in Paralyse zu verfallen.

Aber die Telefone blieben still.

Und die Ampulle wurde immer leerer und leerer.

Ich spürte einen Kloß in meinem Hals.

Die Ampulle war leer.

Aber Livingston war noch nicht tot. Seine Muskeln waren bloß gelähmt. Die Lungen inklusive, so war er nun atmungsunfähig. Wäre er jetzt bei Bewusstsein gewesen, dann würde er Höllenqualen durchmachen. Er würde das Gefühl haben, innerlich zu verbrennen. Leider weiß man das.

Die Journalisten begannen nun fleißig ihre Notizen aufzuschreiben. Denn es schien so, als würde nichts mehr den Verurteilten irritieren können.

Ich starrte weiter zu den Ampullen. Eine war noch voll.

Würde man Livingston jetzt noch retten können, sollte aus irgendeinem Grund das Telefon an dieser Stelle klingeln? Die Frage ließ mich nicht los.

Dann sank der Kolben, der die dritte Ampulle langsam leerte. Halb voll...

Die Flüssigkeit floss durch die Schläuche und in Livingstons Arme. Nur noch ein Drittel...

Leer.

Und so in etwa fühlte ich mich in genau diesem Moment. Es war lange still, und ich saß da und fragte mich tatsächlich aus Zeugensicht: „Das war's?"

Könnte eine Hinrichtung wirklich irgendeine Genugtuung bei Zeugen auslösen? Irgendeinen Frieden wiederherstellen? Ich kann nicht für alle Angehörigen von Mordopfern sprechen, aber mir fiel die Vorstellung schwer, dass diese Vergeltungsakte in irgendeiner Weise eine positive Auswirkung haben könnten.

Ein Arzt im Kittel und mit Stethoskop betrat dann den Raum. Alles wartete dann. Die Notizen wurden eingestellt.

Der Arzt suchte nach einem Puls. Er nahm sich dabei Zeit, als hätte er den ganzen Tag nichts Anderes zu tun gehabt.

Dann drehte er sich zum Chefwärter um und nickte. Seine Arbeit war getan, und er verließ wieder den Raum.

Und dann kam der albernste Teil des Rituals. Der Chefwärter stellte sich wieder einmal vor Livingston, das Mikrofon noch in der Hand, und sprach hinein...

„Stanley Livingston, im Namen des Staates von Wyoming erkläre ich Sie an diesem 2. Juni 2034 um 0:12 Uhr hiermit für tot und das Urteil des Staates Montana für vollstreckt. Möge Gott Ihrer Seele gnädig sein."

Der Mann hielt einen Moment inne, aber eher aus Routine als aus Pietät. Dann schaltete er das Mikrofon aus, legte es auf den Tisch und verließ den Raum.

Die Show war zu Ende. Livingston war tot.

Und es hatte keinen Anruf gegeben.

Der Vorhang wurde geschlossen, und die Tür nach draußen wurde uns geöffnet. Einige Journalisten standen sofort auf. Andere schrieben irgendetwas zu Ende.

Rodney blieb sitzen, wie ein Kinogänger, der den Abspann noch auf sich wirken lassen wollte.

Ich stand auf und sah zu ihm. Ich war mir nicht sicher, ob ich ihn ansprechen sollte. Ob er überhaupt wüsste, wer ich war.

Ich entschied mich, ihn in Ruhe zu lassen und nach draußen zu gehen.

Auf dem Parkplatz ging ich auf mein Auto zu und zückte nachdenklich meinen elektronischen Schlüssel. Die eben gesehenen Bilder spielten sich in meinem Kopf immer wieder ab – etwas, das ich seit meinem 33. Lebensjahr nicht mehr kannte. Ich hatte nämlich irgendwann so viele Exekutionen gesehen, dass ich längst abgestumpft war.

So musste es den Römern bei der Eroberung Jerusalems ergangen sein, die, Berichten zufolge, unter Titus im Jahr 70 nach Christus circa 500 Juden am Tag kreuzigten. Irgendwann waren sie mit Sicherheit völlig unfähig, mit ihren Opfern zu fühlen.

An die Verbrechen, die von den Nazis in den Konzentrationslagern begangen wurden. Familienväter am Vergasen und Verbrennen von unschuldigen Menschenleben, im Dienste ihrer „Vorgesetzten".

Und lang ist die Liste der Massenmorde auf der Welt.

War ich bereits zu einem Monster geworden? Durfte auch nur irgendjemand in einem Tötungsprozess gefühlskalt werden?

Ich konnte mir keine der vielen Fragen beantworten, die mir durch den Kopf gingen.

Ich schloss mein Auto auf und öffnete die Fahrertür.

Dann wurde ich von hinten angesprochen und drehte mich um. Rodney kam auf mich zu.

„Sie haben nichts zu schreiben auf dem Schoß gehabt. Und Sie waren kein Bekannter von meinem Vater."

Gut beobachtet.

„Ist die E-Mail von Ihnen gewesen?", fragte er mich.

Nach einem Augenblick nickte ich. Dann zückte ich meine Zigarettenschachtel und bot ihm eine an.

„Rauchst du?"

„Nur wenn ich Stress hab oder was getrunken hab."

Er nahm eine Zigarette. Sicherlich stand er unter Strom.

„Das kenne ich. Ich bin Andy Sosa."

„Rodney Livingston."

Wir gaben uns die Hand.

Dann zündete ich seine Zigarette mit meinem guten alten Zippo an, danach meine eigene. Wir nahmen einen tiefen Zug und bliesen den Rauch in die Luft. Der Moment war irgendwie vertraut.

Rodney wirkte insgesamt nachdenklich und undurchschaubar, in der Hinsicht also seinem Vater sehr ähnlich. Auf die Hinrichtung schien er recht gefasst reagiert zu haben. Weder himmelhoch jauchzend noch zu Tode betrübt.

„Sie sind Gefängniswärter?"

„Ja", antwortete ich, „ich bin in der Regel für die Überwachung und so was zuständig. Du kannst ‚du' zu mir sagen, so alt bin ich gar nicht."

„Wie alt bist du denn?"

„16 Jahre älter als du."

Rodney nickte. Ich merkte, dass er zur Kenntnis nahm, dass ich sein Alter wusste.

„Du weißt also, was mein Vater getan hat."

„Ja, das weiß ich."

Ein kurzer Moment der Stille.

„Und deswegen bist du in diesem Beruf tätig. Damit solche Menschen für immer wegkommen. Oder?"

Ich zog an meiner Zigarette.

„Weißt du, inzwischen bin ich mir gar nicht mehr so sicher."

„Wieso denn nicht?"

„Gute Frage. Wie beantwortet man sie in einem Satz? Vielleicht einfach, weil Töten scheiße ist."

„Du bist also gegen die Todesstrafe?"

„Das kann ich so nicht sagen. Da gibt's wahrscheinlich gar keine richtige Antwort. Aber ich muss nicht selber was damit zu tun haben. Das ist es vielleicht eher."

„Wieso hast du denn so einen Bezug zu meinem Vater? Warum hast du mir diese Botschaft geschickt?"

Ich pausierte kurz.

„Du hast sicher von der Schneekatastrophe Anfang des Jahres gehört, oder?"

„Natürlich. Die Nacht, in der mein Vater eigentlich hingerichtet werden sollte."

„Richtig."

„Du warst bei ihm, oder?"

„Ja. Ich hatte meine Schicht, und die anderen waren zur Besprechung. Die Lawine hielt uns beide circa drei Tage lang gefangen."

„Drei Tage in der Hölle, was? Wie Christus vor seiner Auferstehung."

„Ja, wenn man es so sagen will. Dein Vater hatte während seiner Haft sehr viel in der Bibel gelesen."

„Ach, hat er das, ja?"

„Wir unterhielten uns viel in diesen drei Tagen."

Rodney sah mich an.

„Und jetzt willst du mir sagen, dass er ein ganz anderer Mensch wurde, dass ihm das alles leidtat", entgegnete er skeptisch.

„Nein. Das kann ich nicht. Dass es ihm leidtat, nehme ich an. Das hat er dir auch selber gesagt, mehr als einmal. Und dass

Menschen irgendwann zu ‚anderen Menschen' werden sollen, keine Ahnung. Man kann nicht aus seiner Haut. Wer etwas einmal getan hat, hat es in sich. Das muss man wissen."

„Aber mein Vater *hat* es bereut, nicht wahr?"

„Wenn ich danach urteilen müsste, was er sagte, wie er auf mich wirkte, ja. Er hat es bereut. Sehr sogar."

Rodney ließ es sacken. Er zog noch einmal an seiner Zigarette.

Dann sahen wir beide zur Seite, als wir das Zuknallen einer Heckklappe und das Starten eines Motors hörten…

Ein weißer Leichenwagen fuhr dann im Schritttempo über den knirschenden Kies und wurde von den Wärtern durch die Schranke gelassen. Ich konnte durch die getönten Fenster die Umrisse eines Sarges erkennen.

Lange sagte ich nichts. Auch der Leichenwagen weckte Erinnerungen.

„Was ist damals alles genau passiert?", fragte mich Rodney.

„Puh. Lange Geschichte. Vermutlich filmreif."

„Ich hab gerade nichts weiter vor."

„Was hältst du davon, wenn wir uns ein Bier holen?"

„Klingt gut."

„Bist du mit deinem Auto hier?"

„Ja, bin ich. Soll ich dir folgen?"

„So machen wir's."

Ich setzte mich dann in mein Auto, und im Gegensatz zu früher zückte ich als Erstes mein Smartphone und rief Paula an, um sie über meine Begegnung zu informieren und darüber, dass ich mich soeben mit dem frisch verwaisten jungen Mann zu einem Getränk verabredet hatte.

„Kannst dich schon mal schlafen legen, warte nicht auf mich. Ich liebe dich."

„Ich liebe dich auch."

Wir saßen in einem Lokal, in der Nähe des Gefängnisses in Cheyenne. Ein Fernseher lief, einige ermattete Lastwagenfahrer saßen am Tresen und tranken introvertiert ihr Bier. Eine Gruppe von jungen Männern spielte Billard. Country-Musik lief.

Rodney und ich hatten uns einen Tisch genommen. Wir tranken Bier und aßen Erdnüsse aus einer Schüssel.

„Ich habe nicht viele Erinnerungen an Emma und Tyler. Sandkiste und so was. Sie sind nicht besonders lange da gewesen. Emma war noch nicht einmal eingeschult."

„Ich will dir nicht zu nahetreten, aber... wie hast du das damals alles aufgefasst? Hatte dein Vater in deinen Augen Beweggründe für seine Tat? Was wurde dir gesagt?"

„Meine Mutter, sie..."

Rodney schien sich in Gedanken festgefahren zu haben. Es waren sicherlich keine leicht zu verkraftenden Erinnerungen, die da aufgewühlt wurden.

„Sie war völlig fertig. Aber das war sie irgendwie sowieso. Sie war immer nur am Trinken. Mein Vater hasste das. Sie hatten sich immer wieder gestritten. Einmal warf sie mit der Flasche nach ihm. Da war ich sieben."

„Tut mir leid zu hören."

„Na ja. Nachdem ich zum Einzelkind wurde, gab's irgendwelche gerichtlichen Verfahren rund um den Mord, und meine Mutter wurde dort auch auffällig. Das Jugendamt kam ins Spiel, und aufgrund der Verfassung meiner Mutter kam ich erst in ein

Kinderheim, dann in eine Pflegefamilie, die sehr nett war. Sie zog mit ihrem Freund nach El Paso."

„Hast du denn gar keinen Kontakt mehr zu ihr?"

„Nein."

„Wieso denn nicht?"

„Na ja, in erster Linie, weil sie auch schon tot ist."

Ich hörte auf, meine Erdnuss zu kauen. Einerseits eine erschütternde Information, dass der junge Mann gar keine Eltern mehr hatte, aber andererseits irgendwie zu erwarten. Carla Livingston war schließlich extreme Alkoholikerin gewesen und hatte schlechten Umgang gehabt.

„Woran ist sie gestorben?", fragte ich.

„Betrunken gefahren."

„Oh, Mann."

„Ja. Oh, Mann."

„Aber weißt du was, ich versuche inzwischen in allem einen größeren Sinn zu sehen", sagte er nachdenklich. „Wenn ich bei ihr geblieben wäre, dann hätte es gut sein können, dass ich mit im Auto gewesen wäre. Oder allein zu Hause, oder gar bei diesem Wichser. Nur um dann und dort zum Waisenkind zu werden. Meine Pflegefamilie war wirklich nett. Die haben sich gut um mich gekümmert. Und sie liebten mich von ganzem Herzen. Immerhin wussten sie ja, wo ich hergekommen war. In diesem Sinne sehe ich also hinter dem Ganzen eine gewisse Ironie des Schicksals. Oder?"

„Oh ja", stimmte ich mit erhobenen Augenbrauen zu, „von Ironie des Schicksals kann ich dir vermutlich ein ganzes Lied singen. Mit Reimen sogar."

Ein leichtes Lachen war zu hören.

„Du hast mir noch nicht erzählt, was alles passiert ist, als ihr unter dieser Lawine festgesessen habt."

Ich lehnte mich zurück. Und begann dann zu erzählen. Je mehr Details ich verriet, desto mehr musste Rodney den Kopf schütteln. Denn diese Geschichte war durchaus voller Ironien des Schicksals.

Es dauerte etwa eine Stunde, um die ganze Geschichte zu erzählen. Und es half mir selbst, die Ereignisse noch einmal zu sortieren. Wenn man über etwas redet, räumt man im Kopf auf. Das kam sicher diesem Buchprojekt zugute. Als die Stunde vorbei war, schien Rodney ziemlich geplättet.

„Wow. Das ist in der Tat ganz schön filmreif", seufzte er.

„Ja. Wie gesagt."

Dann war irgendwie ein Punkt erreicht, wo alles gesagt war. Wir saßen einfach nur da, bis etwa 3:00 Uhr morgens.

Was für eine Nacht!

„Dein Auto rostet übrigens am Kotflügel."

„Ich weiß", antwortete ich.

„Das musst du wegmachen lassen, sonst breitet sich das aus wie ein Krebsgeschwür."

„Wie Menschen."

„Willst du mir das sonst mal rumbringen? Ich mach dir einen guten Preis."

„Gerne."

Als wir uns an unseren Autos verabschiedeten, hatte er noch etwas loszuwerden: „Kann ich dir einen Tipp geben?"

„Einen Tipp?"

„Ja."

„Okay, schieß los."

„Wenn du in deinem Job nicht die Erfüllung findest, dann mach was anderes. Das Leben ist doch viel zu kurz, um nur für den Lohn zu arbeiten. Ist völlig egal, wie du zur Todesstrafe stehst. Überlass das anderen."

„Danke für den Tipp. Ich werde darüber nachdenken. Kann ich dir einen Tipp zurückgeben?"

„Na klar."

„Wenn ich die Bibel richtig verstanden habe, ist die Kernbotschaft die Vergebung. Und ich denke, für Groll ist das Leben zu kurz. Verzeih deinem Vater."

Rodney schwieg für einen Augenblick.

Dann antwortete er: „Schon geschehen."

Und wir stiegen in unsere Autos und fuhren getrennte Wege.

Und das war damit das Ende der Geschichte von Stanley Livingston. Er hatte etwas wirklich Furchtbares getan, und das will ich zu keiner Zeit herunterspielen. Seine beiden Kinder zu töten, das war falsch. Aber laut der Akte, die ich mir in jener Nacht durchgelesen hatte, war das Jugendamt nicht rechtzeitig auf seine damalige Frau aufmerksam geworden.

Und wer weiß, vielleicht wären die drei Kinder bei Carla mit im Auto gewesen, wenn vorher der Mord nicht stattgefunden hätte. Immerhin hat einer überlebt und hat es zu etwas gebracht – und das sage ich ohne jede zynische oder parteiische Absicht, sondern nur als rein objektive Tatsache.

Rodney und ich hielten im Nachhinein gelegentlich den Kontakt. Und er bot tatsächlich einen Top-Service rund um die Autopflege an. Nur zu empfehlen!

E inige Wochen nach Livingstons Vollstreckung bekam ich Post von einem Anwalt, der für Maynards Erbangelegenheiten zuständig war. Und als ich dort vorstellig wurde, stellte sich heraus, dass Maynard in seinem Erbe etwas für mich hinterlassen hatte. Und zwar eine Farm nahe Salt Lake City.

Warum Maynard der Meinung gewesen war, dass diese Farm in meinen Besitz fallen sollte, werde ich wohl nie erfahren. Vermutlich hatte diese Entscheidung damit zu tun, dass ich Nachwuchs hatte und keine Eltern, von denen ich Support erwarten konnte. Vielleicht wollte er mich absichern.

Ich unternahm im Sommer einen Road Trip nach Utah, um mir das Anwesen anzuschauen. Es war eine unfassbar schöne Fahrt. Berge, Seen, dann sogar Wüste, rotes Gestein.

Die fragliche Farm stand am Rande einer roten Wüste, der Ausblick von der Veranda war atemberaubend. Das Haus war eine ziemliche Bruchbude, aber mit etwas Arbeit war etwas daraus zu machen. Und irgendwie kam mir das Projekt wie eine Herausforderung vor. Paula und ich waren uns relativ schnell einig, dass es vielleicht Zeit für eine Veränderung in unserem Leben war. Das hier sah aus wie unsere Chance, etwas Neues zu tun.

Und ironischerweise kam mir dieser Ort vertraut vor. Womöglich war ich hier mal als Kind mit meinen Eltern zu Besuch gewesen, als Maynard hier gewohnt hatte. Wer weiß. Das würde auch erklären, warum ich während meiner Unterkühlung in der Schneekatastrophe von einem Ort wie diesem geträumt hatte.

Paula und ich setzten Sonny in die Sandkiste des Gartens, standen da und sahen uns an.

„Sollen wir das wirklich tun?", fragte ich.

„Ich weiß nicht. Fühlt sich irgendwie... nach Leben an."

„Das gefällt mir."

Warum nicht? Einfach alles hinschmeißen und von vorn anfangen, mit Hammer und Nägeln meine Wände zu Ende zimmern, irgendwo einer einfachen Arbeit nachgehen, um den Kühlschrank zu füllen. Vielleicht Obst und Gemüse anbauen, einige Tiere anschaffen. Die Vorstellung fühlte sich toll an.

Wenig später wurde Paula erneut schwanger.

Und ich kündigte meinen Job.

Wir packten unsere Sachen und zogen in den warmen Süden. Dort bekam ich einen Job als Sicherheitsbeamter in einer kleinen Bank in Salt Lake City. Es ist zwar auch nicht meine große Berufung, aber es trägt zu meinem jetzigen Lebensunterhalt bei.

Ab und zu fahren wir hoch zu Bekannten nach Montana. Wir sind übrigens jetzt gerade bei Ricky und seiner Frau, um Weihnachten im Schnee zu feiern. Es schneit draußen, und die Schneeflocken machen mich besonders andächtig. Und ich denke, ich bin jetzt mit meiner Geschichte fertig. Gutes Timing, unten riecht es schon nach saftiger Weihnachtspute.

Paula hat schon gerufen. Medien in einen Weihnachtsurlaub mitzunehmen, das ist ganz schnell ein Fluch. Man redet kaum miteinander. Jeder starrt auf einen Bildschirm.

Die Zeit nehme ich mir aber noch, um ein passendes Schlusswort zu finden und es zu Papier zu bringen. Da muss ich mich aber fragen, was ich euch mit auf den Weg geben will. Was maßt man sich da an und was nicht? Was könnte ein schönes Schlusswort sein?

Ich möchte kein Statement zur Todesstrafe hinterlassen. Ich bin ein Mensch, und Menschen haben alle ihre eigenen Meinungen, basierend auf ihrer Erziehung, ihren Erfahrungen und Erlebnissen. Wir kommen aus den unterschiedlichsten Kulturen. Wie also eine Nation entscheiden soll, was das Beste für ihr Volk ist, darüber möchte ich nicht urteilen.

Ich habe mich nur persönlich dazu entschieden, mich komplett vom Töten zu distanzieren.

Zu Gott und zum Glauben kann ich auch nur sagen, dass es schon Sinn macht, sich wenigstens damit zu beschäftigen. Woran ihr glaubt, und ob euch das hilft, ein besseres Leben zu führen, das müsst und werdet ihr sicher selbst herausfinden. Aber sich nach dem Sinn des Lebens zu fragen und einen zu suchen, das schadet nicht. Man könnte fündig werden.

Einige Menschen entdecken erst als Rentner, dass sie begnadete Marathonläufer sind. Einige sind bereits im Kindesalter Zahlengenies. Einige machen etwas aus ihrem Talent oder aus ihrer Leidenschaft. Andere wiederum existieren einfach nur. Und das finde ich schade. Denn ich habe inzwischen den Eindruck, dass jeder Mensch irgendeine Verpflichtung hat, irgendetwas zum Gleichgewicht auf diesem Planeten beizutragen. Was auch immer das sein mag.

Denn meiner Meinung nach stellen wir Menschen, allein durch unser Dasein, ein unfassbares Ungleichgewicht auf dem Planeten her. Vielleicht spricht die Religion deswegen von der sogenannten „Erbsünde". Vielleicht kann man nichts dafür, eine

Pest zu sein. Wir essen Fleisch aus Massentierhaltung, Eier aus Legebatterien. Wo fängt die Sünde an?

So kann es nur gut sein, nicht nur zu nehmen, sondern irgendwie auch zu geben. Einen größeren Sinn zu suchen und zu erfüllen.

Zurück zu mir: Ich glaube, ich kann gegenwärtig behaupten, dass ich den Sinn in meinem Leben gefunden habe. Und es ist keine wichtige Weltformel, kein epischer Eintrag ins Guinness-Buch. Es ist äußerst simpel, aber dennoch elementar wichtig. Mein Lebenssinn sind meine Kinder. Wenn unser zweites Kind geboren ist, dann bin ich für zwei Menschenleben verantwortlich. Ich ziehe zwei Personen groß, die vielleicht irgendwann in der Zukunft große Dinge leisten werden. Vielleicht auch nicht. Ich habe es in der Hand, was für Menschen aus ihnen werden.

Mein Schlusswort könnte also sein, dass das Leben meiner Meinung nach definitiv einen Sinn hat. Wir sollten uns bemühen, nicht länger das Krebsgeschwür dieses Planeten zu sein, und uns lieber als Teil des Planeten sehen: als Organe, als Zellen. Wir sollten uns für die Erde unentbehrlich machen und uns nicht wie eine Plage verhalten. Und das hat nichts mit der Glaubensfrage zu tun. Das ist meiner Meinung nach einfach logisch.

Vielleicht erfahren wir tatsächlich eines Tages, dass die meisten Naturkatastrophen eine Art Eiterbildung von Mutter Erde gewesen sind, um den Fremdkörper loszuwerden. Ein

Körper sondert ja Störenfriede ab. Aber nicht etwa lebenswichtige Helferzellen. Vielleicht wird die Natur also netter zu uns sein, wenn wir uns für die Erde endlich einmal wichtigmachen. Wie wäre es mit unentbehrlich?

Vielleicht sollten wir bewusster das Leben genießen, die Erde erleben und dankbarer dafür sein, was sie uns alles zu bieten hat. Ob es nun ein Sonnenuntergang ist, ein neugeborenes Baby, der Geruch von Blumen oder der Geschmack einer einzelnen Olive.

Vielleicht sollten wir also mit Sinn leben.

In diesem Sinne, auf ein gutes Leben.

E<small>NDE</small>

DANKSAGUNG

An erster Stelle danke ich meiner Frau, Annika Pate, für ihren Support und ihre Liebe. Dann danke ich für die Unterstützung und Inspiration bei der Entstehung des Drehbuchs „Hell Frozen Over" sowie dieses Romans: Laura Sommer, Miguel Angelo Pate, Florian Frerichs, Emily Taylor-Mortoff, Hauke Schlichting, Philipp Klausing, Katrin Schäfer, Jana Ehrenberg, Mohammed El Sayed und Holger Nilius.

Michael Pate
c/o take25 Pictures GmbH
Friedrichs. 14-16
25774 Lunden
Telefon: 04882-6060086

Cover
Rebecca Wild

Lektorat und Korrektorat
Katrin Schäfer

Korrektorat
Jana Ehrenberg

Lizenzfreie Stockvektornummer: 167862023
vector set of barbed wire silhouettes on isolated background
Lizenzfreie Stockvektornummer: 174102812
Black silhouettes of different syringes, vector
Lizenzfreie Stockvektornummer: 284881421
Vector Set of Black Silhouette Keys Bunches
Lizenzfreie Stockvektornummer: 597805151
Trouser belt vector silhouette
Lizenzfreie Stockvektornummer: 181893191
pop pail and shovel toys set

ISBN
9783752862706
Herstellung und Verlag:
BoD - Books on Demand, Norderstedt

✿ Erstellt mit Vellum